btb

## Buch

Dies ist die Geschichte von Freda von Rützow, geboren zu Beginn des vorigen Jahrhunderts. Sie ist siebzehn, als sie sich von einem Fremden verführen lässt. Eine Katastrophe, sagt ihr Vater und tut alles, um die Schande zu vertuschen. Freda darf das Neugeborene nicht behalten, aber eine Stunde lang hat sie es auf dem Arm, eine kurze, lebenslange Stunde, sie wird dieses Kind nie vergessen, als ihr Luftkind ist es ständiger Begleiter ihres Lebens. Achtzehn Jahre später, sie hat sich von ihrer Familie emanzipiert, die Nationalsozialisten haben ihre Schreckensherrschaft in Europa errichtet, nimmt sie den Juden Harro Hochberg bei sich auf, er ist nur zwei Jahre älter als der verlorene Sohn. Seine Eltern sind tot, und allein Freda kann ihn retten. Er ist ihr fremd und vertraut zugleich. Das Schicksal hat sie zusammengeschweißt. Zu überleben ist das einzige Ziel, drei lange Jahre. Aber die isolierte Existenz im Schatten von Terror und Tod hat eigene Gesetze. Aus Angst, Verzweiflung, Hoffnung und Sehnsucht wird Liebe, die Rettung für beide. Bis der Krieg aus ist und sie stark genug sind, getrennter Wege zu gehen.

## Autorin

Irina Korschunow, geboren und aufgewachsen in Stendhal, veröffentlichte zahlreiche erfolgreiche Romane. Darüber hinaus ist sie eine der bekanntesten Kinder- und Jugendbuchautorinnen Deutschlands. Ihre Bücher werden weltweit übersetzt. Die vielfach ausgezeichnete Autorin lebt in der Nähe von München.

## Irina Korschunow bei btb

Ebbe und Flut. Roman (72173)
Das Spiegelbild. Roman (72333)
Der Eulenruf. Roman (72532)
Von Juni zu Juni. Roman (72727)
Malenka. Roman (72737)
Fallschirmseide. Roman (73040)

# Irina Korschunow

# Das Luftkind

Roman

btb

*Umwelthinweis:*
Alle bedruckten Materialien dieses Taschenbuches
sind chlorfrei und umweltschonend.


Der btb-Verlag ist ein Unternehmen der Verlagsgruppe
Random House.

2. Auflage
Genehmigte Taschenbuchausgabe August 2004
Copyright © 2002 by Hoffmann und Campe Verlag, Hamburg
Umschlaggestaltung: Design Team München
Umschlagfoto: CORBIS/O. Alamany & E. Vicens
SR · Herstellung: Augustin Wiesbeck
Made in Germany
ISBN 3-442-73121-6
www.btb-verlag.de

*F*reda, die eigentlich Friederike hieß, Friederike von Rützow, war siebzehn, als sie in den Roggen geriet. Eine Katastrophe nannte es ihr Vater, doch des einen Eule ist des anderen Nachtigall, und Harro Hochberg, der damals noch mit seinen Rasseln und Klötzchen spielte, wird ihrem Fehltritt eines Tages seine Rettung verdanken. Zwei Geschichten, die eine hier, die andere dort, viel Zeit noch, bis beide sich mischen. Aber sie gehen aufeinander zu.

Es begann im Juli 1923, kurz vor der Ernte, der Roggen stand hoch. Gelber Roggen, wohin man sah, Klatschmohn und Kornblumen dazwischen, die Sommerfarben der Mark, und dass so etwas hier und in seiner Familie passieren könne, erklärte Herr von Rützow, liege an der Unordnung, die um sich greife nach dem verlorenen Krieg. Der Kaiser im Exil, das Reich zur Republik verludert, und nun dies.

»Und nun dies«, schrie er in seinem Zorn, der schnell hochschoss und wieder zusammenfiel, man kannte es und nahm es hin. Er war der Herr in Großmöllingen, alles seins, die Felder und Koppeln, die

Scheunen und Remisen, das Schloss im Park, die niedrigen Katen an der Dorfstraße, eigentlich auch die Leute darin, obwohl jeder gehen konnte, falls es ihn juckte, nach Berlin oder Amerika. Die meisten jedoch blieben, wie ihre Väter und Großväter, weiterhin unter den Dächern des Herrn Baron, ein guter Herr im Allgemeinen, aufbrausend, aber gerecht und zugänglich für Sorgen und Nöte, wenn sie ihre Arbeit taten und den roten Agitatoren keine Chance gaben, die gewohnte Ordnung in Großmöllingen durcheinander zu bringen. Denn nur die Ordnung, so sein Credo, halte die Welt zusammen, im Großen wie im Kleinen. Und nun seine Tochter und dies.

Gewalt, stammelte Freda und erzählte etwas von einem fremden Streuner, der sie in den Roggen gezerrt habe, lauter Lügen, Friedrich von Rützow glaubte kein einziges Wort. Doch weil der entschwundene Kindsvater als Ehemann ohnehin jenseits jeder Debatte stand, sparte er sich die Mühe, hinter ihm her zu forschen, sondern tat das in solchen Fällen Übliche. Schweren Herzens, er liebte diese Tochter, wenn auch auf seine Weise, preußisch, doch es gab nur den einen Weg, um das Schlimmste abzuwenden, und Freda fügte sich. Das Schlimmste, wird sie ihm irgendwann sagen, habe ihr seine Ordnung angetan. Aber noch senkte sie den Kopf und schwieg, was sonst auch nach den Jahren unter seiner Alleinherrschaft, immer nur du sollst, nie ich will.

Fraglich, ob die kleine Friederike von Gurrleben, kurzzeitig Frau von Rützow, den Mut besessen hätte, mildernd in die väterlichen Erziehungsprinzipien einzugreifen. Mit siebzehn war sie ins Großmöllinger Schloss gekommen, zehn Monate später auf den Friedhof, wo ein weinender Engel über die toten Rützows wachte. Freda kannte sie nur als Bild im Kaminzimmer, dunkle Augen, dunkles Haar, Rosen am Gürtel, deine Mutter. Der neuen Frau von Rützow, fast ebenso jung, gelang es nicht, die Vakanz zu füllen, und gut, dass Katharina Hook, deren Säugling gestorben war, das Schlosskind an ihrer Brust genährt und gehätschelt hatte und vorläufig blieb. Katta, rund, weich und tröstlich in den ersten Jahren. Lass man, Kleene, wird schon wieder, murmelte sie, wenn etwas wehtat außen oder innen, eine magische Formel auch noch späterhin, dank der Stiefmutter, die ihr, nach Fredas sechstem Geburtstag, das Kommando in der Näh- und Bügelkammer anvertraute, nur eine Treppe höher als der Kindertrakt.

Statt ihrer war Mademoiselle Courrier dort eingezogen, eine dürre Pariserin, durch deren Hände bereits mehrere Mädchen der Verwandtschaft gegangen waren. Sie erschien im April 1912, blieb sieben Jahre und vermittelte, während des Ersten Weltkriegs als Herr von Rützow als Major seinem Kaiser diente, Freda die nötigen Kenntnisse im Schreiben, Lesen, Rechnen, anschließend noch das Pensum der ersten Klassen einer höheren Töchterschule sowie diese und jene Fertigkeit im Sticken, Malen und am Klavier, das Übliche eben. Vor allem aber brachte sie ihr in galoppierendem Französisch bei, was man tun und sagen durfte und was nicht, wie man aß, saß, ging, stand, lachte, weinte und dergleichen, mit dem Ziel, sie für die nächste Etappe in Form zu bringen: das Potsdamer Elisenstift, jene altehrwürdige Anstalt, wo junge Mädchen von Familie seit Generationen auf ihre Konfirmation und die künftige Rolle in der Gesellschaft vorbereitet wurden. Auch kaiserliche Hofdamen hatten hier den letzten Schliff erhalten, und wahrhaftig ein Hohn, dass die Saat zu dem, was Herr von Rützow Katastrophe nannte, ausgerechnet in diesem Haus gelegt werden sollte.

Zu Beginn des Schuljahrs 1919, nur wenige Monate nach dem verlorenen Krieg, wollte er Freda dort der Pröbstin übergeben, ein Ereignis, dem sie mit Unbehagen entgegensah, seitdem Katta die Stiftsuniformen aus der Truhe geholt hatte, um wenigstens die Röcke zu stutzen. Dickes braunes Winterzeug, hellblaue Sommerkleider und rosa für die Feiertage, sackartige Gebilde, schon von Tanten und Großtanten getragen, nur dass Rützowtöchter durchweg etwas klobig gerieten und die zierliche Freda darin versank. Egal eigentlich, Eitelkeit war im Stift ohnehin verpönt. Beim Blick in den Spiegel jedoch schien plötzlich alles Feste zu zerfließen, wie im Albtraum. Sie fing an zu weinen, gegen die Gebote, mit dreizehn weint man nicht mehr, und Katta nahm sie in den Arm, lass man, Kleene, wird schon wieder, der alte Zauberspruch. Doch dann, als sie in vorschriftsmäßigem Rosa der Pröbstin übergeben wurde, war der Zauber dahin.

Sie fürchtete sich vor der hochgewachsenen Frau in Schwarz mit dem strengen Lächeln, deren »Willkommen, mein Kind, ich hoffe, du wirst deiner lieben Mutter nacheifern« wie eine Drohung klang, fürchtete sich vor der dunklen Halle, der Stille im Haus und dem, was dahinter lauerte, wusste indessen, dass man solche Regungen nicht zeigen durfte, es außerdem zwecklos war. Also lieferte sie ihren Knicks nebst Handkuss ab und wurde zum Elisenmädchen, ein Attribut, das den Absolventinnen der Anstalt lebenslang erhalten blieb, ob es ihnen gefiel oder nicht.

$D$as Stift, ein Stadtpalais mit hübscher Rokokofassade im Umfeld von Sanssouci, war von dem Donator, einem Grafen Pail, anno 1738 den adligen Töchtern des Landes gewidmet worden zur Erinnerung an seine Frau Elise, und immer noch galt das von ihm verordnete Bildungsideal: protestantische Frömmigkeit, preußische Tugenden und gesellschaftliche Contenance, dazu die Unterweisung der jungen Damen in Wissenschaften und schönen Künsten. Dies zum Wohle späterer Ehegatten und der Kinder, wie es in der Stiftungsurkunde hieß, die alljährlich bei einem feierlichen Gedenken verlesen wurde.

Früher hatte die Kaiserin der Versammlung höfischen Glanz verliehen. Jetzt jedoch, da die erste Dame des Reichs irgendeine Frau Soundso war, zog man es vor, unter sich zu bleiben, die ehemaligen und gegenwärtigen Elisenmädchen samt Eltern, Lehrern, dem sonstigen Personal sowie Freunden und Förderern der Anstalt, Letztere leider in schrumpfender Zahl. Ein Menetekel für die Herren vom Kuratorium. Das Vermögen nämlich, das Graf Pail seiner Stiftung beigegeben hatte, um die Türen auch für verarmte junge Damen mit makelloser Ahnenreihe offen zu halten, war im Laufe des Krieges und der schleichenden Geldentwertung ebenfalls geschrumpft. Kaum noch die Rede von Freistellen, im Gegenteil, alle Gebühren wurden erhöht und Mädchen akzeptiert, die anstelle von Ahnen nur zahlungskräftige Väter besaßen.

Sogar ein Fräulein Löwenthal war neuerdings im Gespräch, gänzlich konträr dem Willen des Stifters, und vielleicht hätte Herr von Rützow bei näherem Hinsehen Freda gleich wieder ins sichere Großmöllingen zurückbeordert. Aber seine Groß- und Urgroßmütter waren hier erzogen worden, seine Schwestern, Frauen, Cousinen, Tanten, Nichten, noch schien es undenkbar, dass sogar hinter diesen Mauern die Unordnung nisten sollte. Allein die bröckelnden Fassaden nahm er zur Kenntnis, und weil solch äußerer Verfall sich beheben ließ, spendete er eine größere Summe als ursprünglich vorgesehen für diesen Zweck, guten Glaubens, die Dinge damit ins Lot zu bringen.

Ein Irrtum, obwohl, was die Erziehung der Mädchen betraf, nach wie vor Graf Pails eherne Regel galt, dass Bescheidenheit eine Tugend sei, Luxus Sünde und Libertinage aller Laster Anfang. Gehorsam also hieß das Gebot, bei karger Kost und harten Betten und Pflichterfüllung von morgens bis abends und der zementierte Ablauf, begleitet von frommen Gesängen, zumal in den beiden Jahren vor der Konfirmation, deren Stille nur heimlich durchbrochen werden durfte. Graf Pails Gesetz. Aber das Geld folgte seinen eigenen: Es ließ die Mauern durchlässig werden, mischte falsche Elisenmädchen unter die echten und schickte schließlich alle gemeinsam in die Turbulenzen der sich immer schneller drehenden Welt.

Der private Unterricht im Stift nämlich, mit sechs Klassen und dem Höhere-Töchter-Programm, bisher Garant für das geschlossene System, hatte sich schon bald nach Fredas Ankunft als nicht mehr finanzierbar erwiesen, so dass die Mädchen fortan in die nächstgelegene öffentliche Schule geleitet wurden, mit Eskorte und uniformiert. Ein täglicher Spießrutenlauf, der jedoch aus der Enge in freiere Luft führte. Denn das neunklassige Helene-Lange-Lyzeum hatte den gleichen Lehrplan wie ein Gymnasium, ermöglichte das Abitur und galt darüber hinaus als Vorzeigeprojekt der jungen Republik, nicht ohne Konsequenzen für den Geist dieses Hauses. Die Lehrerinnen etwa wurden weder an Frömmigkeit, Kaisertreue noch Demut gemessen. Sie kamen von der Universität, gelegentlich sogar mit einem Doktortitel, und auch bei den Schülerinnen zählten andere Tugenden als die aus Graf Pails Katalog.

Höchst bedenklich dies alles in den Augen mancher Eltern, vor allem der Name der Anstalt. Die sattsam bekannte Helene Lange, konnte man im Rundbrief eines empörten Vaters lesen, gehöre immerhin zu jenen marktschreierischen Frauenriegen, die bereits unter dem Kaiser nicht nur Gymnasien, sondern sogar die Öffnung der Universitäten für Mädchen gefordert hatten, mit geringem Erfolg in Preußen glücklicherweise, und kaum verständlich, dass die Wahl der doch allseits hochverehrten Pröbstin nun ausgerechnet auf dieses Institut gefallen sei. Er bat um Unterstützung, worauf es Proteste gab, auch einige Abmeldungen. Doch selbst Herr von Rützow hatte dem Wechsel schließlich zugestimmt, im Vertrauen auf den ordnenden Einfluss des Stifts und in der Annahme, dass alles, was nach Abitur roch, seiner Tochter ohnehin fern läge. Wieder ein Irrtum, der größte und folgenreichste überhaupt: Sie entdeckte die Lust am Lernen.

Der Impuls kam von Ulrica Moll, einer Kaufmannstochter aus Bremen, die Medizin studieren wollte, sämtlichen Dingen auf den Grund ging und Fredas erste Freundin wurde, die richtige zur richtigen Zeit, wenngleich Herr von Rützow es anders sah. Aber als er erkannte, was dieses falsche Elisenmädchen in Bewegung gebracht hatte, war es zu spät.

Wie hätte er auch damit rechnen können. Früher, unter der Fuchtel von Mademoiselle Courrier, des örtlichen Pastors sowie eines pensionierten Mathematikprofessors, hatte Freda sich schnell abgewöhnt, den Stoff, den man ihr vorwarf, nochmals hin und her zu drehen. Lernen, ohne zu fragen, der schnellste Weg, um diese öden Stunden hinter sich zu bringen. Jedes Warum verlängerte die Prozedur, und Hauptsache, sie könne ordentlich rechnen und schreiben und nett Klavier spielen, sagte Herr von Rützow. Seine Tochter habe nun mal nicht das Zeug zum Blaustrumpf, und das sei gut so.

Jetzt jedoch, auf der neuen Schule, mit den neuen Lehrern, der neuen Freundin, wollte sie mehr wissen. Frage und Antwort, das neue Spiel. Der Eifer dieser Schülerin reiche weit über das geforderte Pensum hinaus, besagte das Jahreszeugnis, zur Freude der Pröbstin, deren strenges Lächeln in Fredas Nähe milder wurde, und Herr von Rützow schenkte ihr, obwohl sie sich vor Pferden fürchtete, eine hübsche braune Stute, in der Annahme, damit die Lust am Reiten zu wecken. Er wusste noch nicht, dass Ulrica Moll seine Tochter bald ganz und gar von dem entfernen würde, was ihm gefiel.

Verstehst du, warum wir das tun?«, hatte sie gefragt, als Freda zum ersten Mal mit ihr durch den Park von Sanssouci getrottet war, wo die Elisenmädchen in wohl geordneten Zweierreihen der Bevölkerung vorgeführt wurden, »die Gänse«, sagte man, »seht mal, da sind wieder die Gänse«.

Beide waren tags zuvor im Stift angekommen, fast gleichzeitig. Ihre Schränke und Betten standen nebeneinander, und schon beim Auspacken hatte Ulrica nach einigen Blicken auf die Nachbarin »ich glaube, ich mag dich« gesagt, ohne Umschweife, wie immer, wenn ihr etwas wichtig schien, während Freda erschrocken zurückwich. Gefühle, hatte Mademoiselle Courrier ihr eingeschärft, behalte man für sich, und davon abgesehen war Ulrica Moll einen ganzen Kopf größer als sie, strohblond und robust, genau wie die meisten Mitglieder der Rützowsippe. Sie selbst dagegen, klein, schmal, dunkelhaarig, schlug nach der mütterlichen Seite, und mit den Gurrlebens, hatte ihr die Cousine Melanie ausgerechnet zum siebten Geburtstag um die Ohren gehauen, sei nichts los, die hätten zwar viel Geld, lebten aber nicht lange, und sie werde bestimmt auch mal so jung sterben wie ihre Mutter, das sagten alle, eine Prophezeiung, die hin und wieder noch durch Fredas Träume spukte. Kein Wunder, dass sie vor zu viel Direktheit erschrak.

Ulrica indessen ließ sich nicht abweisen, und so sah man beide fortan nur noch nebeneinander, die Große mit dem hellen Haar, die Kleine mit dem dunklen, im Stift, bei den Andachten oder nachmittags im Park, wo Freda zum ersten Mal Ulricas »Warum« gehört hatte, »verstehst du, warum wir das tun müssen?«

Ein Schulterzucken, »weil es immer so gewesen ist«, kein Argument für Ulrica, weder jetzt noch sonst wann. Warum, fragte sie und nahm Freda mit auf die Suche nach den Antworten. Warum ist Afrika so heiß und die Sonne so hell, warum die Pröbstin so streng und der Pastor so müde, warum haben wir den Krieg verloren, warum soll man glauben, dass Gott gut ist – eine Reise von dem, was sich im Lexikon nachlesen ließ, bis an die Grenze der Geheimnisse hinter Menschen, Worten, Taten, ob zu Fredas Glück oder Unglück, wer kann es sagen, wenngleich man vermuten muss, dass sie ohne Ulrica eine andere geworden wäre, eine Rützowtochter nach dem Geschmack ihres Vaters, statt in den Roggen zu geraten. Und ganz gewiss hätte es sie nicht nach Hünneburg verschlagen, die Stadt, in der Harro Hochberg geboren wurde, etwa um die Zeit, als sie mit ihrem Abschlußzeugnis ins Zimmer der Pröbstin trat, diesem ebenso glänzenden wie überflüssigen Dokument. Denn wozu die Obersekundareife, die vielen »Sehr gut«, die Beteuerung, wie gern man die begabte Schülerin zum Abitur geführt hätte. Alles nur für die Schublade, Papier, sonst nichts.

Es war im Frühling 1922, Gründonnerstag, noch eine Nacht, dann musste sie das Stift verlassen. Der Abschied von der Schule lag schon hinter ihr, die mitfühlenden Blicke und Wünsche, das eindringliche »Denk daran« der Zeichenlehrerin, der es um mehr als die Handhabung von Stift und Pinsel gegangen war. »Denk daran, auch die Abseite der Dinge zu suchen«, sagte sie noch einmal, doch Freda hatte sich abgewandt.

Und nun die Pröbstin. Sie stand neben ihrem Schreibtisch, groß und schwarz wie damals am ersten Tag, aber nicht mehr furchterregend. Ein langer Blick auf das Zeugnis. »In der Tat bedauerlich, dass du nicht länger bleiben kannst«, und Freda sagte: »Ich würde so gern studieren.«

Die Pröbstin lächelte, jenes besondere Lächeln, das Freda schon kannte, studieren, ja, sie könne es verstehen, das hätte ihr auch gefallen, außerordentlich sogar, aber damals vor vierzig Jahren sei allein der Gedanke unmöglich gewesen.

Sie nestelte an der schwarzen gerüschten Haube, das Zeichen ihres Amtes, jede der Vorgängerinnen, die nun in stummer Würde zu Porträts geronnen waren, trug es auf dem Scheitel. »Nein, kein Gedanke daran, absolut unmöglich in unseren Kreisen, sonst wäre ich gewiss über alle Hürden gegangen. Gut, dass es anders geworden ist.«

»Nicht für meinen Vater«, sagte Freda, und die Pröbstin nickte, »ich weiß, gleich nach dem Weihnachtsfest hat er es mir geschrieben. Er meint, ich müsste dich auf die rechte Bahn zurückbringen. Aber das, was er dafür hält, gibt es nicht mehr.«

Weihnachten in Großmöllingen, der zweite Feiertag, die Familie im blauen Zimmer beim Tee. Sie sitzen um den runden Tisch herum, auf Stühlen, deren Bezüge irgendeine Rützowfrau gestickt hat im fernen Biedermeier, und nun stickt die Stiefmutter an einem Gobelin, hastig, ohne Pause, als fürchtete sie, ihr Leben wäre nicht lang genug für die Jagdgesellschaft mit Rittern, Damen, Hündchen und Hirschen, und der kleine Stiefbruder rutscht ungeduldig hin und her, weil unterm Baum die neuen Spielsachen warten. Er ist Stammhalter, Erbe und Augapfel, seitdem die Diphterie den Erstgeborenen geholt hat. »Ich will aufstehen«, ruft er weinerlich, aber »Kinder mit'n Willen krich wat uff de Brillen«, lautet eine der Spruchweisheiten hierzulande, und so wendet Herr von Rützow sich Freda zu, »schade, morgen verlässt du uns schon wieder«, und Freda sagt, dass sie lieber noch länger im Stift bliebe, bis zum Abitur.

Abitur, das verbotene Wort. Schluss damit, hatte er anbefohlen, ein für allemal, und trotzdem prescht sie jetzt noch weiter vor, ich möchte Lehrerin werden, Lehrerin am Lyzeum, Ulrica darf studieren, ihr Vater erlaubt es, warum du nicht auch, bis die Drohung, von der Pröbstin mehr Strenge zu fordern, sie schweigen lässt, blass und verstört, seine kleine Tochter, die Trost braucht.

»Lass gut sein«, sagt er, »wenn du Ostern endgültig wieder nach Hause kommst, verschwindet dieser Unfug von selbst. Erst der lange Sommer, danach die Saison in Berlin mit schönen Kleidern, Bällen, Amüsement, vielleicht sogar eine Verlobung, wer weiß«, und noch einmal rennt sie an gegen die Mauern von vorgestern, hinter denen er sich verschanzt hält, zwischen Bildern und Möbeln der wechselnden Rützows, und rundherum das Land, das er von ihnen bekommen hat, um es für die nächste Generation zu erhalten. »Ich bin doch nicht meine Großmutter«, ruft sie. »Vier aus der Klasse werden studieren, auch wir haben Rechte, auch ich«, der letzte Versuch. Du musst dich wehren, hatte Ulrica gesagt. Sie hört den Widerhall und weiß, dass es nicht stimmt, nicht für sie, sich wehren, wie macht man das.

»Schluss damit. Ich werde der Pröbstin schreiben, dass sie dir die Flausen gefälligst austreiben soll«, dröhnt die Stimme des Herrn, während er die Tür hinter sich zuschlägt, und die Stiefmutter hebt den Kopf vom Stickrahmen. »Nimm es hin, es ist, wie es ist.«


Doch nun, an diesem letzten Tag und Herr von Rützow schon unterwegs nach Potsdam, stand die Pröbstin ihr als Verbündete gegenüber, ausgerechnet sie, die Hohepriesterin des Ehedem, der man sich nur in der dritten Person nähern durfte, mit Knicks und Handkuss, als müsste das Elisenstift immer noch kaiserliche Hofdamen produzieren. Aber vielleicht hatte sie eine Maske vor dem Gesicht getragen, eine Maske mit strengem Lächeln, die nun herunterfiel, als sie »über alle Hürden« sagte und »lass dich nicht ins Falsche zwingen«, und morgen, wenn der Vater komme, wolle sie ihm noch einmal klar machen, dass die Welt sich verändere von Tag zu Tag, der Glanz von gestern nichts mehr gelte und nur, was man im Kopf habe, ein sicherer Besitz sei in unsicheren Zeiten wie jetzt.

Es war die Inflation, von der sie sprach, dieser rasende Prozess, der gutes Geld fraß, schlechtes ausspuckte und Existenzen von heute auf morgen zerschlug. Auch Ulricas Vater war ruiniert. Aber das

Abitur wollte sie trotzdem machen, so oder so. Erst Abitur, dann Medizin studieren, und wenn du etwas wirklich willst, dann schaffst du es auch.

Ich schaffe es, glaubte Freda, einen Abend lang, eine Nacht, auch noch am nächsten Morgen. Erst als ihr Vater mit eisigem Gesicht aus dem Zimmer der Pröbstin kam, das Gepäck zum Wagen gebracht wurde und kaum Zeit für den Abschied blieb, verbrannte die Hoffnung. Nur noch Asche, schwierig, da wieder herausfinden. Einen Weg durch die Hölle wird sie es zwanzig Jahre später nennen, oben in dem Hünneburger Fachwerkhaus, wenn sie versucht, Harro Hochberg zu erklären, was mit ihr geschehen ist.

Harro Hochberg, schon wieder. Er taucht auf und verschwindet, als wäre es besser, den Namen zu löschen, rechtzeitig, bevor er ins Zentrum der Geschichte rückt. »Is 'ne heiße Kartoffel, Kleene«, hatte Katta gesagt, wenn sich Freda zu heftig in etwas verbeißen wollte, »lass los, verbrennst dir die Finger.« Trotzdem, Harro wird in der Geschichte bleiben, nicht loszuwerden, der kleine, niedliche Junge, der in seinem Bettchen mit den Fingern spielte, als sie begann, sich auf seine Stadt zuzubewegen, Schritt für Schritt, unausweichlich.

$E$in hübsches Kind, fand man allgemein, hellhäutig und blond, sehr blond, zur besonderen Freude seines Vaters, Dr. Karl Hochberg, der sich selbst etwas zu bräunlich fand. Das Erbe einer Urgroßmutter, wie er gelegentlich einfließen ließ, die der dazugehörige Urgroßvater, Steinmetz seines Zeichens, von der Wanderschaft mitgebracht habe, aus Florenz, und möglich, dass sie sogar Neapolitanerin gewesen sei, feurig jedenfalls.

Nett ausgedacht, diese Geschichte, auch immer wieder gern erzählt bei passenden Gelegenheiten. An Harros erstem Geburtstag etwa, zu dem man unter anderem die Taufpatin geladen hatte, Dr. Charlotte Greeve, Studienrätin in Hünneburg und eine enge Freundin von Harros Mutter aus der gemeinsamen Zeit an der Frankfurter Höheren Töchter-Schule, bevor Uta zwecks Erlernung des Haushalts in ein Darmstädter Pensionat abwandern musste. Charlotte Greeve indessen, die ein lahmes Bein hatte, zum Ausgleich aber über großen Scharfsinn verfügte, erkämpfte sich das Abitur und die Zulassung an die Universität, Mathematik, Physik, Chemie, eine männliche Domäne, Jungfer Hinkelbein nannten sie die schmissigen Studenten. Nun also, da man Hünneburg gerade rechtzeitig vor Harros Geburt ein Lyzeum genehmigt hatte, befand sie sich wieder in Utas Nähe und konnte dem von Dr. Hochberg häufig mit neuen Schlenkern versehenen neapolitanischen Kapitel der Familiensaga lauschen. Diesmal waren es Teller und Schüsseln, die jene feurige Vorfahrin zerschmettert haben sollte, und kein Wunder, fügte er lachend hinzu, dass ihm, dem Urenkel, die sanfte blonde Uta besser behagt habe, nach der das Geburtstagskind nun so reizend geraten sei, ein eheliches Kompliment, das mit fröhlichem Applaus quittiert wurde.

Harros Schwester hingegen, die zehnjährige Gudrun, glich farblich dem Vater, Kirschenaugen, dunkle Locken, in der Tat neapolitanisch. Der Hausarzt Dr. Brosius, ein Freund der Familie und Italienliebhaber, hatte sie von Anfang an Bella genannt, was rundherum gefiel, so dass man den richtigen Namen fast vergaß. Nur Dr. Hochberg war bei Gudrun geblieben. Gudrun und Harro, deutsche Namen, das schien ihm wichtig, obwohl es in keiner Weise mehr darauf ankam wie vor fünfundvierzig Jahren, als sein eigener Vater, der Kaufhausbesitzer Samuel Hochberg, im westpreußischen Thorn ihn, den Nachkömmling, Karl genannt hatte und diesen Entschluss am Taufbecken der Marienkirche besiegeln ließ, wo gleichzeitig das Töchterchen seines Freundes Nathan Wollmann den Namen Uta erhielt.

Man könnte an ein Arrangement denken, wenngleich die künftige Heirat der beiden Kinder, von denen das eine schlief, das andere schrie, noch keineswegs abzusehen war. Aber manches scheint darauf hinzuweisen, zum Beispiel, dass an jenem Tag des Jahres 1885 auch die beiden Elternpaare evangelische Christen wurden, um dann zwei Jahre später ihren Besitz zu verkaufen und mit Taufschein nebst neutestamentlichen Namen nach Frankfurt am Main abzuwandern, eine zweite Flucht, wenn man so will. Ihre Väter waren vor polnischen Pogromen geflohen, nun suchten die Söhne endgültige Sicherheit in der Assimilation. Zurück blieb, was ihr Leben bis dahin ausgefüllt hatte: das Kaufhaus S. Hochberg & Söhne, der Ledergroßhandel N. Wollmann, die Häuser, Straßen und Gärten der Kindheit, die Luft, die Landschaft. Das andere, Familie, Freunde, Traditionen, hatten sie bereits beim Tausch der Synagoge gegen die Marienkirche eingebüßt, für immer und allezeit, und fraglich, ob ihnen dieser totale Exodus bekommen ist. Nach zweieinhalb Jahrzehnten jedenfalls war von den Eltern allein Samuel Hochberg, der jetzt Johann hieß, noch am Leben, und auch er ging dem Ende entgegen.

»Dazugehören«, versuchte er, bevor der Tod kam, seinem Sohn Karl die Entscheidungen von ehedem noch einmal verständlich zu machen, »nicht mehr in den Brunnen geworfen werden, ich nicht, du nicht, deine Kinder nicht, und Gott möge mir verzeihen.«

Karl, inzwischen zum Anwalt Dr. Hochberg avanciert, wischte ihm den Schweiß von der Stirn, »ja, du hast es richtig gemacht«, wollte aber eigentlich nichts mehr davon wissen. Kein Problem für ihn, diese alten Geschichten. Er war ohne Sabbat aufgewachsen, ohne Bar Mizwa und Laubhüttenfest. Er hatte ein christliches Gymnasium besucht und den Konfirmationsunterricht, hatte gedient, Jura studiert, einer schlagenden Verbindung angehört, die blonde Uta geheiratet und sich gerade zum Kauf der Kanzlei in Hünneburg entschlossen. Ein guter Platz für ihn, seine Frau und die künftigen Kinder, weit genug entfernt von der Thorner Vergangenheit, und was ihn nicht betraf, sollte ihn auch nicht mehr behelligen. Er begrub den Vater nach evangelischem Ritus und gedachte seiner mit Liebe. Kein Kaddisch, nein, das war vorbei.

Im Sommer 1912 zogen die Hochbergs in ihre neue Heimat. 1914 wurde Gudrun geboren, acht Jahre später der Nachkömmling Harro, dazwischen der Krieg, und niemand kam auf die Idee, nach dem Gott ihrer Väter zu fragen, wieso auch. Doktor Hochberg, Rechtsanwalt, Reserveoffizier und dekorierter Kriegsteilnehmer, was gab es da zu fragen. Er war ehrenamtlicher Justitiar der Hünneburger Bildungsgesellschaft, Mitglied des Kirchenvorstands, des Johanniterbundes, des Herrenclubs und galt als großzügiger Förderer der örtlichen Vereine. Ein geschätzter Ratgeber außerdem, freundlich und hilfsbereit, genau wie seine Frau, die, so hieß es, an keiner Not vorbeikäme, und Not gab es reichlich in der elenden Nachkriegszeit. Die rot geklinkerte Villa am Steingraben war zur Anlaufstelle allerlei Gerechter und Ungerechter geworden, eine gute Adresse auch für den rapide wachsenden Bettlertrupp, wovon die Kerben am Haustürpfosten ebenso sprachen wie die mit Pfennigen gefüllte Kupferschale in der Diele, deren Inhalt ständig erneuert werden musste.

Das bleibende Bild in Harros Erinnerung: die Mutter mit dem Klimpergeld, und der Bettler an der Tür streckt ihr seine große Hand entgegen, übergroß, seltsam, dass sich gerade dies ins Gedächtnis gebrannt hat. Vielleicht, weil die abgerissene Gestalt für ihn jene dunkle Drohung verkörperte, die die Gesichter der Erwachsenen gelegentlich zu verfinstern schien, obwohl ihm das, was bei Tisch als Zeichen dieser unruhigen Jahre durch die Gespräche geisterte, keine Furcht einflößte. Er habe das Fürchten nicht gelernt, wird er später zu Freda sagen, und warum auch bei einem Vater, der lieber lobte als tadelte und jedes »Du sollst« oder »Sollst nicht« akribisch begründete. Das klang dann wie eine neue Geschichte, und dahinter die Stimme der Mutter: »Ach, er ist ja noch so klein.«

Ein glückliches Kind also, das dort am Steingraben zwischen Klötzchen, Lokomotiven und bunten Bildern dem ersten Schultag entgegenwächst. Bald wird er jeden Morgen und jeden Mittag seinen Ranzen über den Marktplatz tragen, am Roland vorbei, den Gerichtslauben, den Fachwerkhäusern. Möglich, dass irgendwann, lange bevor sie zusammentreffen, Freda am Fenster steht und ihm nachblickt, dem blonden Jungen mit seiner Geschichte im Schlepptau, der er nicht entkommen kann.

Aber noch liegt ein weiter Weg zwischen Großmöllingen und Hünneburg. Noch sitzt sie mit ihrem Vater im Zug, Kiefern fliegen vorbei, tanzende Telegrafendrähte, Potsdam verschwindet. Sie möchte weinen, aber mit sechzehn weint man nicht mehr. Sie fängt an, sich wieder zu fügen.


$D$as erste Jahr nach ihrer Rückkehr blieb ohne Konturen. Es verlief sich im Sand der Wege und Felder rund um Großmöllingen, märkischer Sand, besonders gut für Kartoffeln, aber auch schwarze, fette Äcker dazwischen, auf denen Roggen gedieh, Gerste und Hafer, prächtig sogar. Die Ähren wurden gelb und prall, während Freda tagtäglich an ihnen vorbeifuhr mit dem neuen Rad, ein Geschenk ihres Vaters. Zunächst hatte er morgens die braune Stute Stella für sie satteln lassen, in der Hoffnung, seine melancholische Tochter würde endlich das Glück auf dem Rücken eines Pferdes entdecken. Aber die sonst so fromme Stella revoltierte mit zornigem Schnauben gegen den fremden Angstgeruch, keilte aus, stieg hoch, nichts zu machen. Er sah es ein und hatte als Alternative das Rad gekauft, von dem sie sich nun durch den Sommer tragen ließ.

Immer die gleiche Strecke: Erst die Kirschbaumallee, die vom Schloss zum Dorf führte, sodann durch die Felder, die Viehkoppeln und an der müde dahinfließenden Mölle entlang nach Scherkau, dem Vorwerk der Rützows, wo Katta, seitdem sie den Schmied einschließlich seiner kleinen Söhne geheiratet hatte, jetzt mit Hingabe ihr eigenes hegte und pflegte, unter den wohlwollenden Augen der Nachbarschaft. Sie verstand sich auf Blumen, Kinder, Kranke und guten Rat bei Streitigkeiten. Außerdem hatte sie in der Großmöllinger Wäschekammer ein Talent fürs Nähen entwickelt, und die von ihr verfertigten Kleider bedeckten nicht nur Blößen, sondern waren nach Meinung des Dorfes flott wie aus einem feinen Laden, und wo gab es das schon für so billiges Geld.

Katta, rund und rotbackig, das Haar an den Schlä-
fen ein wenig mit der Brennschere gekräuselt und
Zufriedenheit über dem ganzen Gesicht. »Nu biste ja
'ne richtige Dame geworden«, hatte sie bei dem ersten Wiedersehen gerufen, unsicher, ob sich die alte
Vertrautheit noch schickte, dann aber, weil Freda
plötzlich so verzweifelt weinte wie ehemals im Kin-
derzimmer, zu ihrem gewohnten »lass man, Kleene«
gegriffen, das diffuse »wird schon wieder« allerdings gegen Handfesteres ausgetauscht, etwas, das
sich wie ein Keim festsetzte, dort, wo die scheinbar
unmöglichen Wünsche nisten und auf ihre Stunde
warten. »Lass man, Kleene«, sagte sie. »Paar Jahre
noch, dann biste mündig. Dann packste deine Sachen und ziehst ab.«

»Ich?«, fragte Freda.

Katta nickte. »Wer sonst. Bloß keene Angst, irgendwo kommste schon an, und überall gibt's Menschen.«

Eine Kleine-Leute-Weisheit für Unentwegte, die
auf das Glück in der Fremde hoffen. Noch nicht
Fredas Sache, aber wenigstens trocknete es die
Tränen. Sie saß in Kattas Stube mit den weißen
Mullgardinen, trank süßen Malzkaffee, ließ sich
den Garten zeigen, die Osterglocken, die ersten Tulpen, fuhr nach Großmöllingen zurück und kam am
nächsten Tag wieder, am übernächsten und so fort.
Ein immerwährendes Hin und Her auf den Sand-
wegen, das war der Sommer, blau meistens,
manchmal auch schwarz, wenn eins der schnellen

Gewitter vorüberzog mit Donner, Blitz und Wolkenbrüchen, beinahe der Weltuntergang, aber dann gleich wieder ein Regenbogen am wolkenlosen Himmel. Dieser schöne, lange, leere Sommer, und wenn sie nach den Spuren des Winters suchte, schien sich die alte Truhe in der Großmöllinger Halle zu öffnen: Jahrhundertkram, Bänder, Federn, Spitzentücher längst dahingegangener Rützowdamen und dazwischen ihre eigenen Ballkleider und Seidenschuhe, das Lächeln eines jungen Mannes, Blumen von irgendwoher, alles fahl und verschlissen, und die Stimme des Vaters befiehlt: »Amüsier dich doch endlich.«

Nein, sie hatte sich nicht amüsiert, sich auch nicht verliebt oder verlobt, nun erst recht nicht. Man konnte ihr die falsche Zukunft aufzwingen, aber kein Lachen und keine Liebe, was immer das war. Sie hatte sich durch die Polonaisen, Walzer und Quicksteps getanzt, ja gesagt oder nein oder gar nichts, und die jungen Herren, ähnlich wie das Pferd Stella, schüttelten sie ab.

Ein bisschen mehr könne man ja wohl von ihr erwarten, versuchte Herr von Rützow sie zur Raison zu bringen und wies auf das Geld hin, das der Spaß ihn schon gekostet habe, ausgerechnet jetzt nach der Inflation, wo man wieder auf die Beine kommen müsse, gab im Stillen jedoch sich selbst die Schuld. Alles wohl etwas früh für Freda, meinte er beim Resümee der misslungenen Unternehmung, aber egal, der Klimbim für die Bälle und Empfänge bringe ihn ja zum Glück nicht um, und das mit der Verlobung habe er sowieso nicht ernst gemeint. Nur ein Probelauf, diese erste Saison, obwohl ihre Mutter ebenfalls erst sechzehn gewesen sei bei ihrem Debüt, und eigentlich mache den jungen Dingern so was doch Spaß. Nun ja, Freda brauche wahrscheinlich mehr Zeit als andere. Im nächsten Jahr werde sie sich bestimmt mit fliegenden Fahnen ins Vergnügen stürzen, und alles weitere komme dann von selbst.

Herr von Rüstow und die Irrtümer. »Habe ich nicht Recht?«, fragte er, und seine Frau nickte, noch halbherziger freilich als sonst. Fliegende Fahnen, was sollte das. Bei ihr jedenfalls hatte es keinerlei Geflatter gegeben, als man sie mit siebzehn Jahren nach Großmöllingen geschickt hatte, von einem Vater zum nächsten. Fliegende Fahnen, du lieber Himmel. Aber es war, wie es war, also nickte sie, »ja, du hast Recht«, und klopfte danach bei Freda, die jetzt im ersten Stock wohnte, während oben im Kindertrakt nunmehr der kleine Stiefbruder, neun inzwischen und etwas zu schmächtig für sein Alter, von einem Hauslehrer aufs Freiherr-vom-Stein-Internat vorbereitet wurde. Ein altehrwürdiges Haus, seit eh und je die Schule der jungen Rützows, nur dass es früher Kadettenanstalt hieß. Ein Jahr noch, dann war es an ihm, dort anzutreten, trotz der Bitten seiner Mutter um Aufschub. Aber dieser einzige Sohn, erklärte Herr von Rützow, solle ein Mann werden und keine Memme, worauf sie den Kopf noch mehr als sonst einzog, weil es ihr nicht gelang, weitere Söhne bereitzustellen.

$F$redas Zimmer lag an der Parkseite, mit Blick über die sogenannte Hundewiese bis zu den mächtigen Blutbuchen, deren Blätter sich rot färbten im Sommer. Jetzt umspielte der erste grüne Schimmer die Zweige, März, fast ein Jahr vorbei seit der Rückkehr vom Stift. Vor ihrer Ankunft hatte Frau von Rützow das Zimmer für sie eingerichtet. Biedermeiermöbel aus Kirschbaumholz, ein englischer Teppich, die Tapeten, Polster und Vorhänge gelbweiß gestreift. Gelb und Weiß, sagte sie, passe so gut zu dunklem Haar und dunklen Augen, Grund genug, dass Freda jegliches Gelb für die Berliner Feste verweigert hatte, was ihre Stiefmutter bekümmert auf sich bezog.

»Ich wollte nur fragen, ob du dich hier wieder wohl fühlst nach der Winterpause«, sagte sie jetzt, eine neuerliche Bitte um Sympathie, ich bin allein, du auch, wir könnten uns doch zusammentun, aber Freda schien es nicht wahrzunehmen. Sie saß am Fenster, ihren Skizzenblock auf den Knien, zum ersten Mal nach dem Abschied von Potsdam, wozu sich erinnern, es tut nur weh. Doch an diesem Nachmittag war der Stift wie von selbst in ihre Hand gekommen, nicht abzuweisen, und so versuchte sie, das Bild dort draußen aufs Papier zu holen, die Wiese, die Bäume, den Himmel darüber. »Wohl fühlen? Ja, sicher, warum nicht.«

»Ach ja?«, murmelte Frau von Rützow entmutigt, trat jedoch ein paar Schritte näher. »Sind das die Blutbuchen? Wie schön.«

Freda schüttelte den Kopf. »Nur ein Entwurf. Wir haben in Potsdam mit dem Aquarellieren angefangen, erst ganz zum Schluss, das möchte ich gern mal wieder probieren. Wahrscheinlich kann ich es gar nicht mehr. Und man braucht ja auch die richtigen Farben«, ein Stichwort, das Frau von Rützows Stimme veränderte. »Natürlich«, rief sie, »Farben, Pinsel und Papier. Soll ich deinen Vater bitten, dass er es dir besorgt? Aquarellieren ist wunderbar, ich wünschte, ich könnte es. Du bist begabt, das sieht man gleich. Nur diese paar Striche, doch, ich rede mit ihm, heute noch.«

Sie verhaspelte sich vor Eifer, und Freda fiel ihr ins Wort, »bitte nicht, er sagt, dass er schon viel zu viel für mich ausgegeben hat, und dann diese schlechten Zeiten«, worauf die Stiefmutter lachte, ein ganz neues Lachen, übermütig geradezu: Nein, das solle Freda nicht glauben, alles nur Gerede, er sei besser als mancher andere über die Inflation hinweggekommen, habe nichts zu beklagen, und sie werde mit ihm sprechen.

Ihr Gesicht lief rot an vor Aufregung und Stolz. Eine Mutprobe, die erste, mehr konnte man nicht verlangen von einer, die kaum den Kopf zu heben gewagt hatte bisher, und immerhin verhalf sie Freda auf diese Weise zu einer Art Atelier, einem großen Tisch, den richtigen Farben, dem richtigen Papier.

Selbstverständlich solle sie malen, hatte Herr von Rützow erklärt, eine hübsche Beschäftigung für Frauen, nur zu, vielleicht bringe es ja ein bisschen Leben in ihre Träumereien, und wirklich, so war es. Freda schien sich endlich wiederzufinden beim Spiel mit den Farben, eine neue Leidenschaft, pendelnd zwischen Euphorie und Verzagtheit. Sie tuschte, tupfte, wischte, verwarf, fing von vorn an, stundenlang, immer atemloser, als ginge es in der Tat ums Leben, nicht ganz ungefährlich, wie sich zeigte.

Herr von Rützow indessen sah es mit Vergnügen, auch Anteilnahme. Er wollte wissen, wie sie weiterkomme, machte Vorschläge und äußerte Wünsche, unter lautstarker Bewunderung dessen, was er ihre Werke nannte, Blumen, den See im Park, die Schwäne, das Schloss, die Blutbuchen, immer wieder die Blutbuchen. »Hübsch«, rief er, »wirklich sehr hübsch«, bis sie es nicht mehr ertrug. Denn hübsch, was hieß das schon. Hübsch reichte nicht, sie brauchte den Rat der Potsdamer Lehrerin, um es besser zu machen, aber Potsdam war so weit entfernt wie der Mond, so nah und trotzdem unerreichbar, kaum auszuhalten, dieses Gefühl. Es trieb sie aus der Malstube in die Bibliothek, wo philosophische, naturkundliche, historische Werke quer durch die Zeiten, dazu Klassiker und Romane sowie lange Reihen zum Thema Jagd, Hunde und Pferde von den Vorlieben verflossener Gutsherren zeugten. Doch aus jedem Buch, das sie aufschlug, sprach Ulricas Stimme, was hältst du davon, was denkst du, was meinst du und warum, Dispute im Niemandsland, vor denen sie nach Scherkau floh, zu Katta und ihrem Trost mit der Zukunft, noch vier Jahre, dann bist du mündig, aber vier Jahre waren eine Ewigkeit, und mündig sein, wie machte man das. Ende März begann es zu regnen, tagelang, bis die Äcker, Koppeln und Wiesen unter Wasser standen, und mit dem Regen kam der Husten, und hustend konnte man nicht malen, so schloss sich der Kreis.

*F*redas Verwirrung. Hysterie, nannte es ihr Vater, als sie eines Tages nach seiner Bemerkung, dass ihre Trauermiene zum Wetter passe, weinend aus dem Speisezimmer lief. Hysterie, sagte er, total verdreht, dieses Mädchen, sie müsse sobald wie möglich unter die Haube kommen, was wiederum seine Frau in Rage brachte. »Deine Tochter ist kein Pferd«, fuhr sie ihn an, ein nie gehörter Ton, der ihm zunächst die Sprache verschlug. »Ich verbitte mir solche Reden«, rief er dann, wonach sie mit den Worten »Du kannst dir alles verbitten, aber andere dürfen gar nichts« ebenfalls davonging.

Herr von Rützow blieb allein zurück, ordnete die Gedanken und beschloss, mit seiner Tochter ein grundsätzliches Gespräch zu führen, in Ruhe und Güte, er liebte sie doch. Ihre Enttäuschung sei ja verständlich, wollte er sagen, sehr sogar, und auch ihm, das könne sie glauben, hätten sich nicht alle Blütenträume erfüllt. Aber irgendwann müsse jeder vernünftige Mensch sich mit der Kaste, in die das Schicksal ihn gestellt habe, arrangieren, nur so könne man erwachsen werden und auch ihr würde das gelingen, mit Gottes und seiner Hilfe. Ernste und strenge Worte, doch dann das Zuckerbrot, eine Reise nämlich, in die Berge, an die See, die Riviera sogar, ganz nach ihren Wünschen. Außerdem, dies noch im Stillen, erwog er einen mehrmonatigen Aufenthalt im Agnes-von-Hartwig-Institut, dem hauswirtschaftlichen Pendant zum Elisenstift, wo junge Damen in die Geheimnisse von Küche und Keller, Ordnung und Sauberkeit eingeweiht wurden. Etwas für künftige Bräute, um sie nicht hilflos dem Kampf mit Köchinnen und Stubenmädchen auszuliefern, genau das Richtige in Fredas Fall. Das Zusammensein in einer solchen zweifellos heiteren Gruppe würde sie umstimmen, hoffte er auf dem Weg zu ihrem Zimmer, erst über die breite geschwungene Treppe und dann bis ans Ende des Flurs, ein Holzweg freilich. Fredas Zimmer war leer, ebenso die Bibliothek und wo immer sonst man sie vermuten konnte.

Das gnädige Fräulein, meldete schließlich der Kutscher Henning, sei mit dem Rad weggefahren, mitten rein in das Sauwetter, er habe sie gewarnt, umsonst, und nicht seine Schuld. Aber da ritt Herr von Rützow schon vom Hof.

Er fand sie neben ihrem Rad auf dem von der Mölle überfluteten Weg nach Scherkau. Am nächsten Tag begann das Fieber, Lungenentzündung, sagte der Arzt, beinahe der Anfang vom Ende in dieser penicillinlosen Zeit, und möglich, dass Freda nur deshalb durch die Krise kam, weil die Stiefmutter in der Nacht, als der Tod lauerte, mit Tropfen, Tees, Dämpfen, Packungen gegen ihn anrannte.

Ihr Vater indessen, der es nicht länger ertragen hatte, war davongestürzt, erst durchs Dorf gelaufen und dann in die Großmöllinger Kirche, wo er am Altar lauthals mit seinem preußischen Gott um das Leben dieser Tochter feilschte. Er bot eine Kapelle an, eine Orgel, Gelder für die Mission, schließlich seinen gesamten Besitz und drohte aufs Lästerlichste, sich von ihm loszusagen, falls sie sterben sollte. Ein Chaos der Gefühle, ganz gegen seine Natur, auch höchst unprotestantisch, vor allem die Kapelle, so dass, als nach Fredas Genesung wieder Vernunft einkehrte, Großmöllingen nur die Orgel erhielt. Sie war dem Dorf schon seit langem versprochen, und ohnehin fraglich, ob Herrn von Rützows Angebote überhaupt zur Kenntnis genommen wurden. Eher ließe sich mit dem Gedanken spielen, Freda wäre davongekommen, um Harro Hochberg zu retten. Aber auch das sollte man lieber vergessen, denn warum um Himmels willen, warum unter so vielen gerade er. Unnütze Spekulationen, fest steht nur, dass Freda die Krise überlebte. Es war Juni, als sie das Bett endlich verlassen konnte. Sie aß und trank, ließ sich von

der Sonne bescheinen, vergaß allmählich die Krankheit. Im Juli stieg sie wieder aufs Rad und geriet in
den Roggen.

$E$s war ein Tag wie aus dem Märchen, fast zu schön,
diese sonnendurchtränkte Stille über den Rützow-
Feldern, und kein Zeichen am Himmel von einem
Gewitter oder gar Hagel so kurz vor der Ernte, die
trotz des verregneten Frühjahrs Gutes verhieß.
»Manchmal zieht der Teufel seinen Schwanz ja wieder ein«, sagten die Leute, ein Spruch, der auch für
den Einstieg in das neue Kapitel dieser Geschichte
passen könnte, obwohl Freda erst recht in Verzweiflung geriet, als Katta ihr damit kommen wollte, später im Herbst.

Aber noch war Juli und der Tag so schön. Sie fuhr
durch die Felder, auf den schmalen Pfaden, die sonst
nur von den Erntearbeitern genutzt wurden. Der
Roggen stand hoch, und das Licht, meinte sie, sei
heller geworden während ihrer Krankheit und die
Luft leichter, ein Moment des Einvernehmens mit
sich selbst und der Großmöllinger Welt. Schade,
dass Herr von Rützow nicht zur Stelle war, er hätte
seine Tochter aufs Pferd ziehen, sie in Sicherheit
bringen können, bevor der Moment zerbrach, und
alles wäre anders gelaufen. Eine andere Geschichte,
ohne Hünneburg und Harro Hochberg, auch ohne
Anlass, sie zu erzählen. Aber Herr von Rützow hatte
in der Kreisstadt zu tun. Wer kam, war der Fremde,

dessen Name sich verwischt, und die Geschichte geht weiter.

Der Fremde im Übrigen kam nicht. Er stand schon da, hatte die Halme hinter sich niedergetrampelt und malte. Freda sah es von weitem, die Staffelei, den Mann mit der Palette und dem Pinsel. Sie wollte das Tempo drosseln, wurde aber, Mademoiselle Courriers warnendes »attention, un homme« im Hinterkopf, stattdessen noch schneller, so schnell, dass eine Sandwolke aufstob. Erst am Ende des Pfades, wo der Weg nach Scherkau vorbeilief, hielt sie an, um nachzudenken.

Ein Kreuzweg. Eine Entscheidung. Eine fürs Leben, und warum weiß man das nicht, wird sie später sagen, immer noch verwundert über die Beiläufigkeit dieses Augenblicks. Keine Alarmglocken schrillten. Katta oder die Staffelei, fragte sie sich nur, fasste ihren Entschluss und glaubte, es gehe um das Bild, das dort am Weg entstand. Sie stieg aufs Rad und fuhr wieder zurück, so begann es.


*E*in wildfremder Mann mit ihr allein in den Feldern, unmöglich, diese Situation, obwohl es sich nicht vermeiden ließ, ihn anzusprechen. Und da er, ohne die Augen von der Leinwand zu nehmen, unwirsch fragte, was es denn gebe, bat sie in bestem Rützow-Ton um die liebenswürdige Erlaubnis, einen Blick auf seine Arbeit werfen zu dürfen.

Bisher hatte sie nur den Rücken zu Gesicht bekommen, die langen Beine, den Hut auf dem Hinterkopf. Jetzt drehte er sich um und lachte, leise und spöttisch. »Ja, werfen Sie, auch zwei von mir aus, aber nur, wenn sie uns nicht wieder bestäuben.«

Keine Frage, er mokierte sich über sie. Aber statt ihm klar zu machen, dass alles hier im Umkreis Eigentum ihres Vaters sei, sogar der Staub, geriet sie ins Stammeln, »nein, warum denn, ich wollte nur schnell, ich war in Eile«, und nahm gleichzeitig das sonnenverbrannte Gesicht unter der Hutkrempe wahr, die seltsamen Augen, grünlich, mit einem Glitzern darin, und dass er einen grauen Leinenkittel trug wie sonst nur die Landarbeiter.

Er ging zu dem Klappstuhl, der neben seiner Staffelei stand, griff nach einem Lappen und wischte den Pinsel aus. »In Eile? Weshalb sind Sie dann zurückgekommen?«

Ein kurzes Zögern, »weil ich auch gern male«, und er hob die Augenbrauen, »tatsächlich? Wieso denn das?«

Diese Arroganz. »Hinter dem Berg wohnen auch Menschen«, wollte Freda sagen und ihn stehen lassen. Doch da sah sie das Bild auf der Staffelei, ein Kornfeld, gelb-blau-rot, so leicht ineinander verschwimmend, als gehe der Wind darüber hinweg, und sie sagte, dass es schön sei.

Er winkte ab, »nein, das Gelb ist nicht intensiv genug, ich weiß es genau, es ärgert mich«, Worte, die vermuten ließen, dass er nicht nur spaßeshalber hier in der Sonne stand.

»Sind Sie ein richtiger Maler?«, wagte sie zu fra-

37

gen, was ihm offenbar albern vorkam. »Kann sein, jedenfalls male ich, wie man sieht. Aber falls Sie meinen, ob ich mein Brot damit verdiene – das Brot schon, nur für die Butter reicht es nicht immer.«

»Ach ja?«, sagte Freda, der gleiche Tonfall, mit dem die Stiefmutter Hilflosigkeit zu kaschieren suchte, »ach ja?«, denn dieser Fremde fiel aus jedem Raster. Geld war nicht gesellschaftsfähig, ein Fauxpas, vom Haben oder Nichthaben zu sprechen, nur die kleinen Leute taten es, Katta zum Beispiel, wenn sie sich beim Kleidernähen auf ein »ordentliches Stück Geld« freute. Aber zu den Tagelöhnern konnte er trotz seines grauen Kittels nicht gehören, und überhaupt, warum kein grauer Kittel für einen, der mit Farben hantierte, und warum nicht vom Geld reden, wenn man Künstler war, also anders als Gutsbesitzer, Offiziere oder Juristen, die sich nie im Leben Gedanken machten über die Farbe Gelb.

»Sicher werden Sie berühmt und verdienen ordentlich mit Ihren Bildern«, sagte sie, schon wieder ein Grund für ihn, sich zu amüsieren, »nur zu, dies hier ist noch billig zu haben. Aber wer sind Sie eigentlich? Die Tochter des Melkers? Oder des Königs?«

Freda schwieg, errötend dummerweise, denn seine seltsamen Augen begannen, an ihr entlangzugleiten, von der altmodischen Frisur zu der spitzenbesetzten Batistbluse, dem Medaillon mit der Blüte aus Saphiren und Brillanten und wieder zurück. Ein unverschämter Mensch, dachte sie, fragte mit abgewandtem Gesicht, ob er hier in der Gegend wohne, und geriet in Panik über die Auskunft: »Nur für ein paar Tage. Beim Stellmacher Jänicke.«

Jänicke, der Nachbar von Katta. Sie griff nach ihrem Rad und hörte, wie er »einen Moment noch« rief, »Sie müssen doch wissen, wer ich bin, falls Ihnen mal Geld für ein Bild übrig bleibt.« Aber von dem Namen, den er nannte, waren nur die ersten beiden Silben zu verstehen, der Rest verwischte sich.

Sie fuhr erst nach Scherkau und dann, als Katta nicht zu Hause war, wieder in Richtung Großmöllingen. Später Nachmittag, niemand begegnete ihr, als sie durch die Felder kreuzte, auf Zickzackwegen, um ihm auszuweichen, ihm und seinen indiskreten Glitzerzaugen, die ihr ins Haus folgten, an den Esstisch, zum Schlafzimmer, wo sich auch noch die Stimme dazugesellte, das leise, spöttische Lachen. Ein Dauerton, und im Dahindämmern kam ihr der Gedanke, dass draußen am Roggenfeld von allem Möglichen die Rede gewesen war, nur nicht vom Malen, warum eigentlich, nur deswegen hatte sie die Begegnung doch riskiert. Nun war es zu spät, die Chance vertan, nie wieder würde so ein Maler sich hierher verirren. Nie wieder, sagte die Stimme, nie wieder. Sie nahm es mit in den Schlaf und wusste beim Aufwachen, was zu tun war, Jänicke hin oder her.

$D$ie zweite Begegnung fand ebenfalls am Nachmittag statt. Atemlos fuhr sie den Pfad entlang, da stand er und rief »wird ja auch Zeit«, ganz selbstverständlich. Nur die Augen glitzerten noch beunruhigender, als er sie vor das neue, flammende Gelb zog, »die Sonne, ich glaube, jetzt habe ich die Sonne im Bild, reifes Korn ist eingefangenes Sonnenlicht«, das war die Brücke, über die man gehen konnte.

»Die Bilder hinter den Bildern malen, hat unsere Lehrerin so etwas genannt«, sagte Freda, was ihm zu gefallen schien. Die Mappe mit ihren Aquarellen hingegen wies er zurück, »nein danke, ich bin kein Lehrer«.

»Bitte«, sagte sie. »Nur ein Blick. Deswegen bin ich doch hergekommen«, und er lachte. »Wirklich, Fräulein von Rützow?«

Ihr Name, nicht weiter verwunderlich, dass er ihn herausgefunden hatte. Jeder in der Gegend kannte sie. Eine mit dunklen Locken, die am helllichten Tag spazieren fuhr, das genügte, und keine Sorge, erklärte er ihr, seine Erkundigungen seien ganz diskret vor sich gegangen. Von ihm jedenfalls werde niemand erfahren, dass das gnädige Fräulein sich mit einem windigen Malersmann gemein mache, schon in seinem eigenen Interesse, schließlich habe er keine Lust, vom Herrn Baron aus dem Dorf gejagt zu werden.

»Warum verabscheuen Sie uns?«, fragte Freda und »nein, warum denn«, protestierte er, »Sie übertreiben.« Zwar habe er einiges gegen ihre Kaste vorzubringen, aber selbst das sei nicht persönlich gemeint, nur politisch, immerhin gehöre er zu den bösen Roten, und warum im Übrigen sie so ein Geheimnis um ihren Namen gemacht habe. »Etwa in der Meinung, ich könnte vor Ehrfurcht verstummen?«

»Unsinn«, sagte sie halbherzig.

»Die Prinzessin und der Schweinehirt, habe ich Recht?« Er zog seinen Kittel aus und breitete ihn über die heruntergetretenen Halme. »Wie alt sind Sie eigentlich? Siebzehn? So jung, da bleibt ja noch genug Zeit, sich im Umgang mit dem niederen Volk zu üben. Kommen Sie her, ich will Ihre Bilder sehen.«

Freda zögerte. »Der Schweinehirt war ein Prinz«, hätte sie beinahe gesagt, unterließ es aber und setzte sich neben ihn.

Was die Bilder betraf, so nannte er sie hübsch, wie ihr Vater, nur dass die Begeisterung fehlte. »Hübsch«, sagte er, »ganz reizend, typische Damenmalerei. Haben Sie es schon mal mit Öl versucht?«

»Das hat mir noch nie jemand gezeigt«, sagte sie, und er lachte spöttisch, »mir auch nicht. Man kann es sich selbst beibringen, es gibt genug Bücher darüber. Aber Aquarellieren ist ja so verführerisch. Farbe hier, Farbe da, ein bisschen Wischiwaschi, und fertig ist das Rosenbeet. Gott ja, ich weiß, Sie wollen sich etwas von der Seele malen. Alles schön und gut, nur leider zu wenig. Das reicht nicht, glauben Sie mir, das reicht wirklich nicht. Gerade im Leichten muss man Härte spüren, die Spannung, die Quälerei von mir aus. Und Verstand vor allem. Gefühle, du liebe Zeit, Gefühle hat jeder.«

»Seien Sie still«, rief Freda.

»Nein«, sagte er. »Sie wollen, dass ich mit Ihnen rede, nun hören Sie mir zu. Vielleicht sind Sie begabt, sicher, sonst fängt man gar nicht erst an, und begabt sind viele. Aber nur ein paar kommen durch, selbst wenn sie dabei draufgehen. Die wollen malen, sonst nichts, alles andere ist denen egal. Ist Ihnen auch alles andere egal?«

»Ich weiß es nicht«, sagte Freda. »Haben Sie es denn gewusst?«

Er zuckte mit den Schultern, »gewusst schon. Aber mein Vater war so ein höherer Beamter, das sollte ich auch werden, ob es mir passte oder nicht, dann begann der Krieg, auch wieder, ob es mir passte oder nicht, und erst danach bin ich zu mir selbst gekommen. Jetzt male ich und schlage mich durch, ohne väterlichen Segen, weil mir eben alles andere egal ist. Ihnen aber nicht, wie es aussieht, und eventuell wollen Sie ja auch nur auf einen Ehemann warten«, der Moment, in dem Freda aufsprang, denn was nahm dieser Mensch sich heraus. Ob er überhaupt etwas von ihr wisse, fuhr sie ihn an, oder einer von denen sei, die das Urteil schon fertig in der Tasche hätten, ohne näher hinzusehen, »und merken Sie sich, ich heiße Rützow und warte trotzdem nicht aufs Heiraten, auch wenn so ein Roter wie Sie sich nicht einmal vorstellen kann, dass es mir um etwas anderes geht.«

»Doch«, fiel er ihr ins Wort, »das könnte ich schon. Aber um was geht es denn? Ich würde es gern wissen, wirklich.«

Stimmte es, stimmte es nicht? Lachte er über sie?

War es ernst gemeint oder wieder nur Amüsement? Sie wollte weg, irgendwohin, wo er nicht war und murmelte trotzdem etwas wie Abitur machen und studieren, wütend, gegen ihren Willen.

»Dann tun Sie's doch«, sagte er, griff nach ihrer Hand und zog sie wieder auf den Leinenkittel, »kann doch nicht so schwer sein mit einem ganzen Rittergut im Rücken. Und offenbar« – sie versuchte, die Hand aus seiner zu lösen, doch der Griff wurde noch fester – »im Übrigen sind Sie nicht so weich, wie ich dachte. Außen weich, innen stark, das Bild hinter dem Bild. Tun Sie's. Wenn man es wirklich will, dann schafft man es auch.«

Ulricas Worte. Aber was sollte das, was wusste er schon, dieser Maler, der sich die Hand nicht wegnehmen ließ und jetzt anfing, mit dem Haar über ihrer Schläfe zu spielen. Sie warf den Kopf zur Seite, ein letzter Versuch freizukommen, vergeblich. Und weil sie es eigentlich gar nicht mehr wollte und es so schön war neben ihm, fing sie an, ihre Geschichte zu erzählen, von den Tagen im Kindertrakt bis zu diesem Augenblick auf seinem Leinenkittel, und während sie Katta ins Spiel holte, Mademoiselle Courrier, Ulrica, die Pröbstin und von Großmöllingen nach Potsdam ging und wieder zurück ins Schloss zu dem Vater, immer wieder der Vater, schien die Grenze zwischen ihr und dem Mann, der eben noch ein Fremder gewesen war, sich aufzulösen.

Er hörte zu, halb ernst, halb lächelnd, und dann diese Augen. Sein Daumen glitt über ihre Hand, kaum auszuhalten. Sie wünschte sich, bei ihm zu bleiben, so nahe wie jetzt, noch näher, und warum sollte es nicht möglich sein, über die Hürden zu springen.

»Vielleicht bin ich wirklich stark«, sagte sie, »vielleicht schaffe ich es, vielleicht kann ich mich durchschlagen, so wie Sie«, aber da ließ er ihre Hand los. »Das ist nichts für Prinzessinnen. Reden Sie mit Ihrem Vater. Und fahren Sie jetzt lieber nach Hause, sonst kommt er womöglich angeritten.«

Sie schüttelte den Kopf, »hier nicht. Er bleibt auf dem Hauptweg.«

»Trotzdem.« Er strich über ihr Gesicht und küsste sie flüchtig. »Sicher ist sicher.«

Eine Warnung, und niemand soll sagen, Freda sei ungewarnt in den Roggen geraten. Viele schon hatten den Finger erhoben, Mademoiselle Courrier, die Erzieherinnen im Stift, die geistlichen Herren. Von Leichtsinn war die Rede gewesen, von Zuchtlosigkeit, unkeuschem Lebenswandel, sogar von der Gefahr, als ledige Mutter zu enden. Schreckensbilder, die irgendwo im Abstrakten hängen blieben, fern jeder Fleischlichkeit, abgesehen von Kattas halbwegs handfesten Hinweisen. »Nu kannste Kinder kriegen, Kleene«, hatte sie gesagt, als Freda voller Panik über die erste Menstruation bei ihr in der Wäschekammer saß, »nu darfste keenen Mann an dich ranlassen, bevor der mit dir nich inner Kirche war, und wenn das da mal wegbleibt, hat's dich erwischt.« Genaueres jedoch über das Heranlassen oder das Erwischen wurde auch von ihr nicht verraten, und selbst Ulrica hatte sich bedeckt gehalten. Zwar erklärte sie Freda, dass der männliche Samen das weibliche Ei befruchte, nicht aber, wie eins zum anderen gelangte, wahrscheinlich, weil es sie genierte. Man müsse wohl nackt dabei sein, ließ sie einmal verlauten, ungeheuerlich genug, nein, darüber konnte man nicht reden. Und was die Gefühle betraf: Wer immer sich zu diesem heiklen Thema äußerte, Gefühle kamen nicht vor, weder beim Leichtsinn noch bei der Unkeuschheit und dem Heranlassen, auch nicht bei der Sache mit dem Samen und dem Ei. Niemand sprach davon, niemand außer ihr schien etwas davon zu kennen, nicht die Qual, nicht die Lust, nicht die Angst, sie könne damit in die Nähe von Lasterhaftigkeit und Sünde geraten. Gefühle, das größte Tabu. Man hatte Freda gewarnt vor allem und jedem, aber nicht vor dem Unaussprechlichen, das sie bedrängte. Und so, als der Fremde, von dem sie glaubte, ein Teil von ihm gehöre schon ihr, sich abwenden wollte, sicher ist sicher, bettelte sie um noch mehr Nähe, und als er sie küsste, richtig küsste, nicht nur leichthin, war es wie ein Sturm, der sie in den Roggen fegte, und da lag sie und wusste nicht, was mit ihr passierte.

Nein, keine Gewalt, Herr von Rützow hatte Recht, als er Fredas Stammeln misstraute. Keine Gewalt, eher eine Überwältigung, und der Fremde, der kam und wieder verschwand, warum hat er ihr das angetan? Die kleine Rützow, jung und ahnungslos, so eine überwältigte man nicht, selbst wenn sie sich darbot. Auch ihn habe es hingerissen, würde er vielleicht sagen, und dass er ein Mann sei, ein Künstler außerdem, und der Mensch nicht immer berechenbar, und ja, er hätte sie wegschicken müssen, so ein süßes Mädchen, so süß und unschuldig, und es tue ihm Leid, und eigentlich habe er sie doch nur küssen wollen. Kann sein, man weiß es nicht, man wird es nie erfahren. Am nächsten Tag blieb sein Platz am Roggenfeld leer. Freda saß auf den niedergetretenen Halmen, wartete, stand auf und ging. Vorbei, das Ende des Kapitels.

Damals vor der Lungenentzündung, beim Stöbern in den ledergebundenen Klassikern, war Freda ein Drama von Grillparzer in die Hände gefallen. Der Traum ist aus, allein die Nacht noch nicht, hieß es dort, und irgendjemand hatte die beiden Zeilen unterstrichen, irgendeine der Rützowfrauen, vielleicht ihre Mutter. Die Worte waren im Fieber untergegangen. Doch jetzt liefen sie wieder hinter ihr her, der Traum ist aus, eine dunkle Melodie, nicht aus dem Kopf zu bringen, dabei hatte es gerade erst angefangen mit dem Unglück und alles nur halb so schlimm. Enttäuschte Liebe, betrogene Hoffnung, verletzter Stolz, Zorn auf den Verführer, das Übliche eben, auch das Verlangen nach ihm und der Wiederholung des schrecklich-schönen Ereignisses. Sie spürte seinen Körper, sah seine Augen über ihren, schrie auf, hielt ihn fest, und dann, von einem Moment zum andern, ging der Griff ins Leere. Aus der Traum, und trotzdem halb so schlimm. Aber schlimmer, glaubte sie, könnte es nicht werden.

Fredas Ahnungslosigkeit, zum Lachen geradezu, das Lachen bei der Beerdigung. Sie wusste um ihr Vergehen. Sie fürchtete sich vor Strafen. Doch obwohl die vielen warnenden Worte endlich Gesichter bekommen hatten, von Mademoiselle Courriers spitzzüngiger Unkeuschheit bis zu Kattas Heranlassen – die Möglichkeit, dass aus dem Tumult im Roggen ein Kind entstehen sollte, lag jenseits der schwärzesten Gedanken.

Als es sich ankündigte, konnte sie die Zeichen nicht erkennen. Zwar klang Kattas Orakel »wenn das da mal wegbleibt, hat's dich erwischt« ihr noch im Ohr, der Kern indessen entzog sich der Deutung, und auch für die scharfäugigsten Späher im Haus gab es keinen Grund zum Argwohn. Ein Glücksfall. Denn dass ihr monatliches Unwohlsein im September zum zweiten Mal aussetzte, geriet nur deshalb nicht zwischen die Zähne der Stubenmädchen, weil Freda von den waschbaren Stoffbinden befreit worden war, dank der Stiefmutter, die ihr ein selbsterfundenes Wegwerf-Patent aus Watte und Verbandsmull verraten hatte, »damit nicht jeder im Dorf weiß, wann du dran bist«.

Dass sie nicht mehr dran war, blieb geheim, wie die morgendlichen Brechanfälle, die ihr Inneres umstülpten, bis die Galle kam. Allein mit sich und der

Angst begann sie, eine Krankheit zu vermuten, etwas Schandbares, Unaussprechliches, und wie früher schien Katta die einzige Zuflucht.

Noch einmal der Weg nach Scherkau, durch die Kirschbaumallee und an der Mölle entlang, vorbei an den leeren Feldern. Dort, wo der Roggen gestanden hatte, wurde schon wieder gepflügt, früher Oktober, in Kattas Garten leuchtete ein Rest von Sommer. Aber bald würden Regen und Kälte sich darüber legen, Herbstzeitlose frisst die rote Rose.

Katta saß am Fenster und trennte einen Rock auf. Sie hob den Kopf: »Da biste ja mal wieder, Kleene. Was is'n los? Nimm dir'n Stuhl, sonst kippste noch aus'n Pantinen.«

Freda setzt sich an den Tisch, mit dem Rücken zum Fenster. »Mir ist manchmal so schlecht«, sagte sie.

»Ach ja?« Katta zog die Schere durch den Rocksaum. »Mußte brechen? Wann denn? Mittags?«

»Morgens«, sagte Freda, »jeden Morgen«, und beide schwiegen. Erst als die Seitennähte aufgetrennt waren, kam die Frage, wie lange es schon gehe mit der morgendlichen Übelkeit.

»Ziemlich lange«, sagte Freda.

»Und dein letztes Blut?«

Ein kurzes Zögern, »im Juli«, und die Schere klirrte auf die Dielenbretter. »Wer war der Kerl? Kuck mich an. Der Maler?«

Freda rückte den Stuhl zurecht. Sie schwieg wieder, aber Katta wusste schon Bescheid. Natürlich der Maler, wer sonst, sie habe es ja geahnt, diese viele Fragerei nach Jänickes Schlafburschen, und ob es Gewalt gewesen sei.

Ihre Stimme zitterte, auch die Hand, mit der sie die Fäden aus den Nähten zupfte. Dann fing sie an zu weinen, zum ersten Mal in all den Jahren.

»Bin ich krank?«, fragte Freda, »muss ich sterben?«, hörte etwas vom Kinderkriegen, »beim Kinderkriegen stirbste nicht gleich«, so kam es heraus, und lieber tot als das, lieber tot.

Katta, nun wieder die Trösterin, nahm sie in die Arme, »war doch bei mir genauso«, und erzählte von der Nacht vor achtzehn Jahren, als sie sich in die Mölle stürzen wollte bei Sturm und Regen, und das Wasser so schrecklich schwarz, schlimmer als die Prügel des Vaters. Da sei sie trotz allem wieder nach Hause gegangen mit dem armen Jüngelchen im Bauch, »Gott sei Dank, denn tot biste für ewig, aber Unglück vergeht. Irgendwann zieht der Teufel seinen Schwanz nämlich wieder ein, wirste schon merken,« jener Spruch, bei dem Freda ihre Verzweiflung so laut herausschrie, dass Katta Fenster und Türen schloss. Dann ging sie in die Küche, um Tee aufzugießen, Kamille und Baldrian, »trink, Kleene, trink man, wird schon werden, wächst für alles ein Kraut.«

Fünf Worte zu viel. Katta kannte ihre Grenzen, und was es mit dem Kraut auf sich hatte, ließ sich nicht aus ihr herausholen. Der Herr Baron, flehte sie stattdessen, dürfe keinesfalls etwas erfahren von diesem Gespräch, bloß nicht, dann säßen sie auf der Straße, sie, der Mann und die Kinder.

»Muss'n Geheimnis bleiben, dass du hier warst«, sagte sie, »reicht sowieso schon, kannste mir glauben, und wer weiß, ob wir uns wiedersehen.«

Kryptische Reden, wenn man wie Freda noch nichts gehört hatte von dem Gerücht, dass nur arme Mädchen ledige Kinder kriegten, Herrschaftstöchter hingegen verschwänden, bevor die Schmach sich zeigte, manche auch nicht wiederkämen, und was aus den Neugeborenen würde, wüsste der liebe Gott, und man solle sich hüten, den Mund aufzumachen.

Auch Katta hütete sich. »Erzähl ich dir später, wenn's noch geht«, sagte sie, weinte mit Freda, gab ihr den Rat, zunächst die Stiefmutter um Vermittlung zu bitten, die habe ein Herz, »und bleib dabei, Gewalt, es war Gewalt«.


$E$s war Gewalt«, stammelte Freda, als ihr Vater sie zum Verhör beordert hatte, mit aller Milde, die ihm zur Verfügung stand. Er war nicht in ihr Zimmer gestürmt, rasend vor Zorn, der rasende Rützow, sondern erwartete sie am Schreibtisch, halbwegs gefasst, seiner Frau zuliebe, die in den ersten Wutausbruch hinein um Nachsicht gebettelt hatte für das unschuldige Opfer, zunächst umsonst.

»Großmöllingen und Gewalt«, schnaubte er, »ein

Witz geradezu. Wer sich in Gefahr begibt, kommt darin um«, und wieso müsse ein junges Mädchen per Rad durch die Felder karriolen, wenn Stella auf sie warte, dieses gute, starke Pferd, das jeden Strolch in Grund und Boden gekeilt hätte, und von wegen Opfer.

Nun jedoch, nachdem das Mitleid auf ihn übergesprungen war, denn er liebte ja seine Tochter, das Ebenbild der kleinen Friederike über dem Kamin – nun also, bemüht, sie nicht noch mehr zu peinigen, fragte er mit größtmöglicher Sanftmut: »Wer war der Schuft? Wie heißt er?«

»Ich weiß nicht«, sagte Freda.

Seine Stimme schwoll an. »Etwa einer von den Cousins?«

Sie schüttelte den Kopf.

»Irgendein anderer Verwandter? Oder ein Nachbar? Nein? Also keiner von Stand?«

»Nein, niemand«, sagte sie, in einem Ton, der ihn aufhorchen ließ.

»Wer denn? Ein Knecht vielleicht?«, schrie er, wieder vom Zorn überwältigt, und drohte, den Namen notfalls aus ihr herauszuprügeln, kaum ernst gemeint, Prügeln lag ihm so nahe wie Stella das Keilen. Freda indessen, ohnehin verängstigt, flüsterte etwas wie »Maler«, wodurch seine Wut in Staunen umschlug. Die Anstreicher in Großmöllingen, ein Vater und zwei Söhne namens Klocke, waren Mickermänner am Rande des Schwachsinns, kaum vorstellbar, dass sich einer von denen an die Tochter des Herrn herangewagt hätte, und »nein«, sagte Freda, »nein, die nicht, ein Bildermaler«, gab auch preis, was sie sonst noch wusste, womit ihre Stammelei von Gewalt sich für Herrn von Rützow endgültig erledigte. In puncto Verführung konnte man ihm nichts vormachen. »Es sind immer zwei«, wollte er ihr um die Ohren schlagen, »einer der will und eine, die ihn ranlässt.« Aber dann winkte er ab. Wozu noch das Getöse.

Sie wurde auf ihr Zimmer geschickt mit dem Befehl, es nicht zu verlassen. Dann ritt er nach Scherkau, führte ein Gespräch mit Stellmacher Jänicke über die maroden Erntewagen und hörte nebenher, dass der Filou von Maler das billige Geld für Bett und Morgenkaffee noch heruntergehandelt habe. Nichts für eine Rützow, so viel stand fest, und sinnlos, ihm hinterherzulaufen.

Seine Tochter war im dritten Monat, die Zeit drängte. Noch am Abend ließ er den schwarzen, in der Remise vor sich hin dämmernden Maybach auf Hochglanz bringen und fuhr am nächsten Tag zu einem Regimentskameraden im Münsterschen, der ihm dank seiner Position behilflich sein konnte, das Notwendige in Gang zu setzen. Alles ganz fabelhaft organisiert, gab er, wieder in Großmöllingen, seine Entschlüsse bekannt. Das Kind werde an einem abgeschirmten Ort zur Welt kommen, dort sogleich guten Eltern zur Adoption übergeben, die es mit Freude erwarteten, während Freda das gewohnte Leben wieder aufnehmen könne, und bitte keine Einwände, es sei die einzige Möglichkeit. Er sprach von Ehre und Schande, von Pflicht und Gehorsam und dass man die Folgen ihres Fehltritts gemeinsam tragen müsse, eine lange, um sich selbst kreisende Rede, in deren Verlauf die Stiefmutter weinend das Zimmer verließ.

Freda dagegen nahm das Urteil hin, ohne Widerrede, möglicherweise nicht einmal widerwillig. Noch war das, was angeblich in ihr wuchs, nur eine Belästigung, sonst nichts. Vielleicht hätte Katta ihr anderes eröffnen können. Aber der Weg zu Katta blieb verschlossen, jeder Weg außer diesem einen, der Hilfe versprach. Also fügte sie sich, und bald darauf trat Herr von Rützow eine neuerliche Reise an, diesmal in ihrer Gesellschaft.

Die Gründe dafür leuchteten jedermann ein: Sie leide, hatte er verbreitet, an Tuberkulose, kein Wunder angesichts der fast tödlichen Lungenentzündung im Frühjahr, da sei die reine Luft der Schweizer Alpen unerlässlich, eine vom Hausarzt bestätigte Legende. Doch die Reise ging ins Münsterland zu dem großen, von Mauern umstellten Haus, und was immer es war, ein Kloster, ein Asyl oder Hospital, Freda erfuhr es nicht und fand es niemals wieder, so als sei alles nur ein Phantom gewesen.

»Ganz fabelhaft organisiert«, erklärte Herr von Rützow ihr noch mehrere Male, während der Maybach die Mark verließ und nach Westen fuhr, »ganz fabelhaft«, wenngleich zu seinen Gunsten gesagt werden muss, dass er es widerwärtig fand, was hier von ihm in Szene gesetzt wurde, einschließlich der eigenen Rolle. Ein goldgelber Oktobertag, doch der Glanz über den abgeernteten Feldern vermochte ihn nicht aufzuheitern. »Ich hoffe, du wirst es mir nicht allzu übel anrechnen«, sagte er, als sich das graue Gemäuer aus der Abenddämmerung schälte, »bei Gott, ich konnte nicht anders.« Es klang so bedrückt, dass sie ihn erstaunt ansah. Noch wusste sie nicht, was dort wartete. Eine Nebenwelt, wird sie den Ort ihrer Verbannung einmal nennen, später, wenn Harro Hochberg oben in dem Hünneburger Fachwerkhaus diese Geschichte hört. Eine Nebenwelt, abgeschottet, jenseits von Eden, wie gemacht für Sünderinnen.

$D$er Raum, in dem Freda den Herbst verbringen musste, den Winter, den Frühling, war klein und dürftig. Eine Zelle, mehr nicht, die Tür verschlossen, und der ummauerte Hof vor dem Fenster ließ selbst den Augen keine Freiheit. Nur der grüne Sessel aus Großmöllingen erinnerte an ihr früheres Leben, aber kaum anzunehmen, dass es sie freute. Den Leinenbeutel mit Farben, Pinseln und Papier jedenfalls, ein Geschenk der Stiefmutter kurz vor dem Aufbruch, hatte sie hinter den Schrank geschoben, nein, nicht das, lieber gar nichts, und von allen Übeln, die sie ihrem Vater anzurechnen begann, war das größte diese leere, ausweglose Einsamkeit. Warum gerade hierher, fragte sie ihn in den stummen Gesprächen, wieder und wieder, obwohl die Antwort feststand: Wohin sonst? Und ist es meine Schuld?

Die alte mürrische Nonne, Wärterin, Dienerin, Hebamme in einer Person, drückte es ähnlich aus, jedem das Seine, die immer gleiche Antwort auf Fredas Versuche, nicht nur mit den Wänden zu reden. Schwester Clementis, der einzige Mensch in dieser verengten Welt, die schwerfälligen Schritte, mit denen sie sich näherte, das einzige Geräusch außer dem Wind. Ihr rechtes Bein war verkrüppelt, so dass sie, wie die Großmöllinger sagen würden, in eine Kuhle trat, und offenbar hatte die Mühsal sie nicht milder gemacht. Sie kümmerte sich um den Verlauf der Schwangerschaft, brachte morgens das warme Waschwasser, heizte den Ofen, sorgte für frische Luft und frische Wäsche und stellte zu jeder Mahlzeit ein reichlich bestücktes Tablett auf den Tisch, alles im Zeichen christlicher Missbilligung, gelegentlich auch unter deutlichem Murren über das unverdiente Wohlleben der Sünderin und ihren viel zu nachsichtigen Vater.

Wärme und gutes Essen, Herrn von Rützows Bedingungen, um Freda die Wartezeit zu erleichtern. Er zahlte dafür, gewiss nicht wenig, aber es war kein Trost in der Verzweiflung, die größer wurde von Tag zu Tag, so wie das Wesen in ihrem Leib, gegen dessen Existenz sie sich weiterhin sperrte, bis die Erkenntnis kam, was es wirklich bedeutete, schlagartig, auch darauf hatte sie niemand vorbereitet.

An dem Nachmittag, als das Kind sich erstmals

meldete, gab es Bienenstich zum Tee, braun glänzend von Butter, Zucker und gehackten Mandeln. Ende November, der Nebel war so dick, dass er die Mauer draußen verschluckte, aber drinnen knackten die Buchenscheite im Ofen. Freda hatte mit einem französischen Roman am Fenster gesessen. Lesen, der einzige Fluchtweg, fast jede Woche schickte die Stiefmutter neue Lektüre aus der Großmöllinger Bibliothek. Jetzt lag das Buch neben dem Kuchenteller. Sie trank, kaute, blätterte die Seiten um, da begann es, das leise Pochen in dem schon etwas gewölbten Bauch, nicht schmerzhaft, aber neu und befremdlich. Sie legte sich aufs Bett und wartete. Das Pochen wurde drängender, verschwand, war wieder da, eine Krankheit womöglich, und als Schwester Clementis das Teegeschirr abräumte, teilte sie ihr mit, dass ein Arzt nötig sei.

Die Nonne, schon fast an der Tür, kam noch einmal zurück. Sie legte die Hand dorthin, wo die Gefahr vermutet wurde. Dann richtete sie sich wieder auf, lächelnd, ihr erstes Lächeln, »das sind die Füßchen. Es strampelt.«

»Füße?«, fragte Freda, »welche?«

»Jesus!« Schwester Clementis lächelte nicht mehr. »Was für eine sind Sie eigentlich? Ihr Kind hat Füße, das weiß man doch.« Sie griff nach dem Tablett. »Oder wollen Sie sich bis in alle Ewigkeit dumm stellen?«

Freda hörte es nicht. Sie lag auf dem Bett, die Augen geschlossen, und horchte in sich hinein. Das Blut, so kam es ihr vor, floss schneller als sonst, schon wieder ein neues, unbekanntes Gefühl, warm und von solcher Kraft, dass ihre Haut sich auszudehnen schien. Es strampelt, dachte sie, mein Kind strampelt. Der wunderbare Moment des Anfangs, und am Ende wird die fremde Nonne neben dem Bett stehen und fordern, was sich mit diesen ersten leisen Bewegungen ins Zentrum der Tage und Nächte zu schieben beginnt und ein Teil ihrer selbst wird, ich und du, wir beide. Ein kleines Gesicht neben ihrem, zwei Hände, die sich ineinander verschränken, und sieh nur, das ist der Mond, und weißt du, wie viel Sternlein stehen, und komm mit, ich zeige dir die Pilze im Wald. Bilder, so viele Bilder, nur eins nicht, das von der Trennung.

Freda, die Meisterin im Nichtwissenwollen. Sie sprach, spielte und sang mit dem zweiten Ich, erzählte ihm Geschichten und trug es durch ihre Träume, ein kleines, lachendes Kind in hellblauen Jäckchen und Mützen, die sie, während es der Geburt entgegenwuchs, wie besessen häkelte, unter Anleitung einer gänzlich veränderten Schwester Clementis.

Seltsam, diese Metamorphose zur Verbündeten, so seltsam wie Fredas Häkelwahn, von dem sie plötzlich ergriffen wurde gegen jede Gewohnheit. Nicht ihre Sache eigentlich, die so genannten weiblichen Handarbeiten, früher nicht, später nicht, nur jetzt, dieses eine Mal. Aber eine Schwangerschaft, meinte die Stiefmutter, treibe gelegentlich seltsame Blüten.

Freda hatte sie in der ersten Dezemberwoche um Wolle gebeten, weiche Wolle für Babysachen, spinös in Herrn von Rützows Augen. Man müsse ihr noch einmal erläutern, sagte er, dass die Behäkelung des Kindes anderer Leute Aufgabe sei, doch zu solcher Herzlosigkeit wollte seine Frau sich keinesfalls herbeilassen. In einem so speziellen Zustand, versuchte sie ihm klarzumachen, würden die Wünsche nicht nur vom Verstand diktiert. Vielleicht spüre Freda das Verlangen, ihrem Kind, denn immerhin sei es ja ihres, etwas mit auf den Weg zu geben, und dies wenigstens müsse man einer Mutter zubilligen.

Herr von Rützow brauchte eine Nacht, dann sah er es ein. Dass Freda Weihnachten fern der Heimat verbringen musste, allein, weil selbst ein Besuch in ihrem Versteck zu riskant erschien, lag ihm ohnehin auf der Seele, ganz zu schweigen von seiner Furcht vor ihren Tränen. Und so beschloss er, nach Berlin zu fahren, um dort, unbeobachtet und inkognito, Wolle, Häkelnadeln und Seidenbänder zu besorgen, auch noch ein paar andere Sächelchen für Neugeborene, sie sollte sich darüber freuen, so wie es auch ihn erfreute. Doch dann, völlig unvorhergesehen, wurde ein schmerzhaftes Geschäft daraus. Vis à vis der rosa und hellblauen Winzigkeiten nämlich schoss ihm die Erkenntnis durch den Kopf, dass es sich bei dem Kind, dem diese Aktion galt, um sein eigenes Fleisch und Blut handelte, zum guten Teil jedenfalls, ein Junge vielleicht mit seinem Gesicht, ein Rützow, der keiner sein durfte. Es drückte ihm die Luft ab. Er stand da, Babyschuhe in der Hand, und wollte nur eins, Freda zurückholen, Freda mit dem Enkel, nach

Hause, nach Großmöllingen, wohin sie gehörten. Flausen natürlich, nichts als Flausen, obwohl es so wehtat. Doch er wusste, dass es sich wieder geben würde, es hatte sich immer gegeben.

Ob ein Glas Wasser genehm sei, fragte die Verkäuferin. Nein, kein Wasser. Herr von Rützow richtete sich auf, ließ die kleinen Schuhe ebenfalls einpacken und fuhr mit dem Taxi zum nächsten Postamt.

Das Paket ging zunächst an die Adresse des Münsterschen Regimentskameraden, der Tarnung wegen, so dass es erst Silvester in Fredas Hände kam, Wolle, zwei Farben zur Auswahl. Ohne zu überlegen, griff sie nach der blauen, auch das Kind hieß ja immer nur *der* Kleine in ihren Gedanken, und während die Garnstränge zu Knäueln gewickelt wurden, fiel ihr ein, dass sie unter Mademoiselle Courriers Ägide zwar Topflappen und Schals verfertigt hatte, später im Stift auch noch zarte Spitzendeckchen, niemals aber etwas mit Ärmeln. So kam Schwester Clementis ins Spiel, die Einzige auf ihrer Insel, wen sonst sollte sie fragen.

$E$s war spät geworden, die gesamte Wolle aufgewickelt. Schwester Clementis hatte Brot, Schinken und Milch gebracht, das Gaslicht angezündet und stand schon an der Tür. »Ein blaues Jäckchen? Wozu denn das?«

»Für den Kleinen«, sagte Freda zögernd, denn seit dem Abend mit dem ersten Lächeln hatte sich das Gesicht unter dem Nonnenschleier wieder verhärtet.

Doch dann wollten sich die Worte nicht mehr halten lassen, »und blau natürlich. Ich habe auch rosa Wolle bekommen, aber es ist ein Junge, ganz sicher, ein richtiger Junge, so lebhaft und wild, bestimmt mal ein guter Reiter. Nur wenn ich ihm etwas vorsinge, wird er ruhig. Stellen Sie sich vor, er mag Musik.«

»Oh Herr!« Schwester Clementis starrte sie an, erschrocken, verwundert, bekümmert, anders jedenfalls als bisher. Und plötzlich erschien das Lächeln von damals, »ja, warum nicht, gibt mancherlei auf der Welt, und schön, dass Sie dem Kleinen etwas mitgeben wollen. Nicht schwierig, solche Jäckchen, alle meine Geschwister hatten Kinder, da hieß ich die Häkeltante, früher, vor der Klosterzeit, lange her.« Sie nahm einen Wollfaden zwischen ihre Finger und schlug die ersten Maschen auf. »So was vergisst man nicht, Kinder sind das Schönste, auch Sie sollten sich freuen, trotz allem« und vielleicht wäre es besser beim Missmut geblieben. Aber nein, sie lächelte, brach das Schweigen und vergaß ihre Pflichten. Ahnte sie, wohin es führte? Kann sein. Doch die Grenze war überschritten, ein Zurück schon nicht mehr möglich, nicht jetzt, nicht später, erst recht nicht in der Stunde der Wahrheit, es wird sich zeigen.

Freda lernte schnell. Die ersten beiden Jäckchen sahen noch etwas seltsam aus. Aber die nächsten, befand Schwester Clementis, hätten auch ihr kaum besser gelingen können, und nun müsse wohl langsam Schluss sein.

»Warum?«, fragte Freda. Sie hatte alle nebeneinander gelegt, fünf insgesamt, ein Wunder, diese winzigen Gebilde mit den abgespreizten Puppenärmeln, warum aufhören. Es war erst Februar, Wolle noch reichlich vorhanden, »und der Kleine«, sagte sie, »wird so süß darin aussehen, wenn ich ihn in seinem Wägelchen spazieren fahre.«

»Um Gottes willen.« Schwester Clementis, die gerade ein neues Muster erprobte, warf die Häkelnadel hin, »um Gottes willen, was reden Sie da, Sie wissen ganz genau, dass Sie es nicht behalten dürfen.«

Freda kreuzte die Arme über ihrem Siebenmonatsbauch, in dem das Kind gehegt und gehätschelt wurde. »Nein«, sagte sie, »nein«, doch es gehe nicht an, rief Schwester Clementis, den Kopf in den Sand zu stecken. Der Befehl laute, das Kind fortzubringen, gleich nach der Geburt, daran lasse sich nicht rütteln. Sie habe ein Gelübde abgelegt und müsse gehorchen, so schwer es manchmal falle.

Ihre Stimme erstickte vor Aufregung, kaum dass sie noch herausbrachte, wie Leid es ihr tue, alles, die Mutter, das Kind, aber sich etwas vorzugaukeln mache ein Unglück nur größer, und Gott liebe die Demütigen.

Ein Irrtum indessen, anzunehmen, die Dinge kämen ins Lot, wenn man sie beim Namen nannte. Im Gegenteil. Denn nun, nachdem das Unerträgliche, aufgetaucht aus dem Dunkel des Nichtwissenwollens, zu Schreckensbildern gerann, bestürmte Freda ihren Vater mit Gnadengesuchen, die er für pathetisch hielt.

»Niemand hat mir gesagt, wie es ist, wenn man ein Kind erwartet«, schrieb sie in ihrem letzten Brief, »deshalb konnte ich mich nicht wehren. Aber jetzt will ich es behalten. Ich gehe weg von zu Hause, wenn Du es verlangst, nach Amerika, ohne Wiederkehr. Sag den Leuten, dass ich gestorben bin, und streiche meinen Namen aus dem Stammbuch, nur lass mir das Kind.«

Pathetisch also, und damit soll es genug sein mit der leidigen Korrespondenz, ließ er sie wissen. »Wir haben den Plan abgesprochen, Du hast ihn gebilligt, willst Du mich vor der Welt als Lügner bloßstellen? Uns vernichten? Ich werde es nicht dulden, auch nicht, dass meine Tochter in der Fremde verkommt. Du wirst dich an die Vereinbarungen halten, danach einen passenden Mann heiraten und zu Vernunft und Ordnung zurückfinden, dafür will ich sorgen mit aller Kraft und Liebe, und eines Tages wirst Du es mir danken.«

Keine Gnade, Einspruch nicht möglich. Die Dankbarkeit indessen konnte er nicht erzwingen, auch nicht Demut auf immer und ewig. Eines Tages wird sie ihm das Urteil um die Ohren hauen und gehen, man weiß, wohin.


Dein Vater Friedrich von Rützow«, hatte unter dem Brief gestanden, daneben das Datum, »Januar 1924«. Und acht Wochen später forderte die Nonne das Kind.

Es war vor der Zeit gekommen, sechs Wochen zu

früh, ohne jegliche Ankündigung. Alles normal, hatte Schwester Clementis noch kurz davor festgestellt, nichts zu beanstanden, und keine Sorge, ihre alten Hände hätten schon so manches kleine Ding ans Licht geholt und zum Atmen gebracht. Drehen, klopfen, schütteln, der erste Schrei, das bringe Leben in die Lungen, und mit Gottes Hilfe werde alles gut vonstatten gehen, der Körper wisse ja, was er zu tun habe.

Aber Freda fürchtete nur das, was hinterher geschehen sollte. »Eine Weile darf ich es doch behalten«, bettelte sie jedes Mal, wenn von der Geburt die Rede war, und weinte sich an der schwarzen kratzigen Nonnenschulter aus, bis Schwester Clementis, hin- und hergerissen zwischen Mitleid und Pflicht, davonhumpelte, um, wie früher Katta, einen beruhigenden Tee aus Baldrian aufzugießen. Was konnte sie auch sagen. »Eins nach dem andern«, allenfalls, »erst die Entbindung, dann das Kind, und wird schon werden.« Aber das, wieder nur aufs Körperliche gemünzt, hätte so wenig geholfen wie der Tee. Und dann, als tatsächlich der Körper ihren Beistand brauchte, war sie nicht zur Stelle.

Die Wehen setzten um Mitternacht ein, mit leisem Ziehen, das Freda aus dem Schlaf holte. Keine Überraschung diesmal. Schwester Clementis hatte ihr alle Phasen genau erklärt, vom Platzen der Fruchtblase bis zum letzten Pressen, vor allem auch, wie man den steigenden und fallenden Schmerzen begegnen müsste, doch nun, allein in der Dunkelheit, gab es nur noch Angst. Die Wehen verstärkten sich, immer kürzere Intervalle zwischen dem Auf und Ab, immer schärfere Messer, die sich im Leib drehten. Ihr Stöhnen wurde von den Wänden zurückgeworfen, komm doch, sagte sie zu dem Kind, mach schnell, wir laufen weg, du und ich, wir beide, wilde Fluchtphantasien, sinnlos wie das Flehen um Hilfe, und draußen immer noch Nacht. Dann hörte die Zeit auf, sich zu bewegen, Katta, dachte sie und flog über graue Wolkenbänke, und als endlich das Rosenhaus durch den Nebel kroch, tobten schon wieder die Messer im Leib und ließen nichts anderes zu, bis der Schmerz mit einem schrillen Schrei aus ihr herausbrach.

Vor dem Fenster dämmerte der Morgen. Noch einmal glitt sie in das Zwischenreich, schwerelos, ohne wo und wann, Sekunden nur, bevor die Konturen endgültig zurückkehrten. Sie sah die Wände, den Tisch, die zur Seite geschlagene Bettdecke, sah das blutige Bündel zwischen ihren Beinen und tat, was nötig war, hochnehmen, schütteln, drehen, klopfen. Der erste Schrei, der erste Atemzug, das Kind lebte. Sie bettete es auf ihren Bauch, deckte es zu, summte das Lied, das es so oft gehört hatte. Noch immer hing die Nabelschnur zwischen ihnen. Durchbeißen, dachte sie, so wie die Katzen. Doch da kam Schwester Clementis.

Die Stunde der Wahrheit. Oh Herr, flüsterte sie und umklammerte das silberne Kreuz auf ihrer Brust, wandte sich dann aber ebenfalls dem Nötigen zu, Abnabeln, Waschen, Wärmen. Sie wickelte den kleinen

Körper in Handtücher, schlug einen Wollschal darüber, säuberte die Mutter und wechselte das Laken, schweigend, ohne ein Lächeln, bis alles getan war.

»Es ist ein Sohn«, sagte sie dann.

»Ich weiß«, sagte Freda. Sie hob die Arme, »bitte«, und Schwester Clementis schenkte ihr eine Stunde.

Eine Stunde mit dem Kind, diese kurze, lebenslange Stunde. Sie versenkte sich in das neue, vertraute Gesicht, tastete mit den Lippen über den Mund, die geschlossenen Augen, den seidigen Flaum auf dem Kopf, löste eine Hand aus den Tüchern und sah, wie die winzige Faust sich um ihren Finger schloss. So lag sie da, spürte den Herzschlag und nahm das Kind in sich auf, mit den Augen, der Haut, der Seele. Dort blieb es, und besser vielleicht, wenn sie es termin- und plangerecht geboren hätte, geboren und wieder verloren im gleichen Moment, ein Kind ohne Gesicht. Aber es war, wie es war, Himmel und Hölle wird sie es einmal nennen.

Schwester Clementis saß murmelnd am Tisch und ließ die Zeit verrinnen. Man weiß nicht, was sie dachte, weiß so wenig von ihr, nur dass sie in eine Kuhle trat und anderen Frauen beim Gebären half, gehorsam bis zu diesem Tag. Der Rosenkranz glitt durch ihre Finger, vielleicht bat sie Gott um Vergebung. Als die Stunde vorüber war, sagte sie noch einmal »Oh Herr« und humpelte zur Tür, heraus aus Fredas Geschichte, der sie durch ihr pflichtvergessenes Erbarmen einen weiteren Schub in die möglicherweise vorbestimmte Richtung gegeben hatte.

Die schweren Schritte verhallten, Stille, und dann stand die fremde Nonne neben dem Bett.

»Geben Sie mir das Kind«, der unwiderrufliche Befehl, und noch einmal versuchte Freda, den Zugriff auf das Bündel abzuwehren, vergeblich, so geschwächt, wie sie war von der Geburt. Ohnehin hielt sie es nicht fest genug, aus Angst, dem kleinen Sohn wehzutun. Dennoch, ihre Arme schlossen sich weiter um die leere Luft, du und ich, wir beide. Aber als sie mit den Lippen über das Gesicht streichen wollte, löste er sich auf.

Es war März, keine acht Monate nach dem kurzen Rausch im Roggen, nun dieses Ende, und warum noch über die nächsten Tage reden, zu viele Tränen sind schon geflossen. Also gut, Freda weinte wieder, weinte und schrie, ein paar Tage, ein paar Nächte, verstummte schließlich, erstarrte, vereiste, wie immer man es nennen mag. Jedenfalls empfing sie ihren Vater, der zwei Wochen später erschien, so ruhig und gefasst, als sei nichts gewesen.

Herr von Rützow hatte sich in größter Sorge auf den Weg gemacht, unnütze Sorgen, wie er, als Freda neben ihm im Auto saß, erleichtert feststellte. Sie sah gut aus, rosig geradezu, und schien ihre Flausen hinter sich zu haben. Wo es sich denn nun befinde, hatte sie ganz am Anfang gefragt, eher beiläufig, unter Vermeidung des Wortes Kind, und die Auskunft, dass es, soweit er wisse, in guten Händen sei, ohne sichtbare Emotionen hingenommen. Die folgenden Gespräche kreisten um Belanglosigkeiten, ganz so, als wollte man in stillschweigender Übereinkunft die Erinnerung an den Grund dieser Reise löschen. Dennoch, das heikle Thema war allgegenwärtig, und um so erfreulicher für ihn, dass auch Freda den Takt besaß, nicht mehr daran zu rühren.

Sie habe ihre Contenance wiedergefunden, sagte er zu seiner Frau, eine Einschätzung, die sich in den kommenden Monaten bestätigte. Vorbei offenbar die Hysterien von ehedem. Sie tat, was von ihr als Tochter erwartet wurde, begrüßte Gäste, nahm an den Winter- und Sommerfesten teil, begann sogar, sich bei der Organisation des Haushalts nützlich zu machen, immer gelassen, immer höflich, ohne Ansätze zum Widerspruch, überhaupt ohne Worte, der Stiefmutter kam es gespenstisch vor. Sie war es, die von Vereisung sprach, zum Unwillen ihres Mannes, der auf die heilende Kraft der Zeit baute und Freda sogar gestattete, wie einst mit dem Rad zwischen Großmöllingen und Scherkau hin- und herzukurven, und sich freute, wenn sie in ihrer Malstube verschwand. Das sei die beste Medizin, meinte er, und Frau von Rützow versuchte, es zu glauben.

Vielleicht hatte er sogar Recht. Ohnehin gingen sämtliche Prognosen ins Blaue hinein, Freda gab keine Auskünfte über innere Befindlichkeiten. Nur ihre Aquarelle verrieten etwas davon, die Augen vor allem, die, in dem Wirrwarr aus Farben und Formen, zum ersten Mal aufgetauchten, ein immer wiederkehrendes Motiv von nun an. Aber niemand durfte diese Bilder sehen.

Selbst Katta, wieder zur Anlaufstelle geworden, tappte im Dunkeln. Jedes Mal das gleiche Echo auf die Frage: »Na, Kleene, wie geht's denn so«, jedes Mal nur »danke gut« oder Ähnliches, und sie hütete sich, weiter vorzupreschen. »Was haben die denn bloß mit dir und dem Kind jemacht«, hatte sie sich einmal vorzutasten gewagt, einmal und nicht wieder angesichts der verzweifelten Reaktion. Seitdem kreisten die Gespräche nur ums Alltägliche, Arbeit, Wetter, Dorfklatsch, mühsam, doch die Zeit, glaubte auch Katta, heile Wunden. Niemand merkte, dass Freda wie auf der Bühne agierte, mechanisch, hinter Masken, während ihr wirkliches Leben in einer Eigenwelt aus Trauer stattfand, zusammen mit dem Kind, dem Luftkind, das sich einfand dann und wann, Liedchen hören wollte, gewiegt werden, gestreichelt, gehätschelt, du und ich, wir beide, bis es ihr weider unter den Händen zerrann. Das Luftkind, da und doch nicht da, und irgendwo unter fremden Dächern der Sohn aus Fleisch und Blut, verloren für immer. Ein Doppelspiel des Gefühls, kann sein, dass sie darin versunken wäre. Aber noch etwas anderes begann sich zusammenzuballen, diffus, explosiv, nur allmählich bekam es einen Namen: Zorn. Der Zorn, ihre Stärke. Du bist stark, hatte der Maler gesagt.

Die Eruption im kommenden Frühling hatte sich schon bei dem letzten tränengetränkten Abendessen mit dem kleinen Friedel angekündigt, ihrem Stiefbruder, der, obwohl immer noch schmächtig für sein Alter, am nächsten Morgen in die ehemalige Kadettenanstalt einrücken musste, dank ärztlichem Rat ohnehin zwei Jahre später als üblich. Nun jedoch, elf mittlerweile, sollte er nicht länger verzärtelt werden. Harte Schule mache starke Männer, versuchte Herr von Rützow zwischen Suppe und Braten diesen Standpunkt nochmals zu verdeutlichen. Ein bisschen Zucht und Drill habe bisher keinem geschadet, im Gegenteil, so manches Bübchen sei dort in die Höhe geschossen, und heule nicht, Friedrich Wilhelm, zeig, dass du ein ganzer Kerl bist. Friedel indessen drohte erst recht zu zerfließen, gemeinsam mit seiner Mutter, während Freda von dem Wunsch überfallen wurde, ihrem Vater »du bist ein Unmensch« ins Gesicht zu schreien. Sie ballte die Fäuste, dabei blieb es vorerst. Dennoch, der Gedanke war bereits die halbe Tat.

Dass es bald danach zu dem entscheidenden Ausbruch kam, lag an einem Zufall, immer der Zufall, diesmal in Gestalt des alten Briefträgers Menzel, der die Großmöllinger Post normalerweise gleich nach dem Frühstück im Gutskontor ablieferte, sich heute aber seiner kalbenden Kuh wegen verspätet hatte und Freda in der Kirschbaumallee über den Weg lief. »Mal wieder was fürs gnädige Frollein!«, meldete er, so kam der Brief in ihre Hände, ein Brief von Ulrica, die inzwischen an der Berliner Universität studierte und wissen wollte, ob Freda noch am Leben sei. »Warum antwortest du mir nicht?«, fragte sie, »ich habe dir schon viermal geschrieben, was ist los?«

Ein Märztag, teils grau, teils sonnig, Frühling hing in der Luft, das Getreide begann zu schießen, und in Freda explodierte der Zorn. Allerdings wählte sie rückblickend ein anderes Bild, das vom Krug, der so lange zum Brunnen geht, bis er bricht, »und jetzt brach er«, wird sie sagen, »jetzt wusste ich, dass es genug war, ein für allemal, und dass ich keine Angst mehr hatte, es mit ihm auszufechten.«

Es war früher Nachmittag, die Stunde, in der Herr von Rützow in seinem so genannten Studio zu ruhen pflegte, ein Sakrileg, dort einzudringen, aber egal, sie tat es. Sie drückte die Klinke herunter und stieß gegen die Tür, da lag er, ihr Vater, der sie liebte, angeblich, lag auf dem braunen Ledersofa, mit geschlossenen Augen, ein Plaid über den Beinen. Die Stiefmutter, die am Fenster saß, stickend, was sonst, rief »um Gottes willen«, und Freda fragte in seinen Schlaf hinein nach den Briefen, das weckte ihn.

Nur wenige Sekunden, dann sprang er auf, ein großer Mann, Gardemaß, in jungen Jahren hatte er beim Maskenball als Siegfried Furore gemacht. Auch heute, mit fünfzig, nannte man ihn noch imposant, der imposante Rützow, und keine Spur von Schuldbewusstsein, dass er Ulricas Briefe unterschlagen hatte, im Gegenteil, eine richtige Entscheidung, der Einfluss des Fräulein Moll habe sich schon einmal als Verhängnis erwiesen. Noch sei es sein Recht und seine Pflicht, das Leben der Tochter in geordnete Bahnen zu lenken, und überhaupt, was falle ihr ein, seine Siesta zu stören, ausgerechnet heute.

Keine Frage, der Zeitpunkt für die Konfrontation war schlecht gewählt. Schon am Vormittag hatte es Ärger gegeben, draußen auf dem Hof, wo ein neuer Melker über den langjährigen Pferdeknecht Henning hergefallen war, bei jedem Hieb »Nazischwein« grölte und, als sein Herr mit der Reitpeitsche fuchtelte, auf ihn losgehen wollte, unter lauten Verwünschungen aller Kapitalisten.

Einer von den Roten also, dazu noch betrunken, kein Problem, solchem Kerl die Papiere zu geben. Weit mehr traf es Herrn von Rützow, dass sein bewährter Mann für die Pferde, ein ehemaliger Unteroffizier und Kriegsteilnehmer, sich bei näherer Nachfrage tatsächlich als Sympathisant der ebenfalls verrufenen Hitlerleute entpuppte. »Die sind nämlich für Deutschland«, lautete seine Begründung, »genauso wie der Herr Baron«, durchaus ein Argument in dessen Ohren, andererseits aber auch nicht, weil er nach allem, was die Zeitungen zur Person ihres Anführers meldeten, das Reich keineswegs in den Händen eines übergeschnappten Wiener Malers, oder was immer dieser Mensch war, sehen wollte. Doch da er Henning nur ungern entbehrt hätte, befahl er ihm, der Politik fortan fernzubleiben, keine Nazis mehr, ein für allemal, hörte ein treuherziges »Jawoll, Herr Baron, die saufen sowieso bloß rum« und hielt das Thema damit für erledigt. Dennoch, der Vorfall beunruhigte ihn. Ein Zeichen an der Wand vielleicht, wer konnte wissen, was dahinter lauerte, und nun auch noch Fredas Angriff auf seine väterliche Autorität.

Das Drama im Hause Rützow. »Ich will weg von hier«, sagte sie. »Deine Ordnung hat mir genug angetan, ich will weg«, nie gehörte Töne in diesen Mauern, zumindest nicht erinnerlich, schwer zu begreifen für einen wie ihn.

»Wie bitte?«, fragte er verblüfft, und dann, lauter werdend, »wie darf ich das verstehen?«

»Weg von hier«, wiederholte Freda, mit solcher Entschiedenheit, dass seine Stimme sich überschlug, »und wohin? Und wozu? Zum Verlottern?«

»Arbeiten«, sagte sie, »mein Brot selbst verdienen. Gib mir den Unterhalt fürs Studium, ein paar Jahre, dann brauche ich nichts mehr«, fügte auch noch »nicht von dir« hinzu, was ihn rasend machte. »Du bleibst«, schrie er. »Du bist neunzehn und hast zu gehorchen. Mit einundzwanzig kannst du tun und lassen, was du willst, verschwinden von mir aus, aber in Sack und Asche, dafür werde ich sorgen«, worauf Freda, nun ihrerseits lautstark, verkündete, dass er sie nicht einmauern könne, »und wenn du mir kein Geld geben willst, hole ich es mir woanders, egal, wie, das hast du von deiner Ordnung.« Wahrhaftig ein Drama: Der Vater lässt den Zeigefinger vorschnellen, »raus, sonst vergesse ich mich«, während die Tochter hocherhobenen Hauptes davongeht, aber noch einmal stehen bleibt für den letzten Coup, »und alle Welt wird hören, was mit mir und dem Kind passiert ist«, Vorhang, Pause bis zum späten Nachmittag. Da nämlich, sie versuchte gerade, sich mit Hilfe von Pinsel und Farben aus der Grube herauszuziehen, trat die Stiefmutter in ihr Zimmer, um, nach Luft ringend und fleckig im Gesicht vor Erregung, ebenfalls den Aufstand zu riskieren oder, wie Herr von Rützow es nannte, den Verrat.

Es begann mit einer Wortkaskade. »Wir haben dich beim Tee vermisst, wo warst du, ich habe versucht, deinen Vater zu besänftigen, umsonst natürlich, aber du darfst nicht nachgeben«, und dann, nach einem tiefen Atemzug: »Nein, nicht nachgeben. Ich bin froh, dass du ihm die Stirn gezeigt hast, und warte ab, du wirst schon sehen.«

Freda deckte ein Tuch über das erst halb fertige Blumenbild und gab keine Antwort, wozu denn. Ein Blindgänger, der kurze Triumph, ein Muster ohne Wert, das sie nach dem Streit zu Katta getragen und auf dem Rückweg in die Mölle geworfen hatte. Der träge dahinwandernde Fluss, die Trauerweiden am anderen Ufer, das Spiel der Zweige im Wasser, alles wie immer, alles blieb, wie es war, auch für sie, wozu sich noch wehren.

»Arbeiten willste?« Katta, statt ihr wie früher mit »irgendwo kommste schon an« den Rücken zu stärken, hatte seufzend den Kopf geschüttelt, »arbeiten, wie stellste dir das vor? In 'ner Fabrik malochen für 'n Appel und 'n Ei? Bei 'ner andern Gnädigen die Böden schrubben? Hast ja keene Ahnung, Kleene, und der Herr Baron holt dich sowieso wieder nach

Hause, mit 'nem Gendarmen, wenn's sein muss. Warte man lieber, irgendwann isses so weit.« Und nun wurde von der Stiefmutter das gleiche falsche Lied gesungen, nicht aufgeben, abwarten, als läge darin die Lösung. Aber zwei Jahre waren eine Ewigkeit, und auch danach gab es ohne Geld kein Studium, wozu noch reden.

Die Stiefmutter ließ sich in einen der gelbweiß-gestreiften Sessel fallen, »es ist anders, als du denkst«. Sie stand wieder auf, ging zur Tür, kam zurück und fing an, von dem Gurrleben-Erbe zu sprechen und dem Haus, das Fredas Mutter, die kleine Friederike über dem Kamin, ihrer Tochter hinterlassen hatte, »ein Mietshaus in Charlottenburg, als Mitgift, sagt dein Vater, und eigentlich sollst du es erst am einundzwanzigsten Geburtstag erfahren, wenn du volljährig bist. Aber das ist mir jetzt egal.«

Stille im Zimmer, Stille draußen im Park, Windstille, die Welt hatte sich verändert.

»Weshalb tust du das für mich?«, fragte Freda.

»Weshalb?« Die Stiefmutter horchte angestrengt in sich hinein. »Vierzehn Jahre«, sagte sie schließlich. »Knapp vierzehn Jahre Unterschied zwischen dir und mir. Ich habe nie Widerspruch gewagt, selbst neulich nicht, als er Friedel weggeschickt hat. Du kannst es jetzt, du hast eine Chance, du sollst es tun.« Sie legte ihre Hand auf Fredas Arm, zum ersten Mal in der ganzen langen Zeit, und zog sie gleich wieder zurück. »Ich hätte dich gern als Tochter gehabt. Oder als Schwester. Schade.«

Ja, schade, und vielleicht, dachte Freda, ist es trotz allem nicht zu spät. Aber es blieb kaum Zeit, Versäumtes nachzuholen. Sechs Wochen nur, dann fiel die Brücke zwischen ihr und Großmöllingen zusammen, endgültig, wie es schien.

$D$ass Herr von Rützow seine noch nicht einmal mündige Tochter gegen Recht und Gepflogenheit plötzlich davonziehen ließ, begründete er vor Verwandten und Nachbarn mit den instabilen Verhältnissen im ehemaligen Kaiserreich. Die alten Werte verraten und verkauft, das Land in den Händen von Kreti und Pleti, da halte er es für angebracht, wenn auch Frauen von Stand sich nötigenfalls selbst ernähren könnten. Kurios aus seinem Mund, er wusste es, aber lieber das, als preiszugeben, was durch den Irrlauf von Ulricas Brief über ihn gekommen war: Aufruhr, Verrat, Unordnung, Unfrieden und, der Gipfel aller Schmach, Fredas ultimative Forderung, ihr mit den Einkünften aus der mütterlichen Hinterlassenschaft das Abitur zu finanzieren, jetzt, sofort, ohne weitere Verzögerungen.

Der letzte Akt des Rützow-Dramas, mit Blut und Tränen, nur dass die Wunden durch Worte gerissen wurden, diesmal im Gemüt ihres Vaters, dem sie, starrsinnig wie er war, noch weitere öffentliche Unbill androhte, den Gang zu Gericht nämlich zwecks Klärung der Frage, ob eine Tochter, deren Mutter mit siebzehn im Kindbett sterben durfte, als Neunzehnjährige nicht erwachsen genug sei, um sich auf das Studium vorzubereiten.

»Wenn es anders nicht möglich ist«, sagte sie, »sollen die dort urteilen«, worauf er zuschlug, so hart wie möglich.

Er hatte sie noch nie geschlagen, überhaupt niemanden, kein Kind, keinen Knecht. Er war ein Mann des lauten Wortes, nicht der Gewalt, selbst sein Pferd bekam allenfalls einen Tupfer mit der Gerte zu spüren, und nun dies.

Freda starrte ihn an, die Augen ungläubig aufgerissen, das brandrote Mal im Gesicht. Ein Impuls riss ihm die Arme hoch, verzeih mir, das wollte ich nicht, aber der Mund blieb verschlossen. Zu viel war geschehen, zu viel gesagt worden, unwiderruflich, unverzeihlich. Er wandte sich ab, geh, wenn du willst, und Freda ging.

Noch ein letztes Gespräch vor ihrem Aufbruch nach Potsdam. Sie hatte alles Nötige veranlasst, an das Elisenstift geschrieben, an die Helene-Lange-Schule, auch an Ulrica und die Briefe dem alten Menzel eigenhändig in die Posttasche gesteckt, obwohl die Sorge, ihr Vater könnte sich noch einmal daran vergreifen, überflüssig schien. Er hatte, nachdem die Trennung feststand, keinerlei Interesse mehr an ihren Plänen geäußert. Erst an diesem Morgen, als seine Frau trotz des Schweigens, das seit dem sogenannten Verrat zwischen ihnen hing, die bevorstehende Abreise erwähnt hatte, wurde Freda zu ihm gerufen.

Sie ließ die fast fertig gepackten Koffer stehen und

ging in das grüne Zimmer, wo sie damals zu Weihnachten den ersten Widerstand gegen seine Allmacht gewagt hatte. Strohfeuer, schnell erloschen. Aber was man wirklich will, hörte sie Ulrica sagen, das schafft man auch. Jetzt war es geschafft, nur zu spät und zu viel dabei auf der Strecke geblieben. Ihre Hand tastete nach der des Kindes, ihr Luftkind, ein Jahr und vier Monate inzwischen, es konnte schon laufen.

Herr von Rützow stand am Fenster. Er drehte sich um, als Freda kam, und zum ersten Mal merkte sie, dass seine hellen, immer noch dichten Haare nicht blond waren, sondern grau, ein alternder Mann. Ihr fiel ein, wie sie als kleines Mädchen seine Geburtstagskerzen ausgepustet hatte, hörte seine Stimme, brav, wie du das machst, und dann rast ein Unwetter durch den Park, und er läuft über die Wiese und trägt sie ins Trockene, Blitzlichter der Erinnerung, Schluss, vorbei.

»Bitte nimm Platz«, sagte er förmlich, »es ist noch einiges zu besprechen. Zunächst einmal, für dich wird gesorgt sein. Die Einkünfte aus dem Haus gehen auf ein mündelsicheres Bankkonto, zu dem auch ich keinen Zugriff habe. Aber das Vormundschaftsgericht hat einen monatlichen Unterhalt genehmigt, der dir bis zu deiner Volljährigkeit ausgezahlt wird. Danach kannst du über dein Eigentum verfügen.«

»Ich will das Haus nicht haben«, sagte Freda. »Ich brauche Geld bis zum Ende des Studiums, dann nichts mehr.«

»Das Haus kommt von deiner Mutter«, sagte er, »so etwas wirft man nicht weg. Ihren Schmuck werde ich dir schon jetzt aushändigen, mach damit, was du willst. Wann gedenkst du zu reisen?«

»Sobald mein Gepäck abgeschickt ist.«

»Henning kann es an die Bahn bringen. Möchtest du, dass dich jemand nach Potsdam begleitet?«

Freda schüttelte den Kopf.

»Und wo wirst du wohnen?«

»In einem Gästezimmer vom Stift. Und das Lyzeum will mich die Obersekunda überspringen lassen. Ich muss Privatstunden nehmen, um das Pensum aufzuholen, das kostet Geld.«

»Selbstverständlich«, sagte er. »Und lass mich wissen, was du sonst noch benötigst.«

»Danke. Das ist alles.«

Herr von Rützow wandte sich ab. »Ich hoffe, es wird dir gut ergehen bei dem, was du vorhast. Und vielleicht können wir eines Tages wieder zusammenkommen.«

Ja, vielleicht. Freda sah das Kind durch die Felder von Großmöllingen hüpfen, ein blonder Kopf zwischen Klatschmohn und Kornblumen, »ja, wenn du mir meinen Sohn zurückgibst. Es ist genug passiert, vergiss die Schande. Du wirst ihn bestimmt lieb haben, so wie mich früher.«

»Mag sein.« Die Stimme klang rauh wie nach einer großen Anstrengung. »Aber es steht nicht mehr in meinem Ermessen. Du kennst die Vereinbarungen.«

Sie machte einen Schritt auf ihn zu, »du hast von guten Eltern gesprochen. Wer sind sie?«, hörte sein »Ich weiß es nicht« und glaubte zum ersten Mal, dass es keine Lüge war.

»Man muss den Nonnen vertrauen«, sagte er. »Bitte fang nicht wieder von vorn an.«

Freda sprang auf, »bei dir nicht, bei dir ganz bestimmt nicht, nie«, das war das letzte Wort im letzten Akt. Sie lief zu den Koffern zurück, fertig packen, ein Ende machen, heute noch, starrte dann aber in den Park hinaus, lange, bis es dunkel wurde. Der Abschied von den Geistern der frühen Jahre, und ja, es habe wehgetan, wird sie später sagen, sehr weh, trotz allem.

Herr von Rützow indessen, verstört, wie er war, begab sich auf die Suche nach seiner Frau, so hektisch, als fürchtete er, auch von ihr noch verlassen zu werden. Er fand sie im Vorratskeller, wo die Reste der eingelegten Gurken, Kürbisse, Tomaten, Quitten und Salzbohnen vom vergangenen Herbst kontrolliert werden mussten, der ständige Kampf mit dem Schimmel.

»Ist dir nicht wohl?«, fragte sie erschrocken, denn in fünfzehn Ehejahren war er noch nie hier unten gewesen. »Du siehst schlecht aus, kann ich dir helfen?«

Statt einer Antwort setzte er sich, auch das befremdlich, auf eins der Sauerkohlfässer und murmelte etwas von Unmensch, er sei ein Unmensch, wobei Tränen über sein Gesicht liefen, leibhaftige Tränen, noch nie gesehen zuvor, nicht bei ihm. Nun weinte er und musste getröstet werden, seltsam, dieses Gefühl, ganz neu, ein Anfang möglicherweise. Vielleicht ja, vielleicht nein, etwa wie in dem hierzulande gern bemühten Orakel vom Wetter, das sich, wenn der Hahn kräht auf dem Mist, ändert oder bleibt, wie es ist. Aber so oder so, es gehört nicht mehr zu Fredas Geschichte, die bald darauf Großmöllingen verließ und, das Luftkind neben sich, dem unbekannten Fixpunkt am Horizont entgegenfuhr.

$D$er Weg dorthin, über die Potsdamer Schule, die Berliner Universität und das Referendariat, dauerte nach dem Abitur noch genau sechs Jahre, keinen Tag mehr als vorgesehen, weil nichts die Stille beim Lernen und Malen stören durfte, keine Freunde, keine Feste, kein Einbruch von außen in die Zimmer am Spreeufer mit dem Schreibtisch und der neuen Staffelei, an der sie immer wieder andere Farben und Formen für das Kind zu finden suchte, Ölfarben neuerdings, seitdem ihr im Schaufenster eines Ladens nahe der Kunstakademie das »Handbuch der Techniken der Ölmalerei« buchstäblich ins Auge gesprungen war.

Die janusköpfige Freda: Während der Vorlesungen und Seminare eine Studentin wie andere auch, wissbegierig und offen, draußen jedoch, jenseits der Portale, gnadenlos abgeschottet in sich selbst. Nicht einmal Ulrica, die bei der Begrüßung auf dem Bahnsteig noch glaubte, dass gestern und heute nun ineinander übergingen, vermochte den Bannkreis zu durchbrechen. Sie hatte, enthusiastisch wie eh und je, die gemeinsame Zukunft geplant, eine Wohnung ausfindig gemacht, Programme zur Erkundung des kulturellen wie politischen Lebens entworfen und eine Flasche Wein bereitgestellt, um die alte neue Freundschaft zu feiern, alles vergebens, das ganze Wiedersehen. Jahrelang herbeigewünscht, und jetzt zeigte sich, dass in Fredas Welt kein Platz war für eine Dritte.

»Nein, danke«, sagte sie zu den Plänen und Programmen, wollte von den Kämpfen zwischen Rechts und Links so wenig hören wie vom avantgardistischen Berliner Theater und verweigerte jede Auskunft über das Warum, bis Ulrica nicht mehr kam, Ulrica nicht, niemand, nur das Kind war noch da, das Luftkind, so sollte es sein. Freda und das Kind, nur sie beide, Semester um Semester, ein Probelauf bereits für Hünneburg, wo sie Ostern 1933 ihre erste Stelle antreten sollte, schon bald nach Hitlers Machtergreifung am 30. Januar.

$H$arro Hochberg, eben noch der Kleine mit den Klötzchen, war elf geworden inzwischen und weiterhin so blond wie früher, hellblond und strahlend vor Zuversicht, ein deutscher Bilderbuchjunge. Das erste Jahr im Hünneburger Winckelmann-Gymnasium hatte er ohne Schwierigkeiten hinter sich gebracht, zur Zufriedenheit der Eltern. Nur sein Freund und Idol Dietrich Racke, ein gutes Jahr älter und auch sonst nicht passend, störte sie. Aber schon seit Grundschulzeiten waren beide unzertrennlich. Keine Frage, dass er auch in der nächsten Klasse wieder neben Harro sitzen würde, um ihm die braunen Parolen seines Vaters ins Gemüt zu blasen, und was sollte man tun. Direktor Racke, Chef der Zuckerfabrik, gehörte zu den Hünneburger Wegbereitern von Hitlers Triumph, den Harro nun gemeinsam mit Dietrich lauthals bejubelte, nein, nichts zu machen, jetzt erst recht nicht mehr.

Freda in ihrer Berliner Einsiedelei, schon halb unterwegs nach Hünneburg, nahm die politischen Ereignisse kaum zur Kenntnis. Es geht mich nichts an, dachte sie, ähnlich wie Harros Vater, obwohl bei ihm die Dinge anders lagen. Dr. Hochberg hatte sich informiert, gründlichst, man kann es sich vorstellen. Er wusste, was Hitler bedeutete, und verabscheute alles an ihm, bisher freilich in dem Glauben, dass kein Volk von Verstand sich diesem gefährlichen Narren anvertrauen könnte. Und nun, da es so weit gekommen war, fürchtete er zwar Schlimmes im Allgemeinen und noch Schlimmeres in besonderen Fällen, keine spezielle Bedrohung jedoch für sich und seine Familie.

»Aber nein, es betrifft uns nicht«, hatte er seine Frau Uta beruhigt, während sich am Abend des 30. Januar der endlose Fackelzug durch die Stadt wälzte, vorweg die SA in ihren braunen Uniformen und dann das Gedränge derer, die dazugehören wollten beim ersten großen Fest der neuen Machthaber. »Keine Sorge, es betrifft uns nicht«, sagte er und glaubte daran, auch im Gedenken an seinen Vater, der ihn, den Sohn, dazu gebracht hatte, rechtzeitig vor dem juristischen Examen jeden Hinweis auf seine und Utas Ursprünge zu eliminieren. »Ihr sollt nicht in den Brunnen geworfen werden«, diese immer währende vorauseilende Angst, dank derer nun so makellose, von einem erstklassigen Frankfurter Spezialisten namens Paul Prager verfertigte Geburtsurkunden und Taufscheine im Familienstammbuch lagen, deutsch und christlich durch und durch, ohne irgendein verräterisches Samuel oder Nathan, selbst das östliche Thorn war durch Aachen ersetzt worden. Ein Meister seines Fachs, dieser Prager, wie er sich nannte. Etwas windig zwar, aber das Gewerbe beruhte auf Diskretion, darauf konnte man sich verlassen, und abwegig geradezu, noch einen Gedanken an die Sache zu verschwenden.

Er legte den Arm um seine Frau, »nein, für uns hat es nichts zu bedeuten«, noch einmal die Beschwörung an diesem schwarzen 30. Januar, »und lass es nicht unser Fest verderben«. Unser Fest, denn in der Villa Hochberg wurde ebenfalls gefeiert, der Tochter Gudrun zu Ehren, die ihrer neapolitanischen Farben wegen nach wie vor, von Dr. Hochberg abgesehen, Bella genannt wurde und sich ausgerechnet jetzt Hals über Kopf verlobt hatte. Zunächst noch inoffiziell, so dass nur die Hünneburger Familie um den mit Berliner Porzellan, Silber, Kristall und Kerzen gedeckten Tisch versammelt war: Vater, Mutter, Sohn und Tochter nebst neu gebackenem Bräutigam, Jörg Ziegler, ein junger Anwalt aus dem schweizerischen Winterthur, der auf Wunsch seines Vaters die Gepflogenheiten in einer deutschen Kanzlei kennen lernen sollte.

Ende November eingetroffen, hatte er am Steingraben gewohnt, gegessen, dazugehört, und nun aus heiterem Himmel die Verlobung, nicht gerade zur Freude des Brautvaters. Ein netter, bedächtiger Mensch, der junge Ziegler, Sohn und künftiger Sozius eines Kollegen, aber musste Gudruns Zukünftiger unbedingt aus der Schweiz kommen, so weit entfernt, mit einer Grenze zwischen hüben und drüben? Außerdem, noch schlimmer, musste die Hochzeit, weil er ab Mai in England hospitieren sollte, schon im April stattfinden. Acht Wochen London, die beide gemeinsam zu verbringen planten, und ob es, hatte Dr. Hochberg Gudrun gefragt, hierzulande nicht auch nette Männer gebe. Aber nein, nur dieser kam in Frage, also trank er auf ihr Glück, ein wenig zähneknirschend, denn wie, trotz aller Kenntnis des Hitlerschen Wahnwitzes, sollte er ahnen, welches Glück ein Schweizer Ehemann angesichts des Fackelzuges draußen vor dem Haus bedeutete.

»Ich hoffe, meine Tochter bekommt bei euch nicht nur die Löcher vom Käse«, versuchte er, krampfhaft um gute Laune bemüht, seine Rede zwischen Suppe und Fisch aufzulockern, albern genug, aber alle lachten, außer Harro, dem der Fackelzug weitaus lieber gewesen wäre als Hecht, Rehrücken und Zitronencreme.

»So viele aus meiner Klasse sind dabei«, hatte er gebettelt, und Dietrich Rackes Eltern wollten ihn mitnehmen, kein hilfreiches Argument, die Freundschaft mit Dietrich Racke war seinem Vater jetzt erst recht ein Dorn im Auge. Elfjährige Jungs, wollte er die Debatte beenden, hätten nachts auf der Straße, Fackelzug hin oder her, nichts verloren, worauf Harro mit der Frage, ob Hitlers Sieg ihm etwa zuwider sei, die Beteuerung des Gegenteils erzwang.

Einen Vorgeschmack auf das Leben unter dem neuen Regime nannte es Dr. Hochberg, als er und Uta zu Bett gingen. »Diese Leute kennen nur ihre eigene Wahrheit, und wehe, wenn du eine andere äußerst. Lerne lügen, ohne zu klagen. Aber vielleicht übertreibe ich ja auch.«

»Und uns betrifft es nicht?« Sie sah ihn an, sorgen- und vertrauensvoll. Sie liebte ihn. Er hatte immer das Richtige getan. Es war immer gut gewesen in dem gemeinsamen Haus. »Wirklich nicht?«, fragte sie, und er griff nach ihrer Hand, nein, wirklich nicht, oder nur so wie jeden anderen auch, der diesen Kerl zum Teufel wünschte. »Den Mund halten, gute Miene machen und trotz allem versuchen, ein anständiger Mensch zu bleiben«, seine letzten Worte an diesem Abend. Man horcht ihnen nach in Angst und Trauer und denkt, dass er gehen soll, gleich, sofort, um zu retten, was zu retten ist. Er kennt Hitlers

Ideen, er kennt die Welt und die Menschen, um Himmels willen, geh doch. Aber nein, er bleibt, Uta bleibt, Harro bleibt, und für ihn wenigstens ist Freda schon auf dem Weg.

*I*hr Vater hatte die Neuigkeit erst aus der Zeitung erfahren: »Fräulein Friederike von Rützow, einzige Tochter des Freiherrn Friedrich von R. – Großmöllingen, kann nach einem hervorragenden Examen und erfolgreichem Abschluss der Referendarzeit nunmehr am Lyzeum zu Hünneburg als Studienassessorin für die Fächer Deutsch, Französisch und Geschichte ihre pädagogische Laufbahn beginnen«, meldete das stets gut unterrichtete MÄRKISCHE KREISBLATT, worauf er, pendelnd zwischen Stolz und Ärger, zunächst den Herausgeber brieflich ersuchte, die Angelegenheiten der Familie nicht ohne Erlaubnis an die Öffentlichkeit zu zerren. Dann jedoch hatte er seiner Tochter gratuliert, sich nach den weiteren Plänen erkundigt und angefügt, dass sie, zumal zwischen ihrem neuen Wohnort und Großmöllingen nur knapp anderthalb Bahnstunden lägen, jederzeit im Elternhaus willkommen sei. Ein Sprung über den eigenen Schatten, der zu seinem Kummer ohne Wirkung blieb.

Freda war ihm zum letzten Mal im Vormundschaftsgericht begegnet, wo sie, volljährig geworden, endlich das mütterliche Erbe übernehmen durfte, eine Gelegenheit für ihn, ihr seinen Rat bei der

Verwaltung des Vermögens anzubieten. Nicht ganz grundlos, denn nur dank der Hartnäckigkeit, mit der er zu Beginn der Inflation durchgesetzt hatte, dass die mittlerweile angelaufenen Mieten und Zinsen in die sichere Schweiz transferiert wurden, konnte überhaupt noch von einem Vermögen die Rede sein.

Er habe schon einmal ihr Geld gerettet, da sei es wohl nicht ganz falsch, ihm weiterhin zu trauen, argumentierte er beinahe flehentlich, umsonst, sie habe, sagte Freda, bereits mit einer Berliner Bank gesprochen. Und nun, sechs Jahre später, sollte das zweite Friedensangebot ebenfalls ins Leere laufen, auch deshalb, weil sein Brief ausgerechnet an dem Tag eintraf, als sie mit der Gewissheit, ihren Sohn niemals wiederzufinden, aus Westfalen zurückgekommen war.

Für die Suche hatte sie eigens den Führerschein gemacht, ein Leichtes auf den noch wenig befahrenen Straßen, und schwierig allenfalls der Kauf eines Autos. Nicht die Finanzierung, deretwegen sie sich zum ersten Mal einen Griff nach dem bisher unbehelligt ins Blaue hineingewachsenen Erbe erlaubt hatte. Bei Vertragsabschluss indessen wurde zusätzlich noch die Unterschrift des Ehegatten oder Vaters gefordert, eventuell auch die eines Bruders, egal, Hauptsache männlich. Der Händler jedenfalls bestand darauf, so dass schließlich ein Herr von der Bank diesen Part übernahm, etwas abseits der Legalität, aber das Geschäft kam zustande.

Freda wählte einen robusten Opel P4, schwarz lackiert, mit Scheinwerfern wie riesige Insektenaugen. Keine Schönheit, doch gut geeignet für die rauen Wege im Münsterland, wo sie, bevor das Hünneburger Schuljahr begann, nach dem großen grauen Haus fahndete. Nur ein Phantom im Nebel der Erinnerung. Dennoch, es war aufgetaucht damals bei Nacht, und irgendwo musste es sein, irgendwo das Zimmer, in dem sie ihren Sohn geboren und verloren hatte.

An einem Nachmittag glaubte sie davor zu stehen, graue Fassaden zwischen Wiesen und Feldern, Mauern rundherum, ein Kloster, sagte man ihr im nächsten Dorf. Sie hämmerte mit dem Messingklopfer ans Tor und verlangte nach der Äbtissin, wurde weggeschickt, nochmals weggeschickt und schließlich vorgelassen.

Ein langer Flur, abgetretene Steine, die kargen, verschlossenen Züge unter dem Nonnenschleier, wo hatte sie das schon gesehen. Sie nannte ihren Namen, Friederike von Rützow, »kennen Sie mich?«

»Nicht, dass ich wüsste.« Die Frau, groß und hager wie jene, die das Kind gefordert hatte, griff nach dem Kreuz auf ihrer Brust. Dann lächelte sie, »womit kann ich Ihnen dienen?«

Freda horchte der Stimme hinterher, der richtigen, der falschen, die Erinnerung verriet es nicht.

»Ist Schwester Clementis noch hier?«, fragte sie. »Ich würde gern mit ihr sprechen.«

Das Gesicht der Nonne verschloss sich wieder. »Ich weiß von keiner Schwester Clementis.«

»Vor neun Jahren hat sie mich in diesem Haus betreut«, sagte Freda. »Fünf Monate. Während der Schwangerschaft.«

Die Nonne schüttelte den Kopf. »Das ist ein Irrtum. Glauben Sie mir, Sie irren sich«, und Freda begann, die Fassung zu verlieren. »Nein, ich irre mich nicht. Bei der Schwangerschaft und der Geburt, bevor man mir das Kind weggenommen hat. Wer war es? Sie vielleicht?«

»Wovon reden Sie?« Es klang verständnislos. »Was ist mit Ihnen? Fühlen Sie sich nicht wohl?«

»Sind Sie es gewesen?«, wiederholte Freda. »Bitte, sagen Sie es mir. Wo haben Sie es hingebracht? Wo ist es?«, und die Nonne wandte sich ab, »dies ist nicht der Ort, wo Kinder verschwinden. Gehen Sie jetzt, sonst muss ich Hilfe holen.«

Freda folgte ihr über die abgetretenen Steine zum Portal. Der Tag ging zu Ende, der westliche Himmel verfärbte sich, das gleiche Farbenspiel wie damals, ehe es hinter der Mauer verschwand, der Mauer vor ihrem Fenster und dem Himmel.

»Wohin wollen Sie?«, rief die Nonne. »Der Weg führt nicht zum Tor.« Aber Freda lief weiter auf den roten Himmel zu und um das Haus herum, vergeblich, das Fenster, den Beweis, gab es nicht, nicht hier, und ein anderes Kloster ließ sich finden, das dem grauen Phantom mit der Mauer glich, trotz ihrer tagelangen Suche quer durchs Land, bis die Hoffnung endgültig abhanden kam. Vielleicht gaukelte ihr die Erinnerung etwas Falsches vor, falsche Bilder, falsche Spuren. Sie wusste es nicht mehr, und dann, in Berlin, wartete der Brief mit der Bitte um Versöhnung, auf den Herr von Rützow nie eine Antwort erhielt.

Nun also Hünneburg, die Endstation in diesem Kapitel ihres langen, noch bis zum nächsten Jahrtausend reichenden Lebens. Es war einige Tage vor Schulanfang, als sie sich der Stadt näherte, mit geringem Gepäck in dem Opel P4, nur Kleidung, Bücher, das Malzeug und die erste Serie jener seltsamen Bilder, die man später, wenn das, was jetzt beginnt, längst vorüber ist, einmal teuer bezahlen wird. Dem Inventar ihrer möblierten Zimmer in Berlin hatte sie kaum ein Stück hinzugefügt, und dies hier sollte ebenfalls nichts für immer sein, schon die Nähe von Großmöllingen sprach dagegen. Ankommen und wieder weggehen, weshalb Erinnerungen mit sich schleppen.

Die Assessor-Stelle war ihr von der Schulbehörde angewiesen worden und Hünneburg keine Verlockung. Eine märkische Kreisstadt mit mittelalterlichem Kern, einst der reichen Hanse zugehörig und jetzt immerhin noch Eisenbahnknotenpunkt zwischen Hannover und Berlin, aber was hieß das schon angesichts des tristen Bildes, in das sie hineinfuhr. Es dunkelte bereits, die Straßen leer, alle Lichter erloschen, alle Stimmen verstummt, ein toter Ort. Nein, hier bleibe ich nicht, dachte sie bei dem Versuch, das von der Schule empfohlene Fremdenheim Dr. Mäsicke am Wallweg ausfindig zu machen, und die Inhaberin, die den Opel P4 mit der spitzmündigen Bemerkung, noch nie sei eine ihrer Damen so angereist, wie etwas Obszönes musterte, verstärkte das Missbehagen. Drei Jahre höchstens, dachte sie im kümmerlichen Licht der Nachttischlampe. Drei Jahre, keinen Tag länger. Und dann, am nächsten Morgen, lag vor ihrem Fenster der Wall.

Ende April, in den Birken der Frühling, gelbe Narzissen blühten am Hang, die erste Verführung. Was Freda indessen bewog, sich in dieser Stadt ein Haus zu kaufen, ausgerechnet hier und so unversehens, war kaum zu begründen. Es habe ihr gefallen, wird sie Harro Hochbergs Deutungsversuchen entgegenhalten, zehn Jahre später, wenn beide dort im oberen Stockwerk auf das Ende des Schreckens warten, ganz einfach gefallen, das Fachwerk, die Wohnung über dem Markt, der kleine Garten an der Rückseite. Nein, keine Spur von irgendwelchen mystischen Zwängen, aber selbstverständlich stehe es ihm frei, ihr bisheriges Leben als ein einziges Harro-Hochberg-Rettungsprogramm zu betrachten. Alles hänge ja bekanntlich mit allem zusammen, jeder Windhauch, jeder Gedanke, jeder Schritt. Und obwohl sich zu der seltsamen Konsequenz, die sie in seine Richtung geführt habe, ebenso gut sagen ließe, dass letztendlich jeder Weg auf einen anderen treffe, dürfe er es ihrethalben auch Schicksal nennen.

Der Name Hochberg im Übrigen war Freda

gleichzeitig mit dem Haus begegnet, ein Zusammenspiel, das, wenn schon von Seltsamkeiten die Rede ist, ebenfalls erwähnt werden sollte, denn die ALTMÄRKISCHEN NACHRICHTEN, von denen der Anstoß kam, hatte einer der Gäste im Frühstücksraum liegen lassen und erst wieder abgeholt, als ihr Blick schon auf den entscheidenden Hinweis gefallen war. Sie saß unter dem Bildnis des Dr. Mäsicke, trank den gar nicht üblen Kaffee seiner Witwe und fand, in der Zeitung blätternd, folgende Annonce: »Komplett renovierte Wohnung am Markt, vier Zimmer, Küche mit Abstellraum, neues Bad, großer Speicher, eigene Haustür und Treppe, Garten, kulante Miete. Näheres in der Roland-Apotheke.«

Eine eigene Haustür, das gab den Ausschlag. Ob die Apotheke direkt am Markt liege, fragte sie Frau Mäsicke, die neben der gewünschten Auskunft noch zu vermelden wusste, dass die Wohnung sich in eben diesem Haus befinde und schon seit Wochen leer stehe, kein Wunder, schließlich gehöre sie dem alten Blumenthal, und wieso der Apotheker Brasse einem Juden so zu Diensten sei, wisse der Himmel. Aber Fredas Gedanken wanderten schon zum Markt.

Es war ihr dritter Morgen in Hünneburg, der letzte vor Schulbeginn, und das Missbehagen nahezu verflogen. Sie war in den Straßen und Gassen umhergestreift, vorbei an der Backsteingotik vom Dom und der Marienkirche, hatte die Türme und Tore gesehen, die Häuser der Hansezeit, den Park mit dem Schwanenteich und am Ufer der Hünne gestanden, die sich, von kleinen weißen Brücken überwölbt, durch die Stadt schlängelte, grün in der Sonne. Hübsch dies alles, trotz Gründerzeitgesims und Pseudomoderne dazwischen, doch, es hatte ihr gefallen, besonders der vom Wandel noch fast unberührte Markt. Und nun, nach dem Frühstück bei Frau Mäsicke, betrachtete sie noch einmal und schon mit anderen Augen die Fassaden und Giebel rund um den steinernen Roland, der, das bloße Schwert vor der Brust, seit vierhundert Jahren an dieser Stelle stand, als Zeichen mittelalterlicher Gerichtsbarkeit.

Die Apotheke lag ihm gegenüber, im Untergeschoss von einem der Fachwerkhäuser, »anno domini 1648« las Freda auf dem Querbalken. Es war niedriger als die anderen, nur ein Stockwerk außer dem Laden und dann noch die Speichergaube. Aber der obere Teil, der sich mit dunklem Gebälk und weißen Fenstern über die seitliche Durchfahrt zog, machte es breit und behäbig.

Freda öffnete das Tor und kam auf einen großen, von flachen Ziegelbauten begrenzten Hof, Ställe wahrscheinlich in früheren Zeiten. Hier könnte der Opel stehen, dachte sie, ging an dem Garten entlang zur Rückfront des Hauses und sah mit Verwunderung die zugemauerten Fenster im Erdgeschoss.

»Dort sind die Lagerräume und unser Laboratorium«, erklärte der Apotheker, als er ihr die Tür aufschloss, hinter der eine Treppe zur ersten Etage hinaufführte. »Mein Vorgänger hatte Angst vor Dieben, der alte Herr Blumenthal, dem dies alles gehört. Die

Wohnung oben hat er vor zehn Jahren ausgebaut, nach dem Tod seiner Frau. Vorher waren da nur Speicher, aber jetzt ist es sehr hübsch geworden, komfortabel und völlig separiert, selbst die Verbindung zur Apotheke gibt es nicht mehr. Ob Ihnen das behagt, so ganz allein?

Warum nicht, dachte Freda, und nur wenige Stufen trennten sie noch von der Gewissheit, dass sie die richtige Wohnung gefunden hatte. Eine geräumige Diele, zwei Zimmer zum Markt, zwei zum Garten, über der Durchfahrt das Bad, die Küche, die Abstellkammer, alles reichlich bemessen und außerdem eine sichere Barriere gegen den Rest der Welt – nein, kein Zweifel, hier wollte sie bleiben, nur hier.

»Es wird uns gefallen«, sagte sie zu dem Kind, das ihr abhanden gekommen war seit der Ankunft in Hünneburg und nun wieder auftauchte, »nur wir beide, du und ich und sogar Platz für eine Malstube«. Malstube, das richtige Wort, passender als Atelier. Meine Malstube.

Die Vermietung, teilte der Apotheker ihr mit, werde von Herrn Blumenthals Anwalt Dr. Hochberg vorgenommen, in der Kanzlei Ecke Hallstraße schräg gegenüber, vielleicht sei er jetzt noch anzutreffen.

Hochberg, da war er, der Name, so nichts sagend zunächst wie jeder andere, den man nur im Vorübergehen hört, und dieser hier hätte sich beinahe noch schneller verflüchtigt. Nein, der Herr Rechtsanwalt stehe momentan nicht zur Verfügung, erklärte eine deutlich gelangweilte Vorzimmerdame. Erst morgen früh könne sie ihn sprechen, aber bei der Wohnung am Markt habe sich eine neue Situation ergeben, die es wohl überflüssig mache.

»Was für eine Situation?«, fragte Freda, wurde mit einem Schulterzucken bedacht und verlangte, da sie die Wohnung mieten wolle, morgen jedoch beschäftigt sei, mehr Interesse für ihr Anliegen, hartnäckig genug, um Dr. Hochberg zu alarmieren. Er bat sie in sein Zimmer. So bekam der Name doch noch ein Gesicht, vor allem aber, weitaus wichtiger, der des Fräulein von Rützow einen auf Abruf gespeicherten Platz in seinem Gedächtnis.

Es geschah gleich zu Anfang, als er ihr die neue Situation erläuterte, nämlich dass Herr Blumenthal, der Besitzer und frühere Apotheker, die Wohnung zwar zur Vermietung annonciert habe, sie plötzlich jedoch verkaufen wolle oder müsse, mitsamt Haus und Nebengebäuden.

»Sie kennen ja das Anwesen«, sagte er, und Freda hatte ihr Erbe vor Augen, das sich nun vielleicht in die Wohnung mit dem separaten Eingang verwandeln ließ, den Eingang, die Treppe, den Hof.

»Wie viel soll es kosten?«, fragte sie.

Dr. Hochberg nannte den Preis, »günstig, äußerst günstig, eine seltene Gelegenheit, vorausgesetzt, dass Ihnen die Mittel zur Verfügung stehen«.

Freda blickte zum Fenster, über den Markt und auf die Apotheke hinter dem Roland, »doch, ich besitze ein Haus in Berlin, das man verkaufen könnte, doch, ich glaube, es lässt sich machen. Gibt es noch andere Interessenten?«

Dr. Hochberg zögerte einen Moment, bevor er begann, die Fäden für den alten Blumenthal zu ziehen. »Selbstverständlich«, sagte er dann, »bei diesem Preis.« Ein fester Vertrag allerdings existiere noch nicht, zumal die endgültige Entscheidung zum Verkauf erst kürzlich gefallen sei, heute morgen genau. Der neue Apotheker würde sofort zugreifen, könne es sich jedoch nicht leisten, und einige andere brauchten noch Bedenkzeit. Das Geld sitze ja nicht allzu locker hier in der Stadt nach Krieg, Inflation und Wirtschaftskrise, »aber Herr Blumenthal« – wieder eine Pause – »der alte Herr Blumenthal hat es eilig, das wäre Ihr Vorteil. Er will das Land so schnell wie möglich verlassen, am liebsten schon morgen.«

»Ach ja?«, murmelte Freda.

»Er ist Jude«, sagte Dr. Hochberg nach neuerlichem Zögern, und schließlich: »Würde Sie das stören?«

Ein erstaunter Blick, »warum?«, denn wie sollte sie wissen, was der Satz »er ist Jude« in Hitlers Reich bedeutete, woher denn nach ihren vielen Jahren unter Ausschluss der Öffentlichkeit, nur mit dem Studium, dem Luftkind, der Staffelei. Was die Juden betraf, so war ihr der eine oder andere allenfalls aus der Ferne bekannt, dafür aber schon seit frühen Zeiten das Gerede aus jedermanns Mund. »Jüdische Machenschaften«, pflegte Herr von Rützow seine Zeitungslektüre zu kommentieren. »Wohl 'n Jude, da musste aufpassen«, sagte Katta, wenn ein Hausierer an die Tür klopfte. Der Pferdeknecht hatte sie Volksverräter genannt, der Pastor in Potsdam die Mörder des Herrn und ein Berliner Professor ihren Einfluss auf die deutsche Kultur »nicht das Salz in der Suppe, meine Damen und Herren, sondern die Salzsäure«. Sie hatte es gehört und nicht gehört, geredet wurde viel, mal so, mal so. Die neue Lesart indessen vom Untermenschen und Fremdkörper im Volk, der ausgerottet werden müsste, war an ihr vorbeigelaufen, daher dieses erstaunte »Warum?«, das Dr. Hochberg fälschlicherweise mitten ins Herz traf.

»Mitten ins Herz«, sagte er zu seiner Frau Uta in einem für ihn befremdlichem Überschwang, »weil es von so großer Lauterkeit zeugt, Lauterkeit und Mut. Man stelle sich vor, da sitzt eine junge Person, deutsch, von preußischem Adel, und erklärt ohne Umschweife den Juden Blumenthal zum Menschen. Warum, fragt sie, soll ich nichts mit ihm zu tun haben wollen, warum nicht, als sei es die selbstverständlichste Sache der Welt.«

»Reg dich nicht auf«, versuchte Uta ihn zu beruhigen, ihn und auch sich selbst. Es war nach dem Mittagessen, sie tranken Kaffee in ihrer schönen geklinkerten Villa, nur zu zweit. Gudrun war inzwischen mit ihrem Schweizer Anwalt verheiratet, eine große Hochzeit im gotischen Dom von Hünneburg, die halbe Stadt geladen und der Rest draußen vor dem Portal, um die Braut zu sehen, die schönste seit langem, weiße Spitzen, schwarzes Haar und rote Rosen. Nun packte sie in Winterthur die Koffer für London, und was Harro betraf, so war er auch heute zu den Rackes gelaufen, ein Ärgernis für seinen Vater, aber was sollte man tun.

»Ich rege mich nicht auf«, sagte er, »ich freue mich für den alten Blumenthal. Außer ihr hat sich noch kein Interessent gemeldet, und vielleicht kauft sie ja das Haus. Schlimm genug, dass einer wie er alles stehen und liegen lassen muss, nur gut, dass wir auf der sicheren Seite sind.«

»Wahrscheinlich macht er es richtig«, murmelte sie, wieder ein Zeichen ihrer seit dem dreißigsten Januar ständig wachsenden Skepsis, die er überflüssig nannte, keine Behörde, keine Freunde, nicht einmal die Kinder wüssten etwas von den alten Geschichten, und absurd, einen Umzug nach Winterthur in Gudruns Nähe auch nur zu erwägen. »Hör auf mit der Unkerei«, sagte er, »viel deutscher als wir kann wirklich niemand sein. Im Übrigen, wen interessiert schon, was vor fünfzig Jahren gewesen ist.«

Doch dann, auf dem Rückweg zur Kanzlei, wo Freda und der alte Herr Blumenthal zu einem ersten Gespräch erwartet wurden, beschloss er, bei seinem Gewährsmann Paul Prager einen mit Abschriften aus alten Kirchenbüchern und Chroniken unterfütterten Stammbaum in Auftrag zu geben, als unanfechtbaren Nachweis seiner und Utas arischer Ahnenreihe. Außerdem, auch das sollte nicht länger hinausgezögert werden, schien es an der Zeit, sich nach Herrn Blumenthals Abreise von den noch verbliebenen jüdischen Mandanten zu trennen. Beschämend, dieser Gedanke, aber um Scham kam man wohl nicht herum unter dem neuen Regime. Wer konnte sich schon ein so reines Herz wie das Fräulein von Rützow leisten.

Seine Besucher saßen, als er die Tür zur Kanzlei öffnete, bereits im Vorzimmer, Freda nahe am Fenster, Herr Blumenthal so weit wie möglich von ihr entfernt. Ein kleiner blinzelnder Mann, der momentan mit der falschen Brille leben musste, weil eine Horde betrunkener SA-Leute ihm kurz zuvor die richtige von der Nase gerissen und zertrampelt hatte, der Anlass für seinen überstürzten Entschluss, Deutschland den Rücken zu kehren, solange sich nicht nur die Haut, sondern auch noch ein Teil des Vermögens retten ließ. Dr. Hochberg hatte ihn darin bestärkt, »ja, gehen Sie, möglichst schnell, möglichst geräuschlos, und bloß nicht von dem Vorfall reden, nirgendwo, nur kein Lamento bei eventuellen Käufern, das macht alles nur schlimmer, und bitte, lieber Herr Blumenthal, dieses Gespräch hier hat nicht stattgefunden.«

Hausverkauf also wegen baldiger Übersiedelung nach Kanada, wo schon sein Bruder lebte, mehr erfuhr Freda nicht. Eine verpasste Gelegenheit, vielleicht hätte das Lamento ihr die Realität etwas näher gebracht. So aber, weiterhin ahnungslos, sah sie, nachdem Dr. Hochberg den Kaufvertrag erläutert hatte und ihr nun doch Bedenken kamen, mit Verwunderung die Angst im Gesicht des alten Mannes.

»Ich könnte den Preis noch reduzieren«, sagte er, wobei seine Stimme zitterte, so heftig, dass man ihn nur schwer verstand, »doch, durchaus, wenn die Zahlung möglichst schnell erfolgen würde. Oder sofort. Ich darf ja keine Zeit mehr verlieren.«

»Aber nein.« Fast hätte sie ihm die Hand auf den Arm gelegt. »Ich weiß doch, dass ich schon jetzt genug für mein Geld bekäme. Und die Wohnung gefällt mir sehr. So geräumig und hell. Und das alte Glas in den Fenstern. Aber gleich das ganze Haus kaufen …«

»Sie haben das Glas bemerkt?«, fiel er ihr ins Wort. »Ja, sehr schön, eine schöne Wohnung. Ich hätte so gern auch noch meine letzten Jahre darin verbracht. Und falls Sie Bedenkzeit brauchen – oder ihre Mittel nicht ausreichen …«

»Sicher melden sich ja noch andere Interessenten«, versuchte Dr. Hochberg ihn zu bremsen, doch Herr Blumenthal beachtete es nicht.

»Vielleicht können Sie sich doch noch entschließen«, sagte er. »Bis morgen früh. Es wäre mir ein Trost, wenn jemand wie Sie dort lebte.«

Er stockte. Freda sah die Tränen, ein alter, trauriger Mann, nein, er sollte nicht weinen. Also nahm sie das Haus, ohne Bedenkzeit und Feilscherei. Ein viel zu schneller Entschluss, könnte man meinen. Aber sie hatte schon immer zu schnellen Entschlüssen geneigt, und dieser, um mit Harro zu sprechen, passte ins Programm. Die Hand des Herrn Blumenthal zitterte, als er den Vorvertrag unterschrieb. Fredas nicht.

Sie ist ein guter Mensch, dachte Dr. Hochberg. Mitleidig, man sieht es an ihren Augen, und auch das blieb ihm in der Erinnerung hängen, als stille Reserve für seinen Sohn, der an diesem Nachmittag, während Herr Blumenthal das Haus an Freda übergab, von Dietrich Racke die dazu passende Lektion erhielt und jedes Wort gläubig aufnahm.

»Die Juden sind unser Unglück«, verkündete er beim Abendessen. »Sie haben schlechtes Blut und wollen das deutsche Volk damit kaputtmachen«, worauf Dr. Hochberg für einen Moment die gebotene Vorsicht außer Acht ließ und »Rede nicht solchen Unsinn« rief, »die Juden haben genauso rotes Blut wie wir. Du darfst nicht jeden Quatsch für bare Münze nehmen.«

»Gar kein Quatsch.« Harros immer noch helle Kinderstimme überschlug sich vor Empörung. »Dietrich weiß es von seinem Vater, und der weiß es vom Führer, und wer dem Führer nicht glaubt, ist ein Verräter.«

»Na schön«, sagte Dr. Hochberg, »dann erzähl deinem Freund Dietrich nur gleich, dass ich ein Verräter bin. Vielleicht möchtest du ja, dass man mich ins Gefängnis wirft.«

»Seid still«, rief Uta, und Harro sprang auf, um seine Mutter zu trösten, nein, sie brauche nicht zu weinen, er werde schweigen, Ehrenwort, jedoch dürfe man nie wieder etwas gegen den Führer sagen, nirgendwo, und auch nichts Gutes über die Juden, »versprecht ihr mir das?«

Dr. Hochberg nickte, notgedrungen, aber doch in der Gewissheit, dass Dispute dieser Art zur Zeit quer durchs Land liefen und Harro außerdem am nächsten Tag elf wurde. In ein bis zwei Jahren, dessen war er sicher, ließ sich gewiss schon anders mit ihm reden, zumal sich der Hitlerspuk bis dahin längst erledigt haben dürfte, eine abwegige Hoffnung angesichts des allgegenwärtigen Menetekels. Aber man sieht nur, was man sehen will, und es ist doch mein Land, sagte er.

Freda traf ihn wenig später noch einmal beim Notar, wo der Handel beurkundet wurde. Gemeinsam mit Herrn Blumenthal lauschte sie der monotonen Verlesung des Kaufvertrages und unterschrieb. Dann verließen sie zu dritt das Notariat, und übermorgen, erklärte Herr Blumenthal, werde er abreisen, um in Bremen auf sein Schiff zu warten, nur weg von hier.

Freda gab ihm die Hand, »ich hoffe, Sie werden sich wohl fühlen in Kanada. Und Ihr Haus ist bei mir in guter Hut.«

»Danke.« Seine Brillengläser beschlugen sich, eine neue Brille, wenigstens das, nachdem zwei Optiker sich geweigert hatten, für ihn zu arbeiten. »Ich danke Ihnen sehr, der Herr möge bei Ihnen sein.« Er suchte nach einem Taschentuch, wischte die Gläser blank und ging davon, vorsichtig tastend, als habe man ihm die Sicht immer noch genommen.

»Der arme Mensch hat Grund zur Dankbarkeit. Er war sehr beliebt als Apotheker hier in der Stadt, aber jeder andere Käufer hätte den Preis wahrscheinlich halbiert«, sagte Dr. Hochberg und lieferte Freda, ohne auf ihr neuerliches »Warum?« zu warten, endlich die nötigen Informationen. Sie hörte zu, erschrak, fragte dies und das und ob man denn gar nichts tun könne, aber noch war es nicht ihre Sache.

Dr. Hochberg zuckte mit den Schultern. »Etwas tun? Helden sind dünn gesät. Von Ihnen hat er wenigstens sein Geld bekommen, das hilft schon weiter. Ob Sie wohl gelegentlich ein Glas Wein mit uns trinken würden?«

»Vielen Dank«, lächelte Freda, was nein bedeuten sollte, nein, sagte sie zu dem Luftkind, wir bleiben für uns, nur du und ich. So fing es an mit den Hochbergs und dem Hünneburger Haus, und neun Jahre später steht Harro vor der Tür.

Neun Jahre im gewohnten Wechsel von Außen- und Innenwelt, es gibt nicht viel zu sagen darüber. Meine geschrumpfte Zeit, wird Freda diese Phase irgendwann nennen, ein grauer Fluss aus Monaten, Wochen, Tagen, und nur da und dort löst sich ein Raum, ein Gesicht, eine Stimme aus dem Nebel.

Dr. Charlotte Greeve zum Beispiel, Harros Patentante und seit längerem schon Direktorin des Hünneburger Lyzeums. Sie saß bei Fredas Antrittsbesuch an ihrem Schreibtisch, über ein Heft gebeugt, das graue

Haar gescheitelt und den Federhalter zwischen Daumen und Zeigefinger, eine Fremde noch in diesem Moment, doch das Bild prägte sich ein für immer.

Der Direktorin andererseits war als Gast bei Harros Geburtstagsfeier schon dies und jenes über die neue Assessorin zu Ohren gekommen, das denkwürdige »Warum?« vor allem, mitsamt Dr. Hochbergs seltsam enthusiastischer Interpretation. Noch ahnte sie nichts von den Gründen, teilte aber seine Abscheu gegen das Hitlerregime, und was sie hörte, gefiel ihr. Ein Mensch offenbar, die Neue, keine, die auf der Lauer lag, aber auch unvorsichtig und unerfahren, man müsste sie warnen, das war es, was ihr durch den Kopf ging, als Freda ins Zimmer kam, klein und schmal in dem grauen Kostüm, dunkle Augen, und die Locken darüber kaum zu bändigen. Schön, dachte Charlotte Greeve, schön und unberührbar wie ein Bild hinter Glas. Noch sehr jung für ihre siebenundzwanzig Jahre oder schon viel zu alt, was hat man ihr angetan.

Sie schob den Stuhl zurück, »ich freue mich, dass Sie hier sind, Fräulein von Rützow, ich hoffe, es wird Ihnen gefallen«, und Freda, drauf und dran, wie einst vor der Pröbstin im Knicks zu versinken, Knicks, Handkuss, konnte sich gerade noch rechtzeitig zur Ordnung rufen. Eine imposante, strenge Erscheinung, die da vor ihr stand, hochgewachsen, hochgeschlossen, beinahe nonnenhaft in dem braunen, knöchellangen Kleid. Jenseits jeder Mode, doch als sie zu den Sesseln am Ende des Raums ging, hinkend, wenn auch nicht so mühsam wie Schwester Clementis, wurde deutlich, was es zu verbergen galt.

»Es ist meine erste Stelle«, sagte Freda viel zu hastig. »Und vielleicht bin ich nicht gut genug.«

»Warum nicht?«, die Direktorin lächelte, nur einen Moment, und das Grübchen im Kinn gab dem Gesicht mit der runden Stirn und der kleinen gestupsten Nase etwas Kindliches. »Ihre Beurteilungen sind doch ausgezeichnet. Man muss zuversichtlich sein, ohne Zuversicht ist man verloren«, und dann, während ihre Hand den Rock über dem lahmen Bein glatt strich: »Sie werden in dem Apothekerhaus wohnen?«

»Ich habe es gekauft«, sagte Freda überrascht, und die Direktorin nickte, »ein schönes altes Haus. Und eine schöne Wohnung. Herr Blumenthal hat sie mir angeboten, aber die Treppe wäre für mich auf die Dauer zu beschwerlich gewesen. Es tut mir Leid, dass er dies alles verlassen musste. Ihnen auch, wie mir meine Freunde Hochberg versichert haben.«

»Sehr Leid«, sagte Freda. »Wie kann man Menschen so Schlimmes antun. Man müsste etwas unternehmen«, und die Direktorin hob die Hand, »seien Sie still. Sie kennen mich doch gar nicht. Und niemals, wirklich niemals dürfen Sie dergleichen an anderer Stelle laut werden lassen. Verstehen Sie mich?«

»Ich glaube schon«, sagte Freda, »aber …«

»Seien Sie nicht naiv. Schon ein Aber ist gefährlich. Und das« – wieder fuhr die Hand über den

Rock – »genau das macht den Unterricht neuerdings für Lehrkräfte guten Willens so kompliziert. Wir haben auch Schülerinnen jüdischen Glaubens in dieser oder jener Klasse, und manche Mädchen weigern sich, neben ihnen zu sitzen, ganz abgesehen von gewissen Eltern, die darauf bestehen, dass ein nichtarisches Kind keinesfalls bessere Noten erhalten darf als ihre Töchter. Sogar von einigen Kollegen wird diese Meinung vertreten, schwierig, sehr schwierig, da eine Balance zu finden. Ich habe immer versucht, die Schule im christlichen Geist zu leiten. Die Balance – ich weiß, es ist äußerst unchristlich, aber wenn es uns nicht gelingt mit der Balance, wird alles noch viel unchristlicher werden. Und deshalb, liebes Fräulein von Rützow, prüfen Sie jedes Ihrer Worte, in den Klassen, im Lehrerzimmer, wo immer Sie sind. Jedes Wort, das ist es, was ich Ihnen mit auf den Weg geben wollte zum Einstand, und in Zukunft werden wir Gespräche wie dieses nicht mehr führen.« Ein letztes Lächeln, noch einmal das Grübchen, »man muss wissen, in welcher Welt man lebt«.

Wusste es Freda? Wollte sie es wissen, nun, da sie sich der Welt zu stellen hatte? Das Nötigste vielleicht, mehr zumindest als in den Berliner Jahren. Aber doch nur halbwegs, nur von morgens bis Schulschluss. Und wie einen Arbeitskittel, den man beim Schichtwechsel an den Haken hängt, ließ sie nach dem letzten Läuten die Lehrerin von sich abfallen, um aus der einen Existenz in die andere hinüberzugleiten, wo sie die Einzige war, kein Nachbar rechts oder links, ein leeres Haus. Nur der Apotheker Brasse, der mittags gern vor seiner Ladentür Posten bezog, erkundigte sich des Öfteren besorgt, ob es ihr wirklich gefalle dort oben.

»Immer besser«, sagte sie dann und kehrte zu dem Luftkind zurück, das mit ihr aß, mit ihr sprach, geduldig beim Korrigieren zusah, an ihrer Hand durch den Park wanderte oder hinten auf dem neuen Rad saß, wenn sie zu den Feldern und Koppeln vor der Stadt hinausfuhr. Und nachts konnte sie den weichen Körper spüren, der manchmal auch zu einem anderen wurde, und es gab Stunden, in denen sie wieder im Roggen lag, voll verzweifelter Sehnsucht und Angst.

Seltsam, die Menage hinter der Fachwerkfassade am Markt, real und irreal zugleich, ein wohl geordnetes Chaos inmitten des Großmöllinger Hausrats, den die Stiefmutter, ihr einziges Band zwischen jetzt und früher, auf den Weg gebracht hatte. An manchen Dingen, den gelben Sesseln und Stühlen etwa aus ihrem ehemaligen Zimmer mit Blick auf die Blutbuchen, hatte sie in den ersten Wochen vorbeigesehen, aber auch das nicht lange.

»Egal, wenn du nur da bist«, sagte sie zu dem Kind und deckte den Tisch jeden Tag so sorgfältig wie für ein Fest. Das Porzellan der kleinen Friederike, ihr Silber mit dem Gurrleben-Wappen, und in der Wohnung jedes Stück an seinem Platz – möglich, dass nur dank dieser äußeren Ordnung die innere nicht gänzlich der Kontrolle entglitt.

Kann sein, alles hing in der Schwebe, und auch später, als wieder Klarheit herrschte, konnte sie nicht sagen, was wirklich geschehen war, während ihr gespaltenes Leben sich abspulte auf diese verquere Weise. Sie war eine ausgezeichnete und beliebte Lehrerin, gut im Vermitteln schwieriger Zusammenhänge, hilfsbereit und gerecht, niemals langweilig, zudem hübsch anzusehen in ihren maßgeschneiderten Kleidern und Kostümen, vor allem jedoch, selbst wenn es sonst niemand bemerkte, von fast spielerischem Geschick beim Vermeiden politischer Stolpersteine. Nicht, dass ihr der Deutschunterricht jedes Mal zur nationalen Feierstunde geriet. Riskantes indessen blieb ungesagt, kein falsches Wort, und nur gelegentlich, im Fall des Nibelungenliedes etwa oder gewisser Balladen der Agnes Miegel, ließ sie deutsche Eichen und deutsches Blut rauschen, eher instinktiv als um der Sache willen, die immer noch nicht ihre war, weder im Für noch im Wider. »Es geht uns nichts an«, sagte sie zu dem Luftkind. Aber sich der braunen Krake auf Dauer zu entziehen, ist unmöglich. Auch Freda wurde aus ihrer Nische herausgeholt.

Es lag an Sally Dänemark, eine der jüdischen Schülerinnen, die nach wie vor das Hünneburger Lyzeum besuchten. Bisher hatte sie noch keines dieser Mädchen unterrichten müssen, schon deshalb, weil die meisten von ihnen nach und nach aus Deutschland verschwunden waren, so dass, um den Musiklehrer Brettschneider zu zitieren, immer mehr Klassen judenfrei wurden. »Wieder etwas weniger Gestank im Haus«, pflegte er jeden neuen Exodus zu begrüßen, ein Mann mit langen, bereits ergrauenden Locken am Hinterkopf, der, als verkanntes Genie in den Schuldienst geflüchtet, seit Hitlers Machtergreifung unter den Kollegen das große Wort führte.

Die Stimme der Partei nannte ihn Fredas allwissender Gewährsmann Felix Kambacher und behauptete, der mörderische Rassenhass dieses Menschen wurzele in den zwanziger Jahren, als ihm ein inzwischen zu internationalen Ehren gekommener jüdischer Studienfreund mitten in der Wirtschaftskrise den Dirigentenposten am Zittauer Stadttheater abspenstig gemacht habe, das Aus für die Brettschneiderschen Hoffnungen auf Ruhm und Karriere. Nur in Hünneburg, wo er jeweils am Karfreitag die Matthäus- oder Johannespassion mit dem von ihm gegründeten Bach-Chor darbot, pries man ihn nun als sensiblen und beseelten Künstler, ein Hohn für alle, die es besser wussten und die Tiraden im Lehrerzimmer zunächst ignoriert hatten.

Mit der Zeit jedoch, als das Regime immer größere Erfolge feierte, das Ende der Arbeitslosigkeit, etwas wie Wohlstand anstelle des langen Elends und endlich wieder ein Großdeutschland nach dem verlorenen Krieg, wurde der Beifall im Kollegium lauter, teils aus Überzeugung oder auch nur, weil der Druck auf Andersdenkende ebenfalls zunahm und man das allgegenwärtige »Und willst du nicht mein Bruder sein, so schlag ich dir den Schädel ein« fürchtete. Leute wie Brettschneider waren gefährlich, »Bluthunde«, sagte Felix Kambacher, »hervorragend im Aufstöbern und Apportieren, und niemand sollte allzu sicher sein.«

$F$reda war im November 1938 drauf und dran, in seine Schusslinie zu geraten, als sie die Klasse einer kranken Kollegin übernehmen musste, bald nach jenem Ereignis, für das sich später der Name Kristallnacht fand. Sie hatte lange am Schreibtisch gesessen, Lärm gehört, das Splittern von Glas, und dann auf das hell erleuchtete Schuhhaus Cohn gegenüber gestarrt, wo die Schaufenster zerschmettert wurden und Kartons unter die johlenden Zuschauer flogen. Schuhe, schrie jemand, wer will Schuhe, Judenschuhe, ganz und gar unwirklich, dies alles. Ich habe geträumt, dachte sie am nächsten Morgen und wandte auf der Straße den Kopf ab, um nicht sehen zu müssen, was sich kaum übersehen ließ, die Fensterhöhlen, das Grinsen der SA-Männer und wie Herr und Frau Cohn, bei denen sie ihre Schuhe gekauft hatte, das Pflaster säuberten von den Trümmern der Nacht, wollte es nicht sehen und nicht glauben, nein, es soll nicht wahr sein, es geht mich nichts an. Und nun, als sie zu ihrer ersten Stunde in die fremde

Klasse kam, saß dort Sally Dänemark, zwölf Jahre alt, ein kleines, schmächtiges Mädchen, ängstlich und gottverlassen. Sie saß allein an einem Vierertisch, abgesondert von den anderen Kindern, die eng zusammengerückt waren, um, wie es der Kollege Kambacher mittags auf dem Heimweg formulierte, Raum zu schaffen zwischen rein und unrein, vermutlich eine Anordnung von Ilse Mattek, Tochter des Hünneburger Kreisleiters und Wortführerin in der Klasse.

Felix Kambacher, Lehrer für Mathematik und Physik, Mitte dreißig und einarmig, mit schmalem, scharf geschnittenem Gesicht. Gallisch, hatte er erklärt, immerhin stamme seine Mutter aus Lyon, und im Grunde sei es durchaus folgerichtig, dass der linke Arm, den er Kaiser Wilhelm habe opfern müssen, nun irgendwo bei Verdun in französischer Erde verrotte, zusammen mit seinem Traum, Geiger zu werden, und dem ganzen Tirili.

»Und Musiklehrer? Wäre das nichts gewesen?« hatte Freda gesagt, dummerweise, fast eine Beleidigung, er heiße doch nicht Brettschneider. »Nein, da sei Gott vor, und in seiner Gnade hat er mir ja auch noch die Kunst der Mathematik geschenkt. Lieber jeden Tag falsche Zahlen als falsche Töne. Sollen doch die Engel im Himmel schalmeien, amen.«

Es war das erste und einzige Mal, dass sie ihn so sah, zornig und verzweifelt, nie vorher, nie wieder in den neun Hünneburger Jahren. Schon am dritten Tag war er, als sie mittags nach Hause ging, neben ihr aufgetaucht, mit der Begründung, dass sie dringend eine Gebrauchsanweisung für die Behandlung der Kollegen, insbesondere des Herrn Brettschneider, benötige, weil sonst möglicherweise ein Unglück geschehe. Ehrlichkeit nämlich sei völlig unangebracht bei diesem Menschen, im Gegenteil, keinesfalls dürfe man zeigen, was man denke, vor allem nicht, wenn er die Rede auf den Führer bringe. Genial, müsse sie dann versichern, absolut genial, ein Jahrhundertereignis, in der Art etwa und möglichst glaubhaft.

»Was wollen Sie von mir?«, hatte Freda gefragt, so erschrocken, dass er lachte, »gar nichts, wirklich nicht. Ich habe nur gehört, wie er Ihnen die Mitgliedschaft in seinem Bach-Chor offeriert hat, ›Ihre Stimme klingt nach Gesang, kommen Sie zu uns, liebe Kollegin‹, und Sie, statt die Brettschneiderschen Hände zu küssen, hauen ihm ›Vielen Dank, aber ich singe lieber allein‹ um die Ohren. So was mag er nicht, das müssen Sie wissen. Er liebt seinen Chor, er liebt sich selbst, also sollten Sie ihm bei Gelegenheit etwas von erbbedingter Unmusikalität der Rützows erzählen oder von lädierten Stimmbändern meinethalben, und wenn er nach dem Führer fragt – ich habe Sie gewarnt.«

Das war der Anfang. Seitdem ging er jeden Mittag nach Schulschluss an ihrer Seite den Westwall entlang, am Dom vorbei und durch die Brüderstraße, um dort im letzten Haus vor dem Markt mit einem kurzen »Bis morgen dann« zu verschwinden. Ein ungebetener Begleiter, plötzlich da gewesen, nicht zu entmutigen, allmählich zur Gewohnheit geworden. Er sei nicht Grimms Märchenprinz, hatte er Fredas Widerstand zu mildern versucht. Es sei keineswegs seine Absicht, ihren vom Roland bewachten Turm zu erklimmen, aber man habe einen gemeinsamen Schulweg, warum ihn nicht teilen, was bitte spreche dagegen. Also nahm sie es hin, schweigend meistens, während er redete, von gestern und heute und der Politik und sich selbst, und es pervers fand, dass sie schon so viel von ihm erfahren habe und er nichts über sie, »gar nichts, nicht das Geringste, aber egal, ich mag es, wie sie zuhören, oder tun sie das etwa gar nicht?«

Doch, sie hörte ihm zu, seit längerem schon, hatte sogar angefangen, Fragen zu stellen, und wenn sie in ihrer doppelbödigen Existenz einiges von dem begriff, was rundherum passierte zu dieser Zeit, mit den Opfern, mit den Tätern, dann lag es – Harro Hochberg sollte es ihm danken – an Felix Kambachers Beharrlichkeit. »Warum?«, wird sie ihn eines Tages fragen, »warum lassen Sie mich nicht in Ruhe?«, und die Antwort, in der etwas von einem Panzer vorkam, »einen Panzer aufbrechen«, bedeutete das Ende des gemeinsamen Weges, fürs Erste jedenfalls.

Aber noch ist es nicht so weit. Noch wandern sie nebeneinander her, fünfzehn Minuten täglich, viele Stunden im Monat, von den Jahren nicht zu reden. Mehr als fünf liegen schon hinter ihnen, nur von Ferien unterbrochen, in denen Freda ihren Opel P4 aus der Garage holte und durchs Land fuhr, zu den

Museen und Galerien der großen Städte, Berlin, München, Wien und manchmal, wenn sie genug Devisen bekam, sogar über die Grenze, weil das Luftkind auch die Bilder in Paris oder Florenz sehen sollte.

»Wo waren Sie denn nur?«, fragte Kambacher jedes Mal nach ihrer Rückkehr, bekam eine karge Antwort und blieb trotzdem an ihrer Seite mit seinen Informationen, Ratschlägen und Plaudereien über Gott und die Welt, insbesondere Hünneburg, wo ihm nichts zu entgehen schien.

Er höre wohl das Gras wachsen, wunderte Freda sich gelegentlich, was Felix Kambacher bestätigte, ja, gut möglich und kein Wunder, ein Mann, der die meisten Abende statt mit Frau und Kindern an irgendwelchen Theken verbringe, komme notgedrungen mit den Leuten ins Gespräch und erfahre so manches.

»Ganz nützlich hin und wieder«, sagte er, und in der Tat, auch Freda profitierte davon.

Ilse Mattek zum Beispiel, vor der er sie gerade noch rechtzeitig warnen konnte. Ein gefährliches Mädchen seiner Meinung nach, nicht das leibliche Kind des Kreisleiters und deswegen mit doppeltem Eifer um sein Wohlgefallen bemüht. Ihr Erzeuger nämlich, werde erzählt, sei ein stadtbekannter Kommunist gewesen, doch habe die Mutter es vorgezogen, den aufstrebenden Mattek mit der Vaterrolle zu betrauen, und nun, nach dessen Beförderung zum obersten Parteibonzen von Hünneburg, gelte eine Fünf für die Stieftochter als Majestätsbeleidigung. »Dabei hat sie lauter Sechser im Kopf«, sagte er. »Strohdumm, aber was sie in der Schule sieht und hört, erzählt sie brühwarm beim Mittagessen, und wenn es sich lohnt, schickt der Papa seine Häscher aus.«

»Unsinn«, rief Freda, der Ilse Mattek zunächst nur durch ihre Unscheinbarkeit aufgefallen war, ein dünnes, farbloses Mädchen, das mit dem Stuhl verwachsen schien und kein Wort von sich gegeben hatte, »Unsinn, sie ist doch ein Kind, und überhaupt, woher weiß man das alles?«

»Kinder können sehr tückisch sein«, sagte er, und egal, ob die Geschichte stimme oder nicht, man sollte sie beherzigen, ein Vorurteil in Fredas Augen, dann dürfe man ja keinem mehr trauen, »und vielleicht trägt man Ihnen an der nächsten Theke zu, dass auch ich beim Mittagessen alles weitererzähle, was ich sehe und höre«, worüber Felix Kambacher nur lachen konnte.

»Sie? Nein, Sie nicht.« Er schüttelte den Kopf. »Und mit wem sollten Sie denn reden? Höchstens mit den Wänden, oder gibt es Geister in Ihrem Turm? Womöglich einen geächteten Rittersmann, dessen Wunden Sie pflegen? Aber im Ernst, seien Sie vorsichtig. Und lassen Sie Sally Dänemark um Himmels willen sitzen, wo sie sitzt. Ihr ist sowieso nicht mehr zu helfen. Der Vater war lungenkrank, so eine Familie hat kein anderes Land über die Grenze gelassen. Jetzt haben sie ihnen alles weggenommen, das Geschäft, das Geld, wie soll man da noch auswandern, und wer hier bleibt, ist verloren. Also bezähmen Sie Ihre menschlichen Gefühle, von denen hat die arme Sally nichts und überhaupt keiner, nur Ilse Mattek freut sich, und ja, es stimmt, ich bin zynisch und feige. Mit achtzehn wollte ich ein Held sein, das hat mich den linken Arm gekostet und niemandem genützt, und wenn ich es wieder probieren sollte, kostet es mein Leben. Oder meinen Sie, irgendwer würde mir helfen? Irgendeiner von den Hünneburger Christen etwa? Die hat Herr Hitler doch alle besoffen gemacht mit Geschrei und Zuckerbrot, die merken nicht mal, dass er nach Krieg stinkt, und wer es merkt, der hält den Mund. Ich auch, ich rede nur Ihnen die Ohren voll, und ob es sie interessiert da oben in Ihrem Turm, weiß der liebe Gott, falls es ihn gibt.«

Dann schwieg er für den Rest des Weges, kaum das übliche »Bis morgen« zum Abschied. Aber sie hätte es ohnehin nicht gehört, denn ein Wort in ihrem Kopf blockierte alle anderen, Krieg, Hitler will Krieg, und was Krieg bedeutete, saß ihr, dem Vor- und Nachkriegskind, unter der Haut, Geschichten vom Krieg, Bilder vom Krieg, und dass sie alles andere darüber vergaß, lag an dem Sohn, dem wirklichen aus Fleisch und Blut, der in ihrem Arm gelegen hatte und nun war, wo sie nicht war, vierzehn inzwischen und bald reif für Schützengräben, Bajonette und Granaten.

Sie lief zum Markt, durch den Torweg, in die Wohnung, wo das Luftkind wartete. »Krieg«, sagte sie, »er will Krieg machen«, und das Luftkind lachte, sein helles kleines Kinderlachen, hör auf, Krieg, was heißt Krieg, wir sind hier, du und ich, wir beide, es geht uns nichts an. Komm, mal mich, komm, geh mit mir zu den Schwänen, komm, lies mir etwas vor. Und sie malte das Kind, ein weiter Himmel, Blumen am Horizont, Augen zwischen den Blütenblättern, und sie ging mit ihm zum Schwanenteich, sah, wie es Steinchen ins Wasser warf, und las ihm die Geschichte vom Froschkönig vor, das war der Nachmittag, das war der Abend, und am nächsten Morgen saß Sally Dänemark wieder hinten an der Wand, allein und gottverlassen.

Französische Grammatik zunächst, das unverfängliche passé simple, dann aber Deutsch in der folgenden Stunde, ein Droste-Hülshoff-Gedicht, der Knabe im Moor, wer will die erste Strophe lesen. Fredas Blick sucht Sally, doch Sally senkt den Kopf. Die Schultern ziehen sich zusammen, nein, nicht ich, bitte nicht, und eine andere wird aufgerufen.

»O schaurig ist's, übers Moor zu gehen«, liest sie, das schaurige Moor, das falsche Gedicht, und auch die Frage, welche Worte es so schaurig machen, ist falsch in einer Klasse mit Ilse Mattek und Sally Dänemark. Finger schnellen in die Höhe, Verben und Substantive fliegen durch den Raum, der schöne, kribbelnde Schauder. Aber Sally weiß es besser. Freda sieht ihre Angst, komm, möchte sie sagen, setz dich nach vorn, komm zu mir, in meine

Nähe. Nur Felix Kambachers Warnung hält sie zurück, fraglich, wie lange noch, und ungewiss, was in der nächsten Stunde geschehen wäre. Doch bevor sie sich um Kopf und Kragen reden konnte, traf die amtliche Verfügung ein, dass Juden umgehend und ausnahmslos von deutschen Schulen zu entfernen seien.

Die Direktorin brachte den Bescheid während der großen Pause ins Lehrerzimmer, wo man sich zum Verzehr der Frühstücksbrote versammelt hatte, an dem langen Tisch, der sich jedes Mal vor Fredas Augen schob, wenn sie dieses Vormittags gedachte: Die dunkle Platte, Bücher, Hefte, Kaffeetassen, und an den Seiten das vierzehnköpfige Kollegium, die Herren schon stimmlich in der Übermacht, die Damen unverehelicht, und über allem die Blicke des Führers, ernst, gemessen, nichts Böses verheißend.

Die Direktorin machte keine Anstalten, sich auf ihren Platz an der hinteren Schmalseite zu setzen. Sie blieb bei der Tür stehen und rief »Ruhe!«, nicht etwa »Darf ich um Ruhe bitten«, nein, nur »Ruhe«, worauf die Gespräche verstummten. Es folgte eine dürre Mitteilung, Schulverweis, sofort, gleich in der nächsten Stunde, danach wieder Stille und schließlich das lakonische »Na also, wurde ja auch Zeit«.

Eine Bemerkung von Herrn Brettschneider, wem sonst. Der Beifall indessen klang verhalten, woraufhin eine seiner Sekundantinnen, das für Geschichte und Erdkunde zuständige Fräulein Dr. Schirmer, der Hoffnung Ausdruck gab, dass wohl jeder hier ihm zustimme, und dann Freda ansah: »Oder etwa nicht, Fräulein von Rützow?«

Es kam nicht überraschend, Fredas Mangel an Begeisterung war von der Brettschneider-Fraktion selbstverständlich registriert worden, nicht zu reden von dem Argwohn, der ihre einsiedlerische Lebensweise von Anfang an begleitet hatte. Hochmut, hieß es hinter vorgehaltener Hand, wenn sie weder an gemeinsamen Ausflügen noch Weihnachtsfeiern teilnahm, Einladungen ablehnte, niemanden in ihre Wohnung ließ, sich überhaupt jeder Geselligkeit verweigerte, Hochmut, Standesdünkel, ein Schlossfräulein, das sich nicht mit Kreti und Pleti abgeben wollte, vielleicht auch noch dem alten konservativen Geist anhinge, verdächtig also in gewisser Weise. Man ließ es nicht laut werden, man war diskret. Doch nun, da Politisches ins Spiel kam, ging die ohnehin sehr direkte Schirmer zum Angriff über, »oder etwa nicht, Fräulein von Rützow?«

Die Stille schien dichter zu werden, eine Schrecksekunde, dann fand sich die passende Antwort, vielleicht dort, wo verfängliche Situationen wie diese vorausschauend geprobt werden, oder tatsächlich im Rückgriff auf den Rützowschen Hochmut, man lässt ja nicht alles liegen, wenn man geht. Fredas Lächeln jedenfalls deutete es an. »Halten Sie sich für die einzige Nationalistin an unserer Schule?«, fragte sie, »oder sollen wir glauben, dass die lautesten Schreier es am ehrlichsten meinen?«, worauf ein Gemurmel entstand und die Schirmer verstummte.

Die Direktorin stand immer noch neben der Tür, unbeweglich, der Wortwechsel schien sie nicht zu erreichen. Als die Klingel zum Unterricht rief, ordnete sie an, die betreffenden Schülerinnen sofort zu ihr ins Direktorat zu schicken, und fiel, während der Raum sich leerte, in die Erstarrung zurück, wie Lots Weib, dachte Freda.

Sie ging als Letzte an ihr vorbei, wollte stehen bleiben, wagte es aber nicht, seit dem Gespräch vor sechs Jahren hatte es keine Vertraulichkeiten mehr gegeben. Doch nach ein paar Schritten kehrte sie wieder um, »können wir denn gar nichts tun?«

Die Direktorin antwortete nicht gleich. »Der Zeitpunkt ist verpasst«, sagte sie dann. »Tun Sie, was man von Ihnen verlangt, oder quittieren Sie den Schuldienst, diese Wahl haben Sie noch. Aber vielleicht wäre es besser zu bleiben.«

Vielleicht auch nicht, dachte Freda. Weggehen, dachte sie, die Stadt hinter sich lassen mit ihren Brettschneiders und Sallys ängstlichen Augen. Doch es war nur ein kurzlebiger Gedanke. Keine Frage, sie blieb, und schon wieder ist man versucht, von einem Programm zu sprechen, das weiterlief um Harros willen. Felix Kambacher mit seinen Warnungen, die Debatte im Lehrerzimmer, sogar Sally Dänemark, alles Punkte in diesem Programm, und schließlich der Nachmittag, an dem die Direktorin bei den Hochbergs saß und fragte, ob man sich noch an das seltsame Fräulein von Rützow erinnere.

Sie hat sich nicht verändert«, sagte sie. »Mauert sich ein dort oben am Markt, und plötzlich bricht das Erbarmen heraus, ungehemmt, ohne jede Vorsicht, der Himmel weiß, wozu sie fähig ist.

Dr. Hochberg nickte. Ja, er erinnerte sich. Er überdachte noch einmal, was er gehört hatte, und speicherte es dort, wo schon das andere wartete.

Und die Mädchen?«, wollte Uta wissen, »was wird aus den armen Mädchen?«

Die Direktorin zuckte mit den Schultern, »es scheint nicht von Belang zu sein«, schrecklich genug als Erklärung. Trotzdem fragte sie sich, warum ihre sonst so besonnene Freundin plötzlich unter Tränen »was für ein Land, ich wünschte, wir wären bei Gudrun in der Schweiz« nicht rief, sondern schrie, und Dr. Hochberg nur mühsam die Fassung bewahrte. Kein Grund, wildfremder Schicksale wegen so hysterisch zu werden, fuhr er seine Frau an, auch das sehr ungewöhnlich, aber jeder Mensch reagierte wohl in seiner Weise auf diesen ganzen Irrsinn.

Das Gespräch fand am Kaffeetisch statt, ohne Harro, der sonnabends seinen Pflichten bei der Hitlerjugend nachging, wo er, inzwischen zum Fähnleinführer befördert, mit seiner Truppe zum Zelten fuhr, am Lagerfeuer Lieder von Ehre, Treue und Vaterland sang und sie vor allem auf den Führer einschwor, Führer befiehl, wir folgen dir, ich bin nichts, mein Volk ist alles, und die Juden sind unser Unglück. Er tat es mit Begeisterung, leuchtend geradezu von nordischer Blondheit, wenn man ihn an der Spitze des Fähnleins durch die Stadt marschieren sah, Harro, das Glückskind, unmöglich, in seiner Gegenwart über die gottverlassene Sally Dänemark und ihresgleichen zu sprechen. »Man muss tatsächlich froh sein, dass er nicht zu Hause ist«, sagte Dr. Hochberg. »Ich kann nur hoffen, dass auch die Kinder von heute irgendwann auf menschlichere Gedanken kommen«, was die Direktorin angesichts von so viel erwachsener Unmenschlichkeit bezweifelte und ihre Freundin Uta dadurch endgültig zum Weinen brachte. »Ich wusste nicht, wie sehr dich dies alles trifft«, sagte sie, »ich gehe wohl lieber.« Doch Uta klammerte sich an ihren Arm, »nein, du darfst uns nicht verlassen, niemals, und wenn du wüsstest …« Sie stockte und blickte fragend auf ihren Mann. Er schüttelte erschrocken den Kopf, so blieb das Geheimnis erhalten, vier Jahre noch, bis es keins mehr war und zum Stadtgespräch wurde in Hünneburg.

Hünneburg, so hübsch im Glanz seiner Vergangenheit, so ordentlich, so sauber und gesittet. Sonnabends werden die Bürgersteige gefegt, die Sonntagskuchen gebacken, die Sonntagskleider bereitgelegt, und einer wacht über den anderen, damit nichts Unrechtes geschieht, und was recht ist oder unrecht, entscheidet die Obrigkeit.

»So war es immer, und andernorts ist es genauso«, sagte Felix Kambacher, als Sallys Verschwinden Freda aus der Balance zu bringen drohte, »und vielleicht reicht es bei Ihnen ja ohne Lehrergehalt für die Butter aufs Brot. Aber besser wird dadurch gar nichts. Hier können Sie den Schülerinnen trotz allem beibringen, dass die deutsche Sprache noch anderes als Heil Hitler bereithält, und wenn Sie zur gewohnten Vorsicht zurückkehren, lässt man Sie vermutlich in Ruhe dort oben in Ihrem Turm. Außerdem bin ich auch noch da, aber das ist selbstverständlich kein Argument.«

Freda lächelte, nein, das nicht, und überhaupt wurden Argumente überflüssig, nun, da sie unbehelligt von Sallys Augen wieder ihr doppeltes Leben führen konnte, unter größeren Zugeständnissen freilich als vorher. Öfter nicken bei Brettschneiders Tiraden, noch mehr Bedacht in der Wortwahl, außerdem der korrekte Vollzug des deutschen Grußes, eine Pflichtübung zu Beginn jeder Unterrichtsstunde und von ihr bislang viel zu flüchtig gehandhabt. Statt unter irgendwelchem Gemurmel den Arm nur knapp anzuwinkeln, hob sie ihn jetzt mit so präzisem »Heil Hitler« in die vorschriftsmäßige Augenhöhe, dass selbst Ilse Mattek ihre Freude daran haben konnte.

Auch bei Veranstaltungen des Kollegiums ließ sie sich neuerdings sehen, bei der Weihnachtsfeier zum Beispiel, die, von der Direktorin zunächst in althergebrachter Weise dem Stern von Bethlehem gewidmet, anschließend von der Brettschneider-Fraktion zu einer Art germanischem Julfest umfunktioniert wurde, mit »Hohe Nacht der klaren Sterne« und dergleichen, bis tief in den Abend hinein und besonders ärgerlich, weil diese Stunden dem Luftkind gehörten, das greinende Signale ausschickte, komm, spiel mit mir, komm, mal mich, komm, lass mich nicht allein. Kambacher indessen hatte Schlimmes prophezeit, falls sie sich weiterhin zu verschanzen gedenke, und gut, dass sie auf ihn hörte, gerade zu dieser Zeit, in der das Harro-Programm dem Ende entgegenläuft, ein einziger Punkt nur, der noch fehlt, wieder ein Zufall, doch was entsteht ohne Zufälle.

Dieser hier, der entscheidende in der Kette, kam 1941 ins Spiel, als Kambachers andere Prophezeiung, nämlich die, dass Hitler nach Krieg stinke, sich längst erfüllt hatte: Krieg im Land, das zweite Jahr bereits, ein Pesthauch, sagte er, dem niemand entgehen könne. Brettschneider hingegen pries ihn bei jedem sich bietenden Anlass als den Vater aller Dinge, und so gesehen war auch Fredas zweite Revolte gegen den Geist der Zeit ein Produkt des Krieges.

Es begann in der Oberprima, wo sie, Studienrätin inzwischen, den diesjährigen Aufsatz fürs Abitur schreiben ließ, mit drei vom Ministerium vorgegebenen Möglichkeiten zur Auswahl. Erstens: »Was hat Schillers Gedicht ›Das Ideal und das Leben‹ uns heute zu sagen?« Zweitens: »Gedanken zu Goethes ›Was du ererbt von deinen Vätern hast, erwirb es, um es zu besitzen‹«. Und dann die Nummer drei: »Brief an einen Ausländer über den Sinn dieses Krieges«, gedacht wohl als Variante von »Deutschland soll leben, und wenn wir sterben müssen«.

Zu den wenigen, die danach griffen, gehörte auch Eva Colbe, und von Zufall kann deshalb die Rede sein, weil Termin und Thema des Aufsatzes sich mit dem so genannten Heldentod ihres Bruders kreuzten, den die Familie gerade erst schwarz umrandet bekannt gegeben hatte. IN STOLZER TRAUER stand über den Namen der Angehörigen, die übliche Floskel, doch bei der Schwester klang es anders. »Nein, ich bin nicht stolz auf seinen Tod«, hatte sie an den fiktiven Ausländer geschrieben.« Ich wünschte, er hätte etwas Sinnvolleres für Deutschland tun können, als mit achtzehn zu sterben. Ich weiß, so hat er auch gedacht, und deshalb sage ich in seinem Namen, dass es sinnlos ist, wenn Menschen sich gegenseitig töten, statt miteinander zu leben«, und so weiter und so fort, und jeder Satz ein Verhängnis, denn die Aufsätze fürs Abitur mussten dem Ministerium vorgelegt werden.

*F*reda saß an ihrem Schreibtisch, es schlug elf, die Korrekturen mussten fertig werden. Sie dachte an Eva Colbe, ein hübsches Mädchen, intelligent, immer schnell bei der Sache, anders als der Durchschnitt hierzulande. Eine die es wagte, wider den Stachel zu löcken, ich lasse mich nicht schikanieren, hatte sie in einer Lateinstunde gerufen und das Kreidestück gegen die Tafel geschleudert, noch nie da gewesen. Ein strenger Verweis war die Folge, doch jetzt ging es um mehr. Unbesonnen und aufsässig, dachte Freda, und plötzlich ist es passiert und zu Ende. Sie vergaß die späte Stunde und dass sie, statt sich rechtzeitig mit den Aufsätzen zu befassen, nach der Schule am Ufer der Hünne entlanggefahren war, bis ins nächste Dorf und zurück, quer über die Koppeln, wo die Kühe schwarzweiß in der Sonne dösten, und das Luftkind hinten auf dem Rad hatte gejauchzt vor Vergnügen, wenn es von dem rissigen Boden durchgeschüttelt wurde. Verlorene Zeit, doch nun vergaß sie die Korrekturen zum zweiten Mal, griff nach den Blättern mit Evas Aufsatz und verließ die Wohnung.

Der Markt und die Straßen lagen im Dunkeln, alle Fenster verhängt, kein Lichtstrahl durfte nach außen dringen, keine Laterne brannte, Luftschutz total, ein Herzensanliegen des Kreisleiters Mattek, obwohl sich bisher nur selten ein feindlicher Flieger über Hünneburg gezeigt hatte. Auch die Fassaden rund um den Domplatz waren von der Nacht verschluckt, möglich, dass die Direktorin schon schlief. Freda drückte auf den Klingelknopf, hörte Schritte, wurde ins Haus gelassen.

Wieder ein Bild für alle Zeiten: Das Zimmer mit dem Biedermeiersekretär, dem Bücherschrank, den alten Fotografien über dem Sofa, und im gelben Licht einer Lampe die Direktorin im gestreiften Morgenrock, das graue, sonst zum Knoten gebundene Haar offen auf den Schultern.

»Setzen Sie sich«, sagte sie, begann zu lesen, legte Blatt um Blatt zur Seite und hob nach dem letzten den Kopf, »um Gottes willen«, denn kein Zweifel, was geschehen würde, wenn dies hier in die falschen Hände geriete. Das junge Fräulein Lüsing, als Ersatz für den eingezogenen Lateinlehrer in Hünneburg, war aus dem Schuldienst entfernt worden, nur wegen der Bemerkung, dass die Gymnasiasten gleich nach ihrem Abitur das Töten lernten, eine Kleinigkeit gemessen an Eva Colbes Aufsatz, was sollte man tun.

»Ihn am besten zerreißen«, schlug Freda vor, »und neu schreiben lassen, mit einem unverfänglichen Thema.« Doch wer konnte wissen, ob dieser Eva, Tochter eines gelegentlich als Parteiredner auftretenden Amtsrichters, zu trauen war? Vielleicht hatte man sie nur vorgeschickt, um eine Falle zu stellen, Freda und erst recht der Direktorin, die zwar ebenfalls Parteimitglied war, aber dennoch an jedem Sonntag den Gottesdienst im Dom besuchte und, zwischen die von Brettschneider gestalteten Montagsfeiern zum Lobe von Führer, Volk und Vaterland immer wieder eine christliche Andacht schob, was sie jetzt »falsch« nannte, »falschen Mut. Ich muss damit aufhören, es geht nicht nur um mein Gewissen.«

Mitternacht war längst vorbei. Sie hatte Tee auf den Tisch gestellt, »ja, ich habe Feinde. Auch Sie werden belauert, wir alle, und alle haben wir Angst. Aber deshalb gleich so ein Verdacht? Wahrscheinlich ist das Mädchen nur blind vor Trauer. Dürfen wir sie aus lauter Vorsicht ins Messer laufen lassen?«

»Nein«, sagte Freda, »ich werde mit Eva reden«, einer ihrer schnellen Entschlüsse und ebenso schnell bereut. Der Mund wurde ihr trocken, sie sah eine Zelle, das vergitterte Fenster, spürte Fesseln an ihren Händen, Prügel auf der Haut. Doch gesagt war gesagt.

Die Direktorin nahm ihre Hand, »Sie sind mutig«, und wiederholte diesen Satz am nächsten Abend bei Hochbergs, das letzte entscheidende Argument für Harros Vater, Freda zu vertrauen.

Im Übrigen gab es keinerlei Komplikationen. Die Schülerin Colbe sei krank gewesen, meldete die Direktorin ans Ministerium, die Arbeit werde nachgereicht, das genügte. Eva wählte das Goethe-Thema, erhielt ihr Zeugnis und schwieg, so einfach alles und so vergeblich, denn ein Jahr später kam sie bei einem Fliegerangriff ums Leben. Was bleibt, ist ihr zufälliger Part im Programm zu Harros Rettung, der einzige Sinn vielleicht inmitten der Sinnlosigkeit.


Das erste Hünneburg-Kapitel nähert sich dem Ende, auch Harros Rolle als Glückskind.

Genau wie Eva hatte er im April die Reifeprüfung bestanden, ein vollgültiges Examen, nicht nur das so genannte Notabitur, mit dem die meisten seiner Mitschüler sich vorzeitig an die Front schicken ließen, voller Ungeduld, Deutschland muss leben, und wenn wir sterben müssen. Normalerweise wäre er dabei gewesen, Offizier, sein Traumberuf in Krieg und Frieden, nein, es hätte kein Halten gegeben. Doch dank eines nicht ganz verheilten Lungeninfekts hatten sie ihn bei der Musterung nicht haben wollen und für ein weiteres Jahr zurückgestellt, Zeit für zwei Semester Medizin an der Berliner Universität, der Krieg brauchte auch Ärzte.

Trotzdem, es ging ihm gegen die Ehre, und dass er nicht mit dem Gefühl einer Niederlage in den Zug stieg, voller Scham, als junger, äußerlich gesunder Mann weiterhin zivil tragen zu müssen, lag an seinem Freund Dietrich Racke, der gleich bei Kriegsbeginn die Schule hingeworfen hatte, um Soldat zu werden, freiwillig, gerade achtzehn geworden.

»Beeil dich, ich warte«, hatte er zum Abschied gesagt. Nun jedoch war er wieder da, nach Lazarettaufenthalten, über deren Ursache vielfältige Gerüchte kursierten. Ein Geheimnis offenbar, auch für Harro. Bei seinen Versuchen, Näheres zu erfahren, hatten Dietrichs Eltern ihn mehrmals zwischen Tür und Angel abgefertigt, nichts zu machen, bis Anfang April plötzlich ein Anruf kam. »Dietrich möchte dich sehen.«

Das falsche Wort, erschreckend falsch, ein Zeichen, wie weit Direktor Racke, Hitlers alter Kämpfer, davon entfernt war, das Schicksal dieses Sohnes anzunehmen. Denn Dietrich trug eine scharfe Binde vor den Augen. Von Sehen konnte keine Rede sein.

Seine Mutter hatte Harro zu ihm geführt. »Dein

Freund ist da, Dietrich«, sagte sie. »Was mögt ihr denn trinken?«

Sie wartete auf die Antwort, eine schüchterne Frau, schon immer schüchtern gewesen, und auch die Frage war die gleiche wie früher. Damals hatten Kirsch- oder Himbeersaft zur Debatte gestanden. Jetzt bot sie Kaffee an, eine Rarität im zweiten Kriegsjahr. »Kaffee und Kuchen«, murmelte sie mit so viel Hilflosigkeit, dass Harro zu einem tröstenden »Das ist wirklich sehr nett« ansetzen wollte. Aber Dietrich kam ihm zuvor. »Geh raus«, sagte er, und als die Tür ins Schloss gefallen war: »Hat er dich tatsächlich angerufen?«

Harro nickte, besann sich und brachte ein »Ja« heraus, »ja, heute Mittag«. Dann schwieg er. Auch Dietrich schwieg. Er hing im Rollstuhl, an beiden Seiten von Kissen abgestützt, eine Decke über den Knien.

»Was haben wir jetzt?«, fragte er schließlich, »Tag oder Nacht?«

»Tag natürlich«, sagte Harro und hätte sich auf die Lippen beißen können, als Dietrich auflachte, »natürlich, was denn sonst, und zu dämlich, dass ich danach frage, ist doch sowieso immer Nacht für mich. Aber wer kapiert das schon. ›Draußen scheint die Sonne so schön, Dietrich‹, hat mein Vater gestern gesagt, komplett verrückt, der begreift gar nicht, was mit mir los ist, kann er auch nicht. Die hätten mich lieber totschießen sollen, dann hätte er wenigstens einen Helden gehabt. Aber so was wie mich

darf man ja nicht mal vorzeigen, das ist ja Wehrkraft-
zersetzung, da könnten die Leute ja auf dumme Gedanken kommen, und du weißt doch, unsere Ehre
heißt Treue. Mann, ich habe ihm geglaubt, das hab
ich jetzt davon, und hör du wenigstens auf damit.
Sieh mich an, das reicht doch. Vergiss die Scheiße,
die wir dir erzählt haben, und zieh den Kopf ein,
vielleicht kommst du dann durch. Das wollte ich dir
sagen, und nun verschwinde wieder, verschwinde,
hau ab.«

Harro drehte sich um. Er lief aus dem Haus, durch
die Straßen und zur Hünne hinunter, ein Kindheits-
weg, der für Dietrich verloren war, nie wieder die
Tore und Türme, die Weiden am Ufer, das glitzernde
Wasser, der Himmel, die Erde. Du bist nichts, dein
Volk ist alles, lauter Lügen, nur das Leben zählte,
und was blieb übrig davon, wenn man es nicht sehen konnte. Er rannte an dem Fluss entlang, bis er
keine Luft mehr bekam. Er zertrampelte die Blumen
im Gras, riss die Zweige von den Bäumen und weinte. Der Glanz der großen Worte war dahin, auch die
Magie des Krieges, auch die Scham. So fuhr er zum
Studium, in das geschenkte Jahr hinein, ein kurzes
Jahr, zehn Monate, mehr nicht.

Es begann mit einem vierwöchigen Praktikum in
der Berliner Charité, »und schon jetzt«, stand in einem seiner Briefe, »kann ich mir keinen schöneren
Beruf vorstellen«, nicht ganz zur Freude Dr. Hochbergs, Jura wäre ihm lieber gewesen. Aber das Be-
streben, Wunden zu heilen, erklärte er der Direktorin

an Harros neunzehntem Geburtstag, sei immerhin lobenswerter, als sie zu verursachen, und tatsächlich lasse sich bei ihm eine gewisse Humanisierung feststellen. Auslöschen jedenfalls wolle er niemanden mehr. Im Gegenteil, das seien doch auch Menschen, habe er sich über den Vorschlag, die Prügelstrafe für Juden, Russen und dergleichen offiziell einzuführen, kurz vor der Abreise noch empört, ein Wunder geradezu für seine Verhältnisse.

Uta nickte, »ja, kaum zu fassen. Irgendetwas muss passiert sein, und hoffentlich gerät er nicht ins andere Extrem.«

Sie hatte schon wieder Tränen in den Augen, teils, weil Harros Platz am Tisch leer war, aber auch aus Angst um ihn und um alles, wie immer, wenn das Gespräch übers Wetter hinausging. Ungewiss, ob ihre Panik diesmal zu Recht bestand. Die Katastrophe, die ein Jahr später über den Hochbergs zusammenschlug, ließ Harro keine Gelegenheit zur Entwicklung dieser oder jener Extreme.


März 1942, die ersten beiden Semester lagen hinter ihm, seine Lunge war ausgeheilt, das geschenkte Jahr abgelaufen. Aber wenigstens die Ferien hoffte er noch in Berlin zu verbringen, wie gewohnt an der Charité, und vielleicht ließ das Militär die Akte Hochberg ja auch in irgendeiner Ecke vermodern.

»Nein, nicht Hünneburg«, hatte er seinem Vater erklärt, der ihm einen Platz fürs Praktikum am Johanniter-Krankenhaus beschaffen wollte, »nein, ich bleibe, wo ich bin, bis man mich holt«, denn Berlin gefiel ihm, trotz aller Einschränkungen und der ständig drohenden Luftangriffe. Aber noch konnte man vor dem »Kranzler« am Kurfürstendamm sitzen, Theater, Opern, Varietés besuchen oder sich mit Freunden in einer der vielen Kneipen treffen, tausend Möglichkeiten, egal, ob man sie nutzte oder nicht.

Außerdem war er in eine Berlinerin namens Renate verliebt, Musikstudentin und Tochter eines Oberstleutnants im Verteidigungsministerium. Sie war neunzehn, zart und sehr mädchenhaft, die große Liebe, dachte er, ganz anders als die Hünneburger Plänkeleien. Auch ihretwegen wollte er bleiben, eine Weile noch, wenigstens eine Weile. Doch die Hoffnung auf Nachlässigkeit beim Militär war vergeblich, es herrschte Ordnung, man brauchte jeden Mann. Am 11. März, das Praktikum hatte gerade angefangen, kam ein Schreiben vom Hünneburger Wehrbezirkskommando. Man lud ihn für den 19. zur Musterung vor, Ende der Schonzeit.

Es war Mittwoch, noch drei Tage bis zum letzten Abend mit Renate. Er hatte sie zu Beginn des Winters kennen gelernt, ein besonders kalter Winter. Sie wohnte bei ihren Eltern, er in einem möblierten Zimmer mit striktem Damenverbot, und so, was blieb ihnen übrig, hatten sie sich im Kino aneinander gedrängt, im verschneiten Grunewald geküsst und danach an wechselnden Caféhaustischen aufgewärmt, bei langen, meist unverfänglichen Gesprächen. Es gab genug, worüber man reden konnte, Musik, Krankenhaus, Studium, alltägliche Ärgernisse oder Freuden, und nicht Harros Schuld, dass Fragen, die ihn am heftigsten bewegten zu dieser Zeit, links liegen geblieben waren. Sinn oder Unsinn des Krieges zum Beispiel, und ob es sich lohnte, für eine Idee zu sterben, egal, welche, gut oder schlecht, und wie stand es um jene mit dem Hakenkreuz, die ihm sein Leben abverlangte, das eine und einzige, und was war zu tun, wenn man heil davonkam, was war richtig, was falsch, und die Liebe, was war mit der Liebe.

Prekäre Dinge. Sie forderten Vertrauen statt Geplauder, Mut zum Ja oder Nein, möglichst noch mehr. Aber Renate gab sich nicht preis. Sie flüchtete ins Unbestimmte, andeutend, abwägend, abwiegelnd, und gegen Ende des Winters war immer noch nicht geklärt, wie weit er sich vorwagen durfte in der geistigen Intimität und auch sonst.

»Bitte nicht«, hatte sie geflüstert, wenn beim Küssen im Grunewald seine Hand sich ihrem kleinen Busen näherte, »bitte nicht«, etwas albern im Tonfall, so als würde ein Stück Torte zurückgewiesen. Jede Minute konnten Bomben aufs Haus fallen oder der Marschbefehl eintreffen, was hieß da »bitte nicht«. Er hatte versucht, mit ihr darüber zu sprechen, auch das vergeblich, und nun, beim Abschied, hoffte er auf diese letzte, allerletzte Gelegenheit.

Es war wärmer geworden, milde Frühlingsluft, der Grunewald nicht mehr verschneit und die Bank, auf der sie saßen, hinter Büschen verborgen. Ein Platz für die Liebe. Renate indessen blieb bei ihrem »Bitte nicht«.

»Warum nicht?«, fragte er.

»Das weißt du doch«, flüsterte sie, und natürlich wusste er, dass man einem Mädchen aus gutem Hause nicht zu nahe treten durfte. Es hatte in der Hünneburger Luft gelegen, über den Wohnzimmern, den Schulen, der Tanzstunde, dem abendlichen Bummel zwischen Markt und Domplatz. Damals in Hünneburg, längst nicht mehr wahr, schon gar nicht an diesem Abend.

Hör auf mit dem Getue, vielleicht sind wir bald tot, hätte er gern zu Renate gesagt und sie auf der Stelle verführt, im Schutz der Büsche, mit dem ganzen zärtlichen Raffinement, das man braucht bei einer Frau. Doch, er wusste, was zu tun war, kannte alle Methoden, hatte alles erprobt in seinen Phantasien, alles erreicht. Komm, wollte er sagen, komm, es ist schön, komm, du wirst es spüren, komm, ich zeige es dir. Nicht schwierig in der Phantasie. Die Wirklichkeit hingegen erwies sich als spröde bei diesem ersten Versuch.

Er schwieg, küsste so sittsam wie einst die Tanzstundenmädchen und kehrte in sein schon fast kahles Zimmer zurück. Samstagabend, knapp halb zehn, noch früh genug, den Rest der Berliner Jahre einzupacken. Und morgen ist es zu Ende, dachte er. Erst nach Hause, dann an die Front, sterben und nie eine Frau gehabt. Und während er seine ungelebte

Jugend betrauerte, stand schon die andere Katastrophe vor der Tür, schrecklicher oder weniger schrecklich, wer kann es sagen. Schrecklich genug jedenfalls, ein Höllensturz.

$E$s begann in Hünneburg, etwa um die Zeit, als er Renate auf die Bank im Grunewald zog. Seine Eltern saßen beim Abendessen, da klingelte das Telefon. Dr. Hochberg ging in die Diele. Er griff nach dem Hörer, und eine fremde Stimme sagte: »Paul Prager ist verhaftet worden. Man hat alles gefunden, auch eine Liste mit den Namen. Haben Sie mich verstanden?«

Ja, verstanden. Paul Prager, das war jener Frankfurter Spezialist, von dessen Hand die so meisterlich gefälschten Dokumente der Hochbergs stammten, Geburtsurkunden, Taufscheine, Ariernachweis, und als Erstes empfand er eine rasende Wut auf den Menschen, der die Spuren seiner Klientel für die Gestapo archiviert hatte. Er wusste, was die Nachricht bedeutete. Er wusste auch, dass der windige Paul Prager dem Druck eines Verhörs keine Minute standhalten würde. Und vor allem wusste er, was ihn, Uta und Harro nun erwartete.

Er war seiner Sache so sicher gewesen, sogar noch in den ersten Jahren unter Hitler, als er glaubte, das Elend der jüdischen Hünneburger fände jenseits der eigenen Schwelle statt. Doch nach und nach, mit den sich unaufhörlich steigernden Schikanen, begann die Sorge in ihm zu bohren, immer öfter, immer lauter. Bei Zusammenkünften des Anwaltsvereins in Leipzig oder Berlin raunte man hinter vorgehaltener Hand Schreckliches über das Schicksal ehemaliger Kollegen und Mandanten. Von Misshandlungen ging die Rede, von Deportationen ins Warschauer Ghetto oder nach Theresienstadt, und die Sorge wurde zum Dauerton.

Er verhielt sich wie die anderen, scheinbar unbeteiligt, ohne sichtbare Zeichen von Zustimmung oder Empörung, fahndete jedoch in Gedanken nach Fluchtwegen für den Fall, dass dies alles plötzlich ihn betreffen könnte. Aber seit Ausbruch des Krieges durfte niemand mehr das Land verlassen. Selbst Gudrun und die Schweiz waren unerreichbar geworden, und wie überhaupt, versuchte er sich vorzugaukeln, sollte so ein Fall möglich sein angesichts der Schutzwälle, die er errichtet hatte gegen jegliche Eventualitäten, und Thorn weit entfernt, fast am anderen Ende der Welt, wer erinnerte sich dort noch an das Kaufhaus Samuel Hochberg. Immer während Beschwörungen, dennoch, aus der Sorge wucherte die Angst. Sie trug wechselnde Gesichter, mal so, mal so. Nur das des Frankfurter Fälschers war nicht aufgetaucht, nie, denn sonst, keine Frage, hätte er auch diese Gefahr beseitigt. Und jetzt war alles vorbei.

»Vorbei!«, schrie er und schleuderte eine Messingschale mit Schreibzeug gegen die Wand. Sie traf den Garderobenspiegel, Glas zersprang und splitterte, das brachte ihn wieder zu sich.

Uta kam angelaufen, »noch nicht«, sagte er, schloss sich in seinem Arbeitszimmer ein und dachte nach.

Nein, es gab keinen Ausweg, keinerlei Hoffnung, sich dem, was jetzt bevorstand, zu entziehen. In den Häusern, die ihn und Uta vielleicht aufgenommen hätten, lebten Kinder, alte Eltern, Dienstboten, ein zu großes Risiko. Blieb Charlotte Greeve, die Direktorin. Aber bei ihr, der engsten Freundin, würden die Häscher zuerst suchen. Und Harro, was sollte aus Harro werden, der morgen kommen wollte, und morgen konnte es schon zu spät sein.

Harro, dachte Dr. Hochberg, ich muss Harro retten, wenigstens Harro, der Moment, in dem sich plötzlich Freda vor seine Augen schob, das seltsame Fräulein von Rützow in ihrer Wohnung dort oben am Markt, allein, abgeschottet gegen die Außenwelt, ohne Freunde, ohne Nachbarn, nur die Apotheke, die leer war bei Nacht. Sie schickt ihn nicht fort, dachte er. Sie nicht.

Dr. Hochberg öffnete die Tür, rief seine Frau und sagte, was gesagt werden musste, ohne Ausflüchte und besänftigende Worte, die furchtbare Wahrheit. Sie würde es nicht ertragen, hatte er geglaubt. Uta indessen blieb ruhig, ja, so soll es sein, aber Harro muss leben.

Nur das noch: der Brief an ihn. Das Gespräch mit Charlotte Greeve. Der Gang zum Hausarzt und Freund Dr. Brosius. Und dann wieder Harro.

Es war halb zehn, als Dr. Hochberg die Berliner

Nummer anmeldete, der Zimmerwirtin etwas von einem Todesfall erzählte und sie darum bat, seinen Sohn zu holen.

»Hör zu, Harro«, sagte er. »Du darfst morgen nicht nach Hause kommen. Teile der Vermieterin mit, dass dein Großvater in Hamburg gestorben ist. Am Bahnhof Zoo fährt viertel nach zehn ein Zug Richtung Hannover. Steig in Braunschweig aus und geh zu Tante Lies, dort weiß man Bescheid. Morgen kommt auch Tante Charlotte, von ihr erfährst du alles Weitere. Ich kann dir nicht mehr helfen, mein Junge, Gott schütze dich, und jetzt sprich mit deiner Mutter.«

»Gott schütze dich«, sagte auch Uta, »ich werde immer bei dir sein«, dann war es still.

Wer denn gestorben sei, wollte die Wirtin wissen.

»Mein Großvater in Hamburg«, murmelte Harro.

»Ach Gott«, sagte die Wirtin. »Herzliches Beileid. Sie sind ja ganz blass geworden. Haben Sie ihn so gern gehabt?«

»Ja, sehr«, sagte Harro. Er ging in sein Zimmer und stopfte ein paar Sachen in die Aktentasche. Er hatte Angst.


Tante Lies, die Witwe Elise Schumann, eine Schwester von Harros Patin Charlotte Greeve und als solche ebenfalls zur Tante geworden, wohnte in der Braunschweiger Bismarckstraße. Harro hatte schon oft bei ihr übernachtet, jeweils in den großen

Ferien, wenn er und Dietrich Racke mit ihren Rädern quer durchs Land fuhren, von Hünneburg zur Insel Rügen, in die Heide, einmal bis an den Rhein. Sie war ebenso freundlich wie schweigsam, eine Gastgeberin, die für gutes Essen sorgte und für bequemen Schlaf, aber kaum Fragen stellte, sondern lieber still in ihrem Sessel saß, um Pullover für die vielköpfige Verwandtschaft zu stricken. Wenigstens kein ewiges Gequatsche, hatte Dietrich sich lobend geäußert, und auch diesmal wollte sie nicht wissen, was Harro zu so ungewöhnlicher Stunde nach Braunschweig führte.

»Schön, dass ich dich noch mal sehe, bevor du in den Krieg musst«, sagte sie nur, als er, obwohl Mitternacht längst vorüber war, eine Portion Kartoffelsuppe verzehrte, mit Wurstbrühe von der Fleischersfrau, deren Kinder sie ebenfalls bestrickte, »und iss, so viel du magst, es reicht auch noch für morgen, wenn Lotte hier ist.« Aber da konnte er schon nichts mehr herunterbringen.

Charlotte Greeve hatte den Acht-Uhr-Zug genommen und war am späten Vormittag in der Bismarckstraße eingetroffen, graugesichtig, das lahme Bein noch schleppender als sonst.

»Bist du krank?«, fragte ihre Schwester und ließ sie, ohne die Antwort abzuwarten, mit Harro allein am Wohnzimmertisch. Da saßen sie schweigend, nach Worten suchend, eine letzte Schonfrist.

Die Glocke des Braunschweiger Doms schlug elfmal, als Charlotte Greeve zu reden begann. Noch anderthalb Stunden bis zum Mittagessen, Zeit genug für die alte Hochberg-Wollmann-Geschichte, auch genug, um Harro den Boden unter den Füßen wegzuziehen. Denn das war es, die Erde tat sich auf, ein schwarzer Schlund, in den er stürzte, ja, so war es.

»Warum?«, schrie er, »warum?«

»Es ist so«, sagte sie. »Ich wünschte, ich könnte es ändern. Ich wünschte, ich hätte eine bessere Botschaft. Aber deine Eltern haben mir diese aufgetragen. Und hier ist ihr Brief.«

»Warum haben sie mich belogen?«, fragte er.

»Nenn es nicht Lüge«, sagte Charlotte Greeve. »Du solltest unbeschwert aufwachsen, so deutsch und protestantisch, wie sie sich gefühlt haben, ohne den Zwiespalt, womöglich etwas anderes zu sein, etwas, das vielen als Makel gilt, schon immer und nicht nur bei uns. Lies den Brief.«

Harro schob ihn zur Seite, »jetzt bin ich das andere«.

»Lies ihn«, wiederholte sie. »Und vergiss nicht, dass du eine glückliche Kindheit gehabt hast. Ohne diese so genannte Lüge hätten die, mit denen du durch die Stadt marschiert bist, dich schon vor zehn Jahren ausgestoßen.«

»Ich hätte gar nicht erst zu ihnen gehört«, sagte Harro. »Ich wäre Jude gewesen unter Juden, so oder so. Jetzt bin ich Dreck für alle, auch für mich selbst, Dreck, nur Dreck«, eine Diskussion, die kein Ende fand, jetzt nicht, sehr lange nicht, trotz Freda, bei der er in dieser Nacht um Einlass bitten wird.

»Lies den Brief«, sagte Charlotte Greeve noch einmal.

Weißes Büttenpapier, ein Notizzettel daran geheftet, die große, steile Handschrift seines Vaters. »Ich hoffe, Du wirst uns verzeihen«, schrieb er, »so wie wir, Deine Mutter und ich, unsere Eltern nicht im Nachhinein verurteilen wollen, die angefangen haben mit dem, wofür jetzt der Preis gezahlt werden muss. Ihr sollt nicht in den Brunnen geworfen werden, hat mein Vater seine Entscheidung damals begründet. Ich weiß nicht, ob es die richtige war, weil ich nicht weiß, was sonst mit uns geschehen wäre. Vielleicht wären wir ausgewandert, ins Glück gelaufen oder ins Unglück, wer vermag es zu sagen. Aber so, wie es war, ist es gut gewesen, für uns jedenfalls, bis heute, und wenn ich Fehler gemacht habe, dann aus Liebe und Fürsorge. Meine Schuld hingegen, meine große Schuld ist, dass ich die Gefahr nicht wahrhaben wollte. Ich wollte nicht glauben, dass in meinem Land, denn es ist ja mein Land, so etwas auch mir zustoßen kann. Aber dadurch wird meine Schuld nicht kleiner. Ich habe das Unheil gesehen und weggesehen, und dass Du und Deine Mutter dafür in den Brunnen geworfen werdet, soll mir immer auf der Seele liegen.

Dein Elend ist groß. Aber Du wirst es ertragen und überwinden, denn Du sollst weiterleben, und es soll ein gutes Leben werden. Auf dem Zettel findest Du eine Adresse, wo man dich nicht zurückweisen wird und meinen Vorschlag für den besten Weg dorthin. Ein Umweg, dafür aber weniger gefährlich, als in Hünneburg aus dem Zug zu steigen. Präge Dir alles ein und vernichte das Blatt.

Ich möchte gern mehr sagen, viel mehr, doch die Zeit läuft aus. Deshalb nur noch, dass wir Dich lieben und unsere Liebe Dich immer begleiten soll, Dich und Deine Schwester, der dieser Brief ebenfalls gilt. Aber Gudrun hat die Sicherheit, die Du nun suchen musst, und so segnen wir Dich, Harro, für jetzt und immerdar, nicht in christlicher, nicht in jüdischer Weise, nur wie Eltern ihren Sohn.«

Sei behütet, hatte Uta darunter gesetzt, mit zitternder Hand offenbar. Die Buchstaben waren verwischt, auch die letzten Zeilen seines Vaters. Tränen, dachte Harro und legte den Kopf auf den Brief. Er hatte lange nicht geweint. Ein deutscher Junge weint nicht. Ein deutscher Junge ist hart wie Kruppstahl. Ein deutscher Junge zeigt keinen Schmerz. Aber nun weinte er.


$D$ieser Sonntagmorgen, wird Harro einmal sagen, sei das Schlimmste in seinem Leben gewesen, vom ersten Wort Charlotte Greeves bis zum letzten seiner Mutter. Am schlimmsten aber, und daran durfte später nicht mehr gerührt werden, war die noch verbleibende Zeit vor dem Aufbruch. Eine Niemandszeit, leer, dunkel, umgrenzt von toter Vergangenheit, toter Zukunft, und sein Gefühl dabei wie das vor dem Sprung ins Bodenlose, ein Schritt noch, nur ein

Schritt, warum nicht springen. Kaum zu bezweifeln, dass es, hätte er über einem Abgrund gestanden, dahin gekommen wäre. Doch die Wohnung lag im Erdgeschoss, und das tödliche Gefühl verlor sich auf dem Weg zum Braunschweiger Bahnhof. Trotz allem: Er wollte leben.

Ein trüber Nachmittag, kühl und regnerisch. Charlotte Greeve hatte ihn umarmt wie früher den kleinen Jungen, wenn er sich an ihr festhielt und »Tante Lotte bleiben« bettelte. »Sei behütet«, sagte sie, etwas anderes fiel ihr nicht ein bei diesem Abschied. Sie wusste nicht, wohin er ging, in welche Himmelsrichtung, zu welchen Menschen, wollte es auch nicht wissen, wer nichts weiß, kann nichts verraten. »Sei behütet«, sagte sie also, dasselbe wie ihre Freundin Uta, mit der sie ein halbes Leben geteilt hatte, in gewisser Weise sogar den nun ins Unbekannte wandernden Sohn. Der Gedanke, das Ziel könnte Hünneburg sein, kam ihr keine Sekunde in den Sinn, schon gar nicht die Wohnung des Fräulein von Rützow. Sie umarmte ihn, sei behütet.

Harro hatte kaum hingehört in seiner Panik. Er hastete durch die Bismarckstraße, an den Fahrkartenschalter, zu den Zügen, ein suspektes Element, umgeben von tausend lauernden Augen, was nützten da fromme Sprüche. Für den Zickzackkurs nach Hünneburg – dreimal umsteigen, dann in einem keuchenden Triebwagen weiter von Dorf zu Dorf – hatte sein Vater vier Stunden veranschlagt, aber die vielen Truppentransporte auf der Strecke machten sieben daraus, sieben Stunden mit der Angst im Nacken vor Feldjägern, Polizisten, wachsamen Volksgenossen. Stunde um Stunde und kein Ende. Aus dem Grau der Dämmerung war Nacht geworden, der Regen zum Wolkenbruch, als endlich die Schattenrisse von Hemmerten auftauchten.

Hemmerten am westlichen Elbufer, von hier aus noch neun Kilometer zur Stadt. Mit der Aktentasche in der Hand stolperte er über die aufgeweichten Koppeln, jederzeit bereit, sich in den Schlamm zu werfen, so wie er es anderen befohlen hatte damals als Hitlerjugendführer. Ein vertrautes Terrain, diese Gegend, unzählige Male durchstreift an der Spitze seines Fähnlein bei den Geländespielen und Gepäckmärschen, die kein Kinderkram mehr gewesen waren seit Kriegsbeginn, sondern Vorbereitungen auf den Ernst des Lebens zu Lande, auf dem Wasser, in der Luft und Ehrensache für einen Jungen in der braunen Uniform, nicht zu kapitulieren vor Müdigkeit und Blasen an den Füßen. Jürgen Henke fiel ihm ein, der schwächliche Jürgen mit den Sommersprossen im Gesicht und wie er zu weinen begann und vorwärts gescheucht wurde. Los, heb die Beine, du Jammerlappen, hörte er sich sagen, dahinter die Spottgesänge der anderen, und nun war aus ihm, Harro Hochberg, der Schwächste von allen geworden, eines jeden Prügelknabe, wenn man ihn hier, ausgerechnet hier entdeckte.

Doch niemand ließ sich blicken in dem Unwetter, weder Liebespaare noch sonntägliche Wirtshausgänger, selbst die Feldjäger schienen lieber im Trockenen zu sitzen, statt nach Deserteuren oder anderem Gelichter zu fahnden. Triefend vor Nässe, sonst aber unbehelligt, erreichte er die Stadt. Die Straßen waren menschenleer, auch der Markt leer und dunkel, kein verräterischer Lichtspalt an den Fenstern. Nur noch wenige Schritte, dann stand er vor Fredas Tor und drückte auf den Klingelknopf, das Signal seiner Ankunft.

*F*reda war an diesem Sonntag in der Wohnung geblieben, wartend, grübelnd, denn Dr. Hochberg hatte in der Nacht auch ihre Nummer gewählt. Er hatte seinen Namen genannt, sich erkundigt, ob sie allein sei, dann ohne weitere Umschweife von der Katastrophe zu sprechen begonnen, von seinem Sohn, seiner Bitte, und ihr erklärt, weshalb gerade sie diesen Anruf erhielt, alles in fliegender Eile. Erst für die letzten beschwörenden Worte hatte er sich Zeit genommen: »Ich vertraue Ihnen, Fräulein von Rützow, ich vertraue Ihnen wie keinem anderen Menschen, doch, ich vertraue Ihnen, helfen Sie uns.«

Dreimal Vertrauen. Seitdem saß sie in einem der gelben Sessel aus Großmöllingen, grübelte, zögerte, sagte ja und nein, nein und ja, und das Luftkind zu ihren Füßen greinte sein unaufhörliches »Du und ich, wir beide«.

»Ja, ja, keine Sorge«, murmelte sie beruhigend, denn nutzlos, ihm zu erzählen, dass es noch einen anderen gab, einen Sohn aus Fleisch und Blut, achtzehn inzwischen, nur zwei Jahre jünger als der, für den Dr. Hochberg um Erbarmen gebeten hatte. »Erbarmen Sie sich, sonst droht ihm die Deportation, womöglich noch Schlimmeres«, und nie würde dieses ewig drei- oder vierjährige Wesen begreifen, was ihr Erbarmen mit dem fremden Sohn bedeutete, eine Art Handel nämlich für den Fall, dass der eigene irgendwann, irgendwo ohne Erbarmen verloren wäre. Handel oder Tausch, richtig oder falsch, egal, »es muss sein«, sagte sie, »weine, wenn du willst, ich kann es nicht ändern.«

Wieder einer von ihren schnellen Entschlüssen, schnell und endgültig. Ob Harros Eltern es spürten in der letzten Stunde? Mag sein, so ruhig, wie sie nebeneinander saßen, und vor ihnen auf dem Tisch zwei weiße Kapseln, zwei gefüllte Wassergläser und das Album mit ihrem Es-war-einmal. Es waren einmal eine Braut und ein Bräutigam, eine Mutter und ein Vater, eine Tochter und ein Sohn und das Haus, in dem sie wohnten, arbeiteten und Feste feiern konnten, Taufe, Konfirmation, Verlobung, Weihnachten, immer wieder Weihnachten. Heiliger Abend 1941, hatte Uta unter das letzte Bild geschrieben, Harro neben dem geschmückten Baum, seine Mutter im Arm.

Das erste, ganz vorn im Album, zeigte Dr. Hochberg als kaiserlichen Oberleutnant mit dem eisernen Kreuz auf der Brust.

»Sollen wir es zerreißen?«, fragte er.

»Nein«, sagte Uta. »Warum?«

Dann hörten sie die Klingel, ein langer schriller Ton. Es war so weit. Und während seine und ihre Hand nach den weißen Kapseln griffen, öffnete sich für Harro das Haus am Markt.


$K$ommen Sie«, hatte Freda gesagt und ihn zur Treppe gezogen, atemlos in ihrer Angst vor den Gefahren dort draußen und der Ungewissheit, wie es hier drinnen weitergehen sollte, ohne jede Vorbereitung, kein Bett gemacht für den unbekannten Gast, keine Pläne für das gemeinsame Überleben, nichts. Doch oben im ersten Stock, wo er ihr gegenüber stand mit seinem tropfenden Mantel und der durchgeweichten Aktentasche, grau im Gesicht, zitternd vor Erschöpfung, wusste sie, was zu tun war.

Das Wasser im Badeofen fühlte sich noch warm an. Sie legte Buchenscheite auf die Glut, spannte Leinen für die nassen Sachen von Wand zu Wand, holte Handtücher und eine Decke, dazu noch Brote gegen den größten Hunger und ließ ihn allein.

Als er aus dem Bad kam, mit nassem Haar und in die Decke gewickelt, war der Tisch gedeckt, heißer Tee, Honig zum Süßen, Bratkartoffeln mit Speck, alles Großmöllinger Gaben, um Fredas Kriegsrationen aufzubessern. Sogar Minze und Melisse für den Tee hatte die Stiefmutter in die Pakete gelegt, von denen gelegentlich auch der Apotheker profitierte, wenn er während ihrer Abwesenheit eine Sendung entgegennahm und, wie er versicherte, den Inhalt schon am Geruch erkannte. Das Holz für die Öfen stammte ebenfalls vom Gut, und dass sich, schrieb die Stiefmutter nach jeder Lieferung, trotz der schwierigen Zeiten wieder eine Möglichkeit gefunden habe, es nach Hünneburg zu schaffen, sei das Verdienst des Vaters, der sich auch mit Rat und Tat an den Paketen beteilige. Über ein anerkennendes Wort wäre er gewiss erfreut, worauf Freda ihm Grüße ausrichten ließ und den erforderlichen Dank, in aller Form und kaum beglückend für Herrn von Rützow. Aber das sollte es nicht sein, so wenig, wie sie auf die Friedensangebote in Form von Holz und Speck erpicht war. »Wir kommen auch ohne das ganz gut zurecht«, hatte sie zu dem Luftkind gesagt, so wie es auch in den Briefen an die Stiefmutter stand, zumindest zwischen den Zeilen. Die Pakete indessen trafen trotzdem ein, und jetzt, mit dem jungen Mann am Tisch – nein, kein Mann, dachte Freda, ein Junge, immer noch ein Junge – war sie froh, dass er satt werden konnte und sich wärmen.

Er zitterte nicht mehr, hatte wieder Farbe bekommen und schien sich wohl zu fühlen in der weichen Kamelhaardecke, obgleich in seinem Gesicht jedes Lächeln fehlte, keine Spur davon, als sei dieses Behagen nur eine Atempause zwischen den Attacken von Verzweiflung und Angst. Es könnte ihr Sohn sein, der dort saß, dachte sie, warum nicht, zwei Jahre jünger oder älter, was hieß das schon. Phantastereien. Aber vielleicht war das Kind, das sie damals bei

Schwester Clementis eine Stunde im Arm gehalten hatte, heute auch so blond und hübsch, so dankbar für ein Bad und gutes Essen wie der andere hier, von dem sie ebenfalls nichts wusste, nur, dass er Harro Hochberg hieß und Hilfe benötigte.

Seltsam, dieser Junge, fremd und vertraut in einem, angekommen, angenommen. Wir gehören zusammen, dachte sie, sein Unglück ist meines geworden, wenn er entdeckt wird, bin ich mit ihm verloren. Ähnliches war ihr auch vorher durch den Kopf gegangen, während der Stunden, als alles noch in den Wolken hing zwischen Ja und Nein, Nein und Ja. Jetzt, nachdem es sich zur Wirklichkeit verfestigt hatte, gab es keine Wahl mehr.

Ich habe keine Wahl, der kurze Schock, aus dem sich im nächsten Augenblick eine Welle aus Wärme und Zuneigung löste. Sie wollte nach seiner Hand greifen, doch er war schon eingeschlafen. Frei von Angst, mit dem ruhigen Atem eines Kindes, lag er im Sessel, und sie stand auf, um in ihrem Arbeitszimmer ein Bett für ihn zu richten, das Letzte, was noch getan werden musste in dieser langen Nacht.

$A$m nächsten Morgen sagte sie den Unterricht ab, wegen plötzlichen Missbefindens, sicher nicht von Dauer. Harro schlief noch. Sie ging ins Bad und nahm seine Sachen von der Leine, alles trocken, nur der Mantel fühlte sich feucht an, aber einen Mantel brauchte er nicht mehr, weder heute noch morgen.

Die Wäsche legte sie vor die Tür des Arbeitszimmers, nach einigem Zögern auch den durch und durch zerknitterten Anzug. Nein, sie konnte keine Anzüge bügeln, überhaupt kaum bügeln, der weiße Fleck in ihrer Erziehung. Mit Arbeiten wie diesen, hatte sie gelernt, verdienten sich andere den Lebensunterhalt, ein funktionierendes System selbst noch unter Hitler, bis die bei ihr beschäftigte Aufwartefrau einer kriegswichtigeren Tätigkeit zugeführt wurde, gerade rechtzeitig.

»Ich hätte ihr unmöglich kündigen dürfen nach den ganzen Jahren«, sagte sie zu Harro bei dem verspäteten Frühstück. »Aus heiterem Himmel, ohne jeden Grund, das hätte sie nie begriffen. Doch so sieht es ganz normal aus, und niemand ist erstaunt, wenn ich von nun an alles allein mache.«

Harro hatte ein Brot mit Butter bestrichen und griff nach der Marmelade. »Ich helfe Ihnen natürlich. Heizen, vielleicht die Öfen sauber machen und Holz aus dem Keller holen.«

»Aus dem Keller?« Freda schüttelte den Kopf. »Wie stellen Sie sich das vor? Aber Sie können die Wäsche übernehmen. Waschen und bügeln. Ihren Anzug zum Beispiel.«

Er sah sie erschrocken an. »Ich? So etwas habe ich noch nie gemacht«, worauf sie ihm erklärte, dass es sich erlernen lasse wie anderes auch, ihr indessen die Zeit fehle und fremde Menschen dafür keinesfalls in Frage kämen. Denn erstens gebe es kaum noch Wäschereien, und außerdem kenne man sie in der Stadt. Man wisse, dass sie allein lebe, würde sich über die männlichen Kleidungsstücke wundern, Fragen stellen, misstrauisch werden, und was dann?

Männliche Kleidungsstücke, tatsächlich, so drückte sie sich aus, um seine Unterhosen nicht beim Namen zu nennen, und fügte hinzu, dass diese alltäglichen Dinge nun mal erledigt werden müssten, wohl oder übel, der Anzug hingegen eher unwichtig sei, »außer mir sieht Sie ja niemand«.

Harro legte das Messer hin. »Niemand? Wie meinen Sie das eigentlich, gnädiges Fräulein? Oder möchten Sie lieber Fräulein von Rützow genannt werden?«

»Ach, Harro«, sagte Freda. Und dann, nach einer Pause, »Harro und Freda, wären Sie damit einverstanden? Das passt doch besser als die Förmlichkeiten, wenn man so wie wir aneinander gekettet ist, bis zur Niederlage oder zum Sieg, den Gott verhüten möge.«

»Was reden Sie da?«, rief er, noch einmal der Verteidiger seiner Ideale von gestern.

»Den Gott verhüten möge«, wiederholte sie, »denn wir beide brauchen die Niederlage, und wer weiß, wie lange es bis dahin dauern kann.«

Wir brauchen die Niederlage, Kambachers Worte aus einem der zahlreichen Diskurse über Hitler, seinen Krieg und seinen Frieden, denen sie auf dem täglichen Weg zwischen Schule und Markt zugehört hatte, Jahr um Jahr weniger gleichgültig, manchmal auch im Zorn. Doch dann, wenn sie nach Hause kam, blieb dies alles wieder draußen vor der Tür. Nicht unsere Sache, flüsterte das Luftkind ihr ins Ohr, nur du und ich, wir beide, und die Frage, ob Hitlers Sieg womöglich das größere Übel sei, konnte daran nichts ändern, bis zu diesem Morgen, als Kambachers »Wir brauchen die Niederlage« plötzlich zu ihrer eigenen Sache geworden war.

»Allein die Niederlage wird uns retten«, sagte sie in Harros erschrockenes Gesicht. »und bevor es dahin kommt, sitzen Sie hier hinter verschlossenen Türen, mit mir ganz allein. Niemand wird Sie sehen, niemand mit Ihnen sprechen, auch in den Keller dürfen Sie nicht gehen, nirgendwohin, das müssen Sie begreifen und ertragen, sonst ist alles vergeblich.«

»Soll es doch«, sagte er, »mir egal«, was sie mit einem Aufschrei quittierte, »mir nicht«, so laut, dass er zusammenzuckte, »nein, mir ist es nicht egal, dass ich draufgehen soll, weil Sie sich wie ein dummes Kind verhalten. Wenn es Ihnen egal ist, dann lassen Sie mich gefälligst aus dem Spiel. Aber falls Sie überleben wollen, hier in meiner Wohnung, dann sollten Sie nicht noch einmal solchen Unsinn reden. Lernen Sie bügeln und putzen und kochen, damit Ihnen die Zeit schneller vergeht und wir durchkommen, das ist es nämlich, was zählt, und ich meine es nicht so, ich will Sie nur aufwecken.«

Ihre Achselhöhlen wurden nass vor Anspannung. Schon wieder eine frische Bluse, dachte sie, sah, wie Harro seinen Teller wegschob, und sagte, dass er essen solle.

Er schüttelte den Kopf, »ich werde zu meinen Eltern gehen, dann soll man uns zusammen wegschaffen.«

»Oh Gott, haben Sie denn immer noch nichts verstanden?«, rief Freda.

»Nein, ich verstehe es nicht«, sagte er. »Gar nichts, auch nicht, warum ich hier bei Ihnen sitze. Sie kennen mich doch überhaupt nicht. Sie haben mich noch nie gesehen, und ich bin eine Gefahr für Sie, lebensgefährlich. Warum also tun Sie das?«

Ein kurzes Zögern, bevor sie »weil Ihr Vater mich darum gebeten hat« sagte, »und weil er mir vertraut und die Wohnung geeignet ist, einen wie Sie aufzunehmen. Und weil ich es will.«

Ich will es, sagte sie, und was blieb Harro übrig, als sich dieser merkwürdigen Frau zu fügen, die so jung schien auf den ersten Blick, mit ihren kurz geschnittenen dunklen Locken, beim zweiten jedoch eher ältlich, ein ältliches Fräulein in seinen zwanzigjährigen Augen, ein bisschen überkandidelt, kein Wunder, welcher normale Mensch tat, was sie tat. Warum, hätte er gern noch einmal gefragt, ließ es aber sein. Ohnehin eilte es nicht. Es blieb ihnen genug Zeit, den anderen kennen zu lernen, wenig dagegen, weitere Vorkehrungen für diese Phase zu treffen, und damit musste nun begonnen werden.

Es war Harro, der, nachdem sie zusammen den Frühstückstisch abgedeckt hatten, den Prozess wieder in Gang brachte. Ob es ratsam sei, mit zwei Paar Füßen über den Köpfen des Apothekers und seiner Gehilfin herumzutrampeln, fragte er, ein Anlass für das gemeinsame Nachdenken, und gut, dass sich nicht voraussehen ließ, wie viele Jahre das, was in den kommenden Stunden an Regeln und Maßnahmen beschlossen wurde, von jetzt an jeden ihrer Schritte gängeln sollte.

Durchhaltestrategie, nannte es Freda, während Harro von Gefangenschaft sprach, mit Recht. Sein Durchhalten nämlich hatte hinter Gittern stattzufinden, die sich zwar für gelegentliche Freigänge innerhalb der Wohnung öffneten, jedoch nur, bis sie das Haus verließ und er zum Niemand werden musste, ohne Füße, ohne Stimme, tot gewissermaßen, wie er sagte. Aber allein die Lautlosigkeit konnte seine Entdeckung verhindern, und wahrhaftig ein Segen, die Idee des alten Herrn Blumenthal, den Anbau mit der Küche samt Abstellkammer oberhalb der leeren Durchfahrt zu errichten, wo vermutlich nie jemand auf verdächtige Geräusche in Harros künftigem Revier lauern würde.

Keine Frage, dass sich einer Schattenexistenz wie ihm dort der verlässlichste Unterschlupf bot. Die Kammer, hell und trocken, mit einer Tür zur Küche und dem wärmenden Schornstein in der Wand, war nicht nur groß genug für das Bett und alles, was darüber hinaus seine Gegenwart verraten könnte, sondern notfalls auch ein Versteck. Keins, das einer Suchaktion standhalten würde. Doch daran durfte man ohnehin nicht denken, und als Sicherung gegen Neugier oder unvorhersehbare Ereignisse plante Harro, die Tür an der Küchenseite mit Regalbrettern zu kaschieren. Das Kammerfenster, ebenfalls ein Schwachpunkt, musste, um den Luftschutzwart fern zu halten, bei Einbruch der Dunkelheit doppelt und dreifach schwarz verhängt werden, und fast noch wichtiger: Niemals, wirklich niemals durfte Freda während ihrer Abwesenheit die Tür zwischen Küche und Diele unverschlossen zurücklassen, denn wie sonst sollte man verhindern, dass Harro womöglich in Gedanken zum Bad hinüberlief und mit dem Rauschen der Wasserspülung den Apotheker alarmierte, der genau darunter seine Salben und Tinkturen mischte. Das größte Problem von allen, dieses Rauschen, prekär und peinlich nicht nur für Freda.

Man muss darüber reden«, hatte sie schließlich gesagt, in tiefer Verlegenheit, denn das eiserne Gesetz, Vorgänge unterhalb der Gürtellinie als Tabu zu betrachten, hatte sämtlichen Veränderungen in ihrem Leben standgehalten. Erst jetzt, da es um Wichtigeres als gesellschaftliche Formen ging, sprang sie auch über diesen Großmöllinger Schatten und brachte den Eimer ins Gespräch, die einzige Rettung an Harros Vormittagen hinter Gittern.

Es war spät geworden. Seit Stunden hatte sie das Thema vor sich hergeschoben, zu lange, die Dinge mussten ihre Ordnung haben.

»Morgen werde ich wieder unterrichten«, sagte sie. »Der Eimer steht bereits in der Kammer, es lässt sich nicht ändern, und Sie haben ja noch die Küche. Wir stellen ein Sofa hinter den Tisch, dort können Sie es sich ein bisschen gemütlich machen«, worauf Harro zum zweiten Mal an diesem Tag die Nerven verlor.

»Ich bin kein Verbrecher mit einem Kübel in der Zelle«, schrie er, »nein, das dürfen Sie nicht tun«, die Hände so ineinander verkrampft, als versuchte er, sie festzuhalten, vergeblich. Die Rechte riss sich los, nahm einen Teller und schleuderte ihn gegen die Wand, genau wie sein Vater zwei Tage zuvor die Messingschale.

Der Teller gehörte zum Berliner Service der kleinen Friederike. Grund genug eigentlich, Freda ebenfalls aus der Fassung zu bringen. Doch stattdessen griff sie nach der Hand, nein, kein Verbrecher, das wüssten er und sie und jeder vernünftige Mensch, Verbrecher seien die anderen, daran sollte er immer denken und dass man es dem Gesindel eines Tages heimzahlen werde. »Denken Sie daran, jeden Morgen, jeden Abend, vielleicht hilft es Ihnen.«

Sie schwieg, zu viele Worte, zu viele und zu wenige, die falschen wahrscheinlich. Aber das Fenster war verdunkelt, die Kammer bewohnbar gemacht für den Jungen, darauf kam es an. Auch das Bett stand schon am richtigen Platz. Sie hatten es oben auf dem Speicher gefunden, ein Relikt des alten Blumenthal. Werden Sie glücklich in meinem Haus, hörte sie ihn sagen.

»Kann ich heute noch in dem Arbeitszimmer schlafen?«, fragte Harro.

Freda nickte, von ihr aus, wenn er morgen rechtzeitig in der Küche sei. Um sieben komme der Apotheker, manchmal auch früher, das hätten sie doch alles besprochen.

»Nur heute«, sagte er. »Bestimmt. Sie haben ja Recht«, und später, auf ihrem Sofa, schrie er noch einmal seine Verzweiflung in die zusammengepressten Fäuste. Jude, was war das? Untermenschen, hatte er von seinen Idolen gelernt und zu lange daran geglaubt, um es leichthin wegzuzweifeln, und nun, mitten in diesem Prozess, gehörte er selbst zu den Geächteten. Gestern noch auf hohen Rossen, heute durch die Brust geschossen, Jude, was ist das, wer bin ich. Fragen, mit denen er einschlief in dieser Nacht und den nächsten Nächten, und auch Freda fand keine Ruhe vor dem Warum und Wozu und ›Musste das sein‹, ganz abgesehen von den Sorgen um die alltäglichen Bedürfnisse. Kleidung zum Beispiel für Harro, der nur besaß, was er am Leib und in der Aktentasche mitgebracht hatte. Er brauchte alles, vom Strumpf bis zur Jacke, ein kaum lösbares Problem, denn wie sollte sie in einem Laden oder gar bei Kambacher nach Männerhosen fragen, ohne Verdacht zu erregen. Rotierende Räder in ihrem Kopf, und plötzlich war das Luftkind wieder da, komm erzähl mir eine Geschichte, komm, lass uns kuscheln, komm, es soll wie früher sein, nur du und ich, wir beide. Noch im Schlaf spukte das kleine Gesicht durch ihre Träume. Geh doch, sagte sie, geh endlich, wurde wach davon und versuchte, es mit Pinsel und Farben zurückzuholen, ein weißes Bild voller Chrysanthemen, auf dem es sich versteckte, irgendwo zwischen den Blüten, kaum zu sehen.

Gespenstisch, diese Nacht. Erst gegen Morgen war sie wieder eingeschlafen, kurz bevor die Domglocken das neue Leben einläuteten. Ihre Beine schmerzten vor Müdigkeit. Sie hörte das Wasser rauschen, dann Harros Schritte in der Diele. Zeit aufzustehen, sich zu waschen und das Frühstück vorzubereiten.

Als sie fertig angezogen in die Küche kam, war schon der Tisch gedeckt und das Teewasser bereitgestellt, ein williger Häftling, nur dass gute Führung ihm keine Vorteile verschaffte. Ob man wohl medizinische Werke und Zeitschriften besorgen könne, hatte er gefragt, von Dr. Brosius vielleicht, dem Freund seines Vaters, unerfüllbare Wünsche. Stattdessen hatte Freda Bücher aus ihrem Regal in die Küche gelegt, Feuchtwanger, Hauptmann, Heine, Storm, und widerlich, Harro nach dem Frühstück dort einschließen zu müssen, wie ein Gefängnisbüttel und verlängerter Arm des Regimes.

Sie schloss die Tür noch einmal auf, da saß er, in der Hand Heines Gedichte.

»Der war Jude«, sagte er. »Einer wie ich.«

»Sie dürften stolz sein, wenn Sie so etwas geschrieben hätten«, sagte sie.

»Ach ja?« Harro lachte. »Würde man mich dann nicht anspucken?«

»Ich weiß nicht«, sagte Freda.« Ich weiß nur, dass ich viertel nach eins wieder zurück bin, darauf zumindest können Sie bauen.«

$D$er Unterricht begann um acht. Doch schon dreißig Minuten früher stand sie vor der Schule, ihre Gewohnheit seit neun Jahren und geradezu tröstlich an diesem Morgen, der Anblick des kühlen, schnörkellosen Gebäudes mit dem Flachdach, der großen gläsernen Schwingtür sowie dem Pedell Redisch, der allmorgendlich darüber wachte, dass keine mutwillige Hand dieses seiner Fürsorge anvertraute Objekt verunglimpfte.

»Heil Hitler, Fräulein von Rützow!«, rief er auf seine forsche Art, die jedes Wort wie einen Befehl klingen ließ. Redisch, behauptete Kambacher, sei die ideale Synthese zwischen kaiserlichem Feldwebel und SA-Mann, und unwillkürlich ließ Freda den Gegengruß noch gewissenhafter als sonst ausfallen, nur keinen Anstoß erregen.

Die Direktorin, auch das wie üblich, stand auf dem Podest zwischen der ersten und zweiten Etage, wo jeder, der eintraf, ihr unter die Augen geriet. Ein stummes Defilee, denn gegrüßt wurde nicht bei dieser Gelegenheit, weil das, so die Begründung, bei so vielen Menschen ihre Kräfte überstieg. Jetzt jedoch nickte sie Freda zu und bat um ein kurzes Gespräch in ihrem Zimmer, nur eine Kleinigkeit, sagte sie, aber wichtig.

Sie saßen an dem Besuchertisch, fröstelnd in der Märzkälte. Seit Wochenbeginn durfte nicht mehr geheizt werden, und Freda sah mit Erschrecken das fahle Grau und die tiefen Augenschatten in dem Gesicht ihr gegenüber.

»Geht es Ihnen nicht gut?«, wollte sie fragen, doch die Direktorin kam sogleich zur Sache, auf den Musikunterricht nämlich, der, nachdem man den Kollegen Brettschneider nach Berlin in die Reichsmusikkammer berufen habe, verwaist sei, vermutlich für die Dauer des Krieges, »und könnten Sie vielleicht zwei oder drei zusätzliche Stunden in der Woche übernehmen?«

»Ich verstehe kaum etwas von Musik«, protestierte Freda, was nicht zu Buche schlug, »das tut niemand hier im Kollegium, außer Herrn Kambacher, der sich leider strikt geweigert hat, und Sie verstehen doch einiges von Kunst, wie man mir berichtet hat. Kunst wäre ein Ersatz.«

Der Apotheker, dachte Freda. Die Information konnte nur vom Apotheker stammen, der ihr ab und an geholfen hatte, den Opel P4 für ihre Ferienreisen nach München oder Paris flott zu machen, früher, bevor das Auto für die Wehrmacht beschlagnahmt worden war.

»Kunst ist nicht mein Fach«, sagte sie.

»Trotzdem, Sie verstehen etwas davon«, beharrte die Direktorin, »mehr wahrscheinlich als die Dame, die man uns für den Zeichenunterricht geschickt hat. Es ist mir wichtig, wenigstens der Oberstufe etwas Musisches anzubieten«, und dann, gänzlich unvermittelt: »Furchtbar, das Ende von Dr. Hochberg und seiner Frau. Sie waren Freunde von mir, sehr gute.«

Freda begriff nicht gleich, was gemeint war, und als es ihr klar wurde, drohte das Gewebe aus Täuschung und Lüge, mit dem sie sich gewappnet hatte für die Begegnung, zu zerfallen. Sie wusste, die Direktorin war nur Botin gewesen, keine Eingeweihte, so musste es bleiben, jeder Mitwisser gefährdete Harros Leben. Doch nun, im Angesicht der nackten, schrecklichen Wahrheit, tot, beide tot, war die Kontrolle dahin. »Um Gottes willen, der Junge«, rief sie, nur ein Moment, schon vorbei, und die Direktorin schien es nicht bemerkt zu haben. »Beide tot«, sagte sie noch einmal, und die Gestapo habe bei ihr in der Wohnung nach dem Sohn Harro gesucht, ein nächtlicher Überfall, dazu das stundenlange Verhör, obwohl sie doch so wenig wie die ganze Stadt gewusst habe, dass die Hochbergs Juden gewesen seien.

»Hat der Sohn sich retten können?«, fragte Freda, um jeglichen Verdacht zu zerstreuen, und die Direktorin hob die Schultern, »ich weiß es nicht, ich habe ihn seit Wochen nicht gesehen, sogar die Gestapo scheint mir jetzt zu glauben. Aber ich bete zu Gott, dass wenigstens er überlebt. Warum ist es mir nicht gelungen, seine Mutter zum Reden zu bringen? Es lag ihr etwas auf der Seele, ich hätte fragen müssen und immer wieder darauf drängen, dass sie alle außer Landes gehen, und bitte, Fräulein von Rützow, ich vertraue Ihnen, bitte nie ein Wort davon zu anderen. Wir haben über den Kunstunterricht gesprochen, sonst nichts.«

Freda nickte, ja, selbstverständlich, danke für das Vertrauen. Du traust mir, ich traue dir, doch jede nur halb, zwei Verbündete mit gespaltenen Zungen, um ehrlich zu bleiben, und gut, dass der beginnende Unterricht dem Gespräch ein Ende setzte.

Französisch in der fünften Klasse, dann Deutsch in der siebten, »Kabale und Liebe«, passend zum Tag, auch bei Schiller kamen die Menschen der Staatsraison wegen zu Tode. Aber Interpretationen dieser Art waren nicht angebracht, und während sie die Schülerinnen in das unverfänglichere Fahrwasser von Fürstenwillkür, Standesdünkel und Intrigen lotste, standen vor Fredas Augen die Bilder der Toten. Man rede von Gift, hatte die Direktorin noch berichtet. Zyankali, ein schnelles, manchmal schweres Ende. Wie hatten sie es über sich gebracht, wie hinterher ausgesehen, wie sollte sie es Harro sagen.

Im Lehrerzimmer kreisten die Gespräche ebenfalls um den doppelten Selbstmord. Eigentlich schon zu lange, erklärte Fräulein Dr. Schirmer, nach Brettschneiders Abberufung die neue Wortführerin, und das Mitleid solle sich doch bitte in Grenzen halten. Sicher sei es eine menschliche Tragödie, andererseits jedoch symptomatisch für den jüdischen Charakter, vertuschen, lügen, betrügen und, wenn der Schwindel offenbar werde, das große Gezeter.

»Bei Zyankali gibt es kein Gezeter mehr«, warf Felix Kambacher ein, und der eigentlich schon pensionierte Lateinlehrer, den man als Ersatzmann zurückgeholt hatte, fand dies alles ganz unbegreiflich. Dr. Hochberg habe doch stets einen äußerst integren Eindruck gemacht, ebenso seine als hilfsbereit und gütig bekannte Gattin. Wirklich seltsam.

»In der Tat«, sagte Fräulein Dr. Schirmer, und erst recht unbegreiflich, dass niemand etwas gemerkt habe in so vielen Jahren oder vielleicht nicht habe merken wollen, denn irgendwann müsse irgendwer es doch gerochen haben, was Freda dazu verführte, von einer kühnen Hypothese zu sprechen, da könne man ja jeden qua Geruch zum Juden stempeln.

»Irgendwelche Befürchtungen?«, fragte die Schirmer lächelnd, und Freda lächelte ebenfalls, nein, keineswegs, der Stammbaum ihrer Familie reiche bis ins 15. Jahrhundert. Die dort verzeichneten Ahnherren und -frauen seien absolut lupenrein, so etwas könne sie jedem nur wünschen.

Man lachte, selbst die Schirmer, nur Kambacher blieb ernst. Unvorsichtig, erläuterte er ihr auf dem Heimweg, hanebüchen geradezu, ausgerechnet diese Frau bloßzustellen, da sei ihm das Lachen vergangen, der Anfang eines langen Diskurses zum Thema Denunziation im Allgemeinen, hier und heute aber im Besonderen, endlos, bis vor seine Haustür.

»Da sind wir ja schon«, sagte er erstaunt, »unglaublich, mein Redefluss, verzeihen Sie, wenn ich in Sorge um Ihr Wohlergehen die Zeit vergesse«,

und sie brach in Tränen aus, mitten auf der Brüderstraße.

Kambacher klemmte die Aktentasche unter den
rechten Armstumpf und steuerte Freda durch den
Hausflur in seine Wohnung. Dort stand sie und
weinte immer noch, um sich, um Harro, um seine Eltern, um die ganze Welt, wie Kambacher später einmal hören wird, »ja, die ganze Welt«.

Er gab ihr ein Taschentuch, sogar seinen letzten
Rest Cognac, es nützte nichts. Erst als ihr Kopf an
seiner Schulter lag, schien der Krampf sich zu beruhigen, vorübergehend, dann riss sie sich los und rief
»Was tun Sie da?«, mit allen Zeichen des Entsetzens,
was er nicht verstand, »warum denn nur? Ich bin
doch kein Berserker.«

»Dass Sie die Situation so ausnutzen!«, sagte sie,
worauf Kambacher, die Augen zwei schmale Spalte,
wie immer, wenn er etwas wissen wollte, alle Diskretion abstreifte: »Was ist los mit Ihnen? Was hat man
Ihnen angetan?«

Freda wandte sich ab, »warum lassen Sie mich
nicht in Ruhe?«, worauf er die Bemerkung mit dem
Panzer machte, »vielleicht möchte ich den Panzer
aufbrechen«.

»Seien Sie still«, rief Freda.

»Nein, das muss jetzt geklärt werden«, sagte
Kambacher. »Meinen Sie, ich spüre nicht, wie Sie mir
ausweichen, zum Beispiel, wenn sich der Abstand
zwischen uns gelegentlich zu verringern droht? Man
geht, man redet, man pendelt hin und her im Eifer

des Gesprächs, unwillkürlich, ohne böse Absicht, und bei der kleinsten Gefahr eines Kontaktes zwischen Ihrem und meinem Mantel zucken Sie zurück wie von der Tarantel gestochen. Warum? Sehen Sie in mir so was Ähnliches?«

Sie schüttelte den Kopf.

»Und warum dann? Ist es Ekel? Oder Angst? Oder weil ich ein Mann bin? Sagen Sie es mir«, und sie hätte »ja« sagen müssen, »ja, Angst, ich will nicht wieder in den Roggen geraten, nicht wieder allein gelassen werden, ein Kind kriegen und es verlieren.« Aber was sie wusste, war nur, dass er ihr nicht zu nahe kommen durfte, und was man nicht weiß, kann man nicht in Worte kleiden. Also sagte sie, dass er Unsinn rede.

»Wirklich?«, fragte er. »Meinen Sie es ernst? Und könnten Sie sich dann eventuell entschließen, meine Frau zu werden? Starren Sie mich nicht so an, das soll kein Witz sein, es kommt ja hin und wieder vor, dass Leute heiraten.«

»Ich Sie aber nicht«, sagte Freda, vorerst ihre letzten Worte für Felix Kambacher nach den vielen gemeinsamen Mittagswegen.

Sie drehte sich um und ging, vielleicht die beste Lösung. Man war zu vertraut inzwischen, ein altes Paar in gewisser Weise und er ihr Mentor und Ratgeber jenseits der Luftkind-Welt. Wer garantierte, dass die neue, die sich nun hinter ihrer Tür zu formen begann, ihm auf Dauer verborgen bleiben konnte? Und dass er schweigen würde im entscheidenden Moment? Nein, es durfte nichts mehr geben außer Harro, keinen Zweiten mit einem Anspruch auf ihre Zeit und ihre Gedanken.

Sie überquerte den Marktplatz und sah das Küchenfenster, hinter dem er wartete, schon fast eine Stunde, und noch immer ungewiss, ob sie ihm die Wahrheit sagen sollte oder lügen. Was wog schwerer, sein Recht auf Trauer oder das auf Schonung? Man müsste mit Kambacher reden können, dachte sie, wieder ein Argument für die Trennung.

Als sie das Tor öffnete, brachte der Apotheker ein Großmöllinger Paket aus seinem Laden.

»Wurst wahrscheinlich«, meldete er, worauf Freda ihm einen Tausch vorschlug, Wurst gegen Grippemittel und Zinksalbe.

»Wer krank ist, sollte zum Arzt gehen«, sagte er besorgt.

Sie zuckte mit den Schultern, »keine Zeit«, froh über die Idee, einen Vorrat mit Medikamenten anlegen zu können.


$D$ass seine Eltern nicht mehr lebten, erfuhr Harro erst viel später, nach Jahren voller Ängste und Zweifel, wie bei einer Krankheit, deren Signale man wahrnimmt, aber nicht erkennen will, und niemand wagt es, den Namen auszusprechen bis zur tödlichen Diagnose.

Die Zeit der Täuschungen begann mit Fredas Rückkehr an diesem ersten Tag seiner Isolation. Er kauerte am Küchentisch, verschanzt hinter Vorwürfen wegen der Verspätung und unerreichbar für ihre Rechtfertigungen, die falschen, aber wenigstens das wusste er nicht.

»Es tut mir Leid«, wiederholte sie, »es lässt sich nicht ändern, diese Konferenzen, was soll man da machen, so ist es nun mal«, und endlich hob er den Kopf.

»Wie geht es meinen Eltern?«

Ohne nachzudenken, sagte sie etwas von Verhaftung, ein Reflex, dem gleich darauf der nächste folgte. »Es gibt aber auch Gerüchte, dass sie noch zu Hause sind.«

»Kann denn niemand der Sache auf den Grund gehen?«, fragte er. »Frau Dr. Greeve zum Beispiel, die ist doch meine Patentante«, und dann, nachdem ihm die heikle Lage der Direktorin klar geworden war: »Oder Sie eventuell?«

»Ich?« Freda spürte leise Ungeduld, wie bei einem besonders hartköpfigen Schüler. »Das kann doch nicht Ihr Ernst sein. Soll ich an der Haustür klingeln? Oder in der Kreisleitung vorsprechen, Heil Hitler, der junge Hochberg möchte wissen, wo sich seine Eltern zur Zeit befinden? Man muss doch irgendwann begreifen, was möglich ist und was nicht.«

»Ich weiß.« Sein Mund verzog sich, ein Kind, das weinen will, und Freda legte ihm den Arm um die Schulter, »wenn ich wüsste, wie ich dir helfen kann ...«

Du statt Sie, wieder ein Reflex, warum auch nicht,

wozu noch diese Hürde. Sie sah ihn fragend an, »wollen wir dabei bleiben?«, und er nickte, »ja, gern, tun Sie's bitte. Nur umgekehrt, nein, das geht nicht, Sie könnten ja fast meine Mutter sein.«

Ein Prickeln lief über ihre Haut, »vielleicht, vertretungsweise sozusagen, da passt doch das Du.«

Er zuckte zurück, »ich habe nur eine Mutter«.

»Geschieht dir recht«, raunte das Luftkind, »was bildest du dir ein«, und Harro sagte: »Mehr als jetzt können Sie gar nicht tun, ich muss mir selber helfen. Doch wenn Sie etwas zu essen für mich hätten?«

Dann saßen sie zusammen am Tisch, Großmöllinger Brot und Leberwurst, zum Schluss noch Marmelade von der Kirschbaumallee. Sie sah, wie es ihm schmeckte. Er aß, er würde immer essen, er war jung, er wollte leben.

In der Nacht legte sich etwas Schweres auf ihren Schlaf, diffus, bedrohlich, nicht zu fassen, bis ein flammendes ICH MUSS MIR SELBER HELFEN daraus wurde und sie zur Wohnungstür trieb. Noch halb in Trance zog sie den Schlüssel ab, um Harro vor der Flucht in die Villa am Steingraben zu bewahren, ein Gedanke, der den Albtraum überdauerte. Auf keinen Fall durfte er seine Eltern weiterhin dort vermuten, und so kam ihr am nächsten Tag die Idee, sie an den Stadtrand von Magdeburg zu versetzen, wo die Juden des Bezirks neuerdings konzentriert wurden, zum Arbeiten, hieß es in Hünneburg, und Arbeit schände nicht. Dass es sich, wie Kambacher behauptet hatte, um den Sammelpunkt für den Transport in das Warschauer Ghetto oder irgendeins jener Lager handelte, von deren Existenz kaum oder allenfalls hinter vorgehaltener Hand geredet wurde, wusste auch Harro nicht. Sein Vater hatte es nie erwähnt, gut im Nachhinein.

Ob man in Magdeburg einigermaßen anständig behandelt werde, fragte er.

»Vermutlich, immerhin sei es ja nicht aus der Welt«, sagte Freda, schlechten Gewissens, aber vielleicht, dachte sie, war in seinem Fall Hoffnung doch die bessere Alternative.

Magdeburg, ihre letzte Lüge inmitten der einen großen. »Ich weiß nichts«, sagte sie fortan, »ich weiß wirklich nichts«, selbst dann noch, als die Direktorin ihr berichtet hatte, wo die beiden Hochbergs sich nunmehr befanden, in einer Ecke des Friedhofs nämlich, zwischen anderen namenlosen Gräbern, die dort, gleich neben der Kompostgrube, vom Unkraut überwuchert wurden. Aber wer den Tod verschwieg, konnte erst recht nicht von der Beerdigung reden. Auch, dass die Kleidung seiner Mutter unter Bedürftigen verteilt worden war und in der Villa am Steingraben jetzt die Familie eines SS-Offiziers wohnte, behielt sie vorerst für sich, »ich weiß nichts, nein, woher denn, niemand redet noch darüber«.

Das zumindest stimmte, die Affäre, der Skandal, oder wie immer man es nennen wollte in Hünneburg, verschwand aus dem Stadtgespräch. Dr. Hochberg, hatte im »Stürmer« gestanden, sei ein Spitzel des englischen Geheimdienstes gewesen und als feiger Lügner und Verräter gestorben, typisch jüdisch, zwei Artikel, die auszugsweise von der örtlichen Presse nachgedruckt wurden und fassungsloses Staunen erregten. Seinem Sohn, hieß es noch, sei zur Flucht in die Schweiz verholfen worden, dann erlosch das Interesse an diesem Fall. Jeden Tag waberten neue Gerüchte durch die Straßen, Sonderzuteilungen, die es geben sollte und nie gab, Wunderwaffen für den Endsieg, Sabotagen, Verhaftungen, Orgien in der Kreisleitung, aber auch so Ungeheuerliches wie Massenerschießungen im besetzten Russland – Gerüchte, Ausgeburten des Krieges, alles wie Rauch vor den Winden, schnell da und schnell verflogen.

Freda, die alles Verfängliche aus den Zeitungen entfernte, hatte nur die Sache mit der Schweiz an Harro weitergegeben, und dass man ihn dort vermutete, nahm Harro etwas von der Furcht des Anfangs. Er erschrak nicht mehr bei jedem Geräusch, sah nicht mehr in jedem Menschen, der den Marktplatz überquerte, die Gestapo, hörte auf, mit Gespenstern an der Wand um sein Leben zu kämpfen. Auch der rasende Pulsschlag nachts in der dunklen Kammer schien sich zu beruhigen, dank der Pflichten möglicherweise, die ihm im Lauf des Sommers zuwuchsen, eine Art Bollwerk gegen den breiigen Strom der Stunden: Frühstück vorbereiten, Geschirr spülen, Ordnung schaffen, eins aufs andere, und danach der vergnüglichere Teil, das Mittagessen.

Er sei ein kochkünstlerisches Naturtalent, befand

Freda, die Nutznießerin seines kreativen Umgangs mit Kartoffeln, Mehl, Grieß, Graupen, meist heimischen Ursprungs und dankbar akzeptiert, seit Harro, der von Amts wegen nicht existente Schattenmensch ohne Lebensmittelkarten und Bezugscheine, gesättigt werden musste. »Schickt mir davon, was möglich ist, meine Freunde brauchen ebenfalls Hilfe«, hatte sie, ihre Hemmungen beiseite lassend, an die Stiefmutter geschrieben, worauf auch diese Bitte erfüllt wurde und Harro sein Talent entdeckte, den Gerichten aus der fast immer gleichen Großmöllinger Grundmasse nicht nur wohlklingende Namen, sondern auch geschmackliche Varianten zu geben, manches im Gedenken an die Köstlichkeiten der mütterlichen Küche.

Der Impuls kam aus dem inzwischen verwilderten Garten hinten am Haus, der ihm Gerüche seiner Kindheit durchs Fenster schickten, Rosmarin, Salbei, Minze, Thymian, einst Ingredienzien für Tees und Tinkturen des alten Apothekers Blumenthal. Freda, nach märkischer Art mit Petersilie und Schnittlauch aufgewachsen, hatte das wuchernde Grünzeug seit Jahren ignoriert. Jetzt, unter Harros Regie, gelangte es wieder zu Ehren, Kräuter, das Geheimnis seiner Suppen, Soßen und Eintöpfe, und der Überschuss wurde zum Trocknen ausgebreitet, Gewürze für den Winter, wie früher am Steingraben.

Ein neuer Duft, ein neuer Geschmack, Freda gefiel es. Mittags, wenn sie aus der Schule kam, war der Tisch gedeckt, in der Küche zwar, aber auch hier mit

dem Porzellan der kleinen Friederike, und weit an-
genehmer, Harro gegenüber zu sitzen als dem Luftkind, das sich ohnehin abseits hielt bei solchen Gelegenheiten. Nur noch manchmal gab es ein Zeichen,
etwa an jenem Tag, an dem das besonders gelungene
Krakauer Kartoffelgulasch sie zu der Bemerkung
»Gut gekocht, Harro, überhaupt gut, dass du da
bist« verleitete, worauf ein greinendes »Denkst du,
er ist glücklich bei dir?« an das erinnerte, was ihr für
einen Moment entglitten war. Glücklich, nein, wie
denn. Vermessen, so etwas zu hoffen, zu wünschen,
zu äußern in dieser verlogenen Idylle.

»Ich rede Unsinn«, hatte sie sagen wollen, aber er
kam ihr zuvor, »ich bin auch froh, dass Sie da sind«,
denn gut, wenn er ihre Schritte hörte und den
Schlüssel im Schloss, wenn sie mit ihm aß, mit ihm
sprach, die Welt ins Haus brachte, die verlorene
Welt, und gut, dass er nachmittags während ihrer
Schreibtischstunden ebenfalls das Seine zu erledigen
hatte, Putzen, Waschen, Bügeln, vor kurzem noch so
undenkbar für ihn wie die Zubereitung von Kartoffelgulasch.

Jetzt nannte er es Innendienst, ich habe Innendienst, denn alles war besser, als tatenlos auf den
Abend zu warten und wie daraus der Morgen wurde und wieder Abend. Immer wieder die Abende
zu zweit mit Büchern, Gesprächen und dem Radio,
das ihnen Berliner Siegesfanfaren ins Wohnzimmer
brachte, danach aber Sendungen des Londoner
BBC, von dem sie, die Ohren dicht am Gerät, andere

173

Töne zu hören bekamen. Feindliche Nachrichten, auf ihre Verbreitung stand der Tod, und um Himmels willen nicht vergessen, den Deutschlandsender wieder einzustellen, bevor man schlafen ging.

*E*in Leben von Tag zu Tag und Abend zu Abend, Harro begann es hinzunehmen nach den Revolten des Anfangs. Der Krieg konnte nicht ewig dauern. Russland war groß, viel größer, als er es hatte glauben wollen in seinem Fähnleinführerwahn. Russland verschluckte jeden, der sich in diese Weiten verirrte. Auch Hitler, wiederholte Freda eine von Kambachers Prophezeiungen, werde sich dort zu Tode siegen.

»Sicher bald«, sagte sie, tröstlich gemeint, er indessen nahm es wörtlich, wie alles, was sie an ihn weitergab, und machte aus dem »Bald«, ein »Demnächst«, zwei Wochen vielleicht, ein paar Monate höchstens. Alles falsch, selbst die Londoner Stimme rückte den Untergang des Nazireichs immer weiter hinter den Horizont. Stattdessen bekamen die Berichte von Gräueln in Ghettos und Lagern schärfere Konturen, und Harros Arrangement mit dem Leben von Tag zu Tag war nicht auf Dauer angelegt.

»Irgend etwas Neues über meine Eltern?«, fing er wie früher an zu fragen, jeden Mittag dasselbe, die gleiche Frage, die gleiche Antwort: »Ich weiß nichts, wirklich nicht.« Nachts krochen wieder Bilder aus den Wänden, Schreckensbilder, viel schlimmer, wird er Freda später vorwerfen, als zu wissen, dass der Tod ihnen solche Leiden erspart habe, und warum diese Täuschung, er sei ja kein Kind mehr gewesen.

Nein, kein Kind und doch ein Kind, die Illusion eines Kindes, unmöglich, ihm wehzutun. Sie versuchte, ihrem Zwiespalt an der Staffelei Farben und Formen zu geben, und fand immer die falschen. Kein Bild gelang, das hast du davon, raunte das Luftkind, so verging der Sommer. Ein schöner Sommer vor den Fenstern, Juni, Juli, August. Harro rannte mit dem Kopf gegen die Wand, ich will hier raus, aber wenigstens der September verregnete. Im Oktober wurden alle Schulen vier Wochen geschlossen, weil die männerlosen Höfe rund um Hünneburg Hilfe beim Kartoffelroden brauchten, und Glück im Unglück, könnte man sagen, dass seine Krankheit gerade in diese Zeit fiel.

Eine Krankheit auf Leben oder Tod, und das Entweder-Oder ein Fegefeuer, wie Freda es später nannte. Denn abgesehen von der Angst um ihn, der Angst, den Schuldgefühlen – was in aller Welt war zu tun, falls er sterben sollte? Ein schauriger Gedanke: Harros Leiche im Haus, und niemand hilft, ihn zu begraben, draußen zwischen den Hinterhäusern mit ihren vielen Augen. Lautlos ließ sich ein Mensch nicht unter die Erde bringen in dieser stillen Gegend, was sollte man tun.

Kambacher, dachte sie, Kambacher würde die Gefahr auf sich nehmen. Aber der einarmige Kambacher konnte Harros Körper weder in den Garten transportieren noch eine Schaufel handhaben, und welche Zumutung im Übrigen für einen, den sie derart vor den Kopf gestoßen hatte. Obwohl er ihr weiterhin zur Seite stand im Lehrerzimmer, wo das geschrumpfte Kollegium im Dauerstreit um jede zusätzliche Vertretungsstunde lag und sie, die Einzelgängerin, sich gegen die Mehrheit wehren musste. Manchmal war er auch mittags wieder neben ihr nach Hause gegangen, wohl in der Hoffnung, dass die zerbrochene Vertrautheit sich kitten ließe, vergebens, und ganz und gar absurd, nun in der Not an ihn zu denken, absurd und zum Glück überflüssig, Harro brauchte kein Grab.

Die Krankheit hatte sich bereits in der zweiten Septemberhälfte angekündigt, mit heftigem Husten, seine übliche, freilich nie völlig harmlose Bronchitis. Immerhin hatte das, was für Harros Mutter Uta »schwach auf der Brust« hieß, ihm bei der Musterung zu einem Jahr Schonzeit in Berlin verholfen, wo der Husten fast verschwunden war. Jetzt holte das feuchte Hünneburger Herbstwetter ihn wieder zurück, diesmal als doppelte Bedrohung, weil das kurze, harte Bellen durch alle Wände hindurch den Apotheker alarmieren konnte. Im Treppenhaus zumindest hatte Freda das Geräusch schon gehört. Seitdem musste Harro, um es zu dämpfen, stets ein Kissen bereithalten, selbst bei Nacht, obwohl es nutzlos war, wenn der Husten während des Schlafs über ihn kam. Eine Serie von Explosionen, und draußen vor dem Fenster der nimmermüde Luftschutzwart auf seiner Jagd nach Verdunkelungssündern.

Höchst beunruhigend also, dieser beharrliche Husten. Er nistete sich ein und blieb hängen, trotz Schwitzpackungen, Zwiebelsaft, Großmöllinger Honig und jener geheimnisvollen Tinktur, die der Apotheker nach einer von Freda in tiefen Tönen simulierten Attacke eigens für sie gemischt hatte, mit Vorsicht zu genießen, wie er sagte, allenfalls dreimal fünf Tropfen am Tag, mehr nicht, dann wirke es garantiert Wunder.

Möglich, dass der richtige Zeitpunkt schon verpasst war für die Tropfen. Statt des Wunders jedenfalls stellten sich Schmerzen ein, beim Husten, Lachen, Sprechen, Atmen. Das Wort Lungenentzündung indessen wies Harro weit von sich, nein, Lungenentzündung kenne er, die fühle sich anders an, hohes Fieber, kaum Schmerzen, und auch Freda konnte beim Rückblick auf ihre Krankheit nach dem großen Regen, damals, bevor sie in den Roggen geraten war, keine derartigen Symptome entdecken, konnte es nicht, wollte es nicht, alles halb so schlimm, dachte sie, eine vage Hoffnung. Dennoch, die Schmerzen waren da, Tag und Nacht. Sie waren da, blieben, wurden stärker, vielleicht doch die Lunge, so dass Harro eines Mittags, als sie aus der Schule zurückkam, Dr. Brosius verlangte, den Arzt und besten Freund seines Vaters, ihm dürfe man vertrauen.

»Meinst du wirklich?,« fragte Freda.

Sie sah die Angst in seinen Augen, er hatte Recht, mit der Lunge ließ sich nicht spaßen. Aber Gefahr stand gegen Gefahr, selbst beste Freunde konnten zu Verrätern werden, an ihm, auch an ihr.

»Wirklich?«, wiederholte sie, machte eine neue Schwitzpackung, sprach von dem Risiko und nannte Harros »Bleibt sich doch gleich, woran ich sterbe« hysterisch. »Nicht mal Fieber und sterben! Du bist jung, du wirst es ohne Arzt schaffen«, und dass sie ihrer Sache nicht ganz sicher war, gehörte ebenfalls zum Fegefeuer.

Erst der Husten, dann die Schmerzen, schließlich doch das Fieber. Es kam im Oktober, schleichend zunächst, achtunddreißig am ersten Tag, etwas mehr am zweiten und dritten, und gut, dass ihr die Kartoffelferien Zeit ließen, dagegen anzurennen, mit kalten Waden- und warmen Brustwickeln, mit Dämpfen, Tees, Säften und was die Erinnerung an Großmöllinger Hausmittel sonst noch hergab. Trotzdem, das Thermometer stieg weiter, achtunddreißigfünf, achtunddreißigacht, dann plötzlich neununddreißigdrei.

Es war der sechste Tag. Schon am Morgen hatte Harro das Essen verweigert. Im Wechsel zwischen Schüttelfrost und Schweißausbrüchen dämmerte er vor sich hin, immer wieder aufgestört vom Husten, der ihm die Luft abzudrücken schien. Wenn Freda sich über ihn beugte, hörte sie seltsame Geräusche in seiner Brust, rasselnd, gurgelnd, röchelnd. Gegen Abend fing er an zu glühen, neununddreißigneun, fast vierzig, und ohne nachzudenken, lief sie ans Telefon, egal, ob richtig oder falsch, Dr. Brosius musste kommen, gleich, sofort. Doch es war seine Frau, die den Hörer abnahm, nein, mein Mann ist nicht da, auch nicht erreichbar, wenden Sie sich bitte an den Vertreter Dr. Buchholz.

Dr. Buchholz, der nebenbei als Schularzt amtierte. Ein Obernazi, hatte Kambacher behauptet, was ebenso gut für jeden anderen der Hünneburger Ärzte gelten könnte. Unmöglich, einen von ihnen ins Haus zu lassen, unmöglich, keinen zu holen, beides unmöglich, und wenn er stirbt, dachte sie, ist es meine Schuld, so oder so, lieber Gott, hilf mir.

Harro lag auf dem Rücken, die Augen geschlossen, eine Art Halbschlaf. Freda erneuerte den Wadenwickel, flößte ihm Tee ein, wusch den Schweiß vom Gesicht. Er murmelte etwas Unverständliches, schien wieder abzudriften, und spät in der Nacht, als sie den Tod zu riechen glaubte, war plötzlich Ulrica da, aufgetaucht aus einem früheren Leben. Die Ulrica von ehedem. Vielleicht gab es sie noch, vielleicht unter dem Mädchennamen, vielleicht in Berlin.

Sie griff nach dem Telefon, einer ihrer schnellen Entschlüsse, viel zu schnell, dachte sie erschrocken. Ja, die Nummer existiere, sagte das Fräulein vom Amt, allerdings brauche man Geduld, um nach Berlin durchzukommen, und noch blieb die Hoffnung, dass die Verbindung scheitern würde. Aber zwei Stunden später schrillte die Klingel, »du?«, rief Ulrica, »wo bist du, was ist los, warum mitten in der

Nacht?«, so, als lägen keine fünfzehn Jahre zwischen diesem und dem letzten Gespräch.

»Entschuldige die späte Störung«, sagte Freda, »aber ich brauche dich.«

»Wofür?«, fragte Ulrica.

»Hohes Fieber, Husten, Schmerzen im Brustkorb.«

»Und gibt es keinen Arzt in der Nähe?«

»Keinen, dem ich vertraue«, und Ulrica seufzte, »gut, ich komme. Mein Notizbuch liegt in der Praxis, gib mir deine Nummer.« Gleich darauf klingelte das Telefon, »morgen früh neun Uhr zwanzig«, das war es.

Freda legte den Hörer hin und lief in Harros Kammer zurück, was hatte sie getan. Sie saß neben dem Bett, schlaflos, ratlos, denn wieder stand Gefahr gegen Gefahr, die Krankheit auf der einen Seite, das Risiko, entdeckt zu werden, auf der anderen, und was war mit Ulrica? Jemand, der so blitzartig einen Anruf wie ihren erfassen konnte, musste geübt sein im Entziffern kryptischer Botschaften. Dr. Ulrica Moll, ein Name vielleicht, der von Mund zu Mund ging dort, wo sonst niemand half, eine Anlaufstelle für solche wie Harro und auch von der Gestapo längst registriert. Vielleicht ja, vielleicht nein, und wenn ja, würde sie den Tod, statt ihn zu vertreiben, womöglich mit sich bringen. Mehr als sechshundert Widersacher Hitlers, hatte der englische Sender gemeldet, seien in diesem Herbst hingerichtet worden, durch das Fallbeil, durch den Strang, grausig, nur daran zu

denken, und wer bist du, raunte das Luftkind, über
Tod und Leben zu entscheiden, lass es laufen, wie es
läuft, wer nichts tut, kann nichts falsch machen, und
er ist doch nur ein Fremder. Das Luftkind, immer
wieder das Luftkind. »Sei still!«, rief sie, »verschwinde endlich«, doch es kam und ging, wie es ihm gefiel, und vielleicht hatte es ja Recht.

Harro gab einen röchelnden Laut von sich. Er hus-
tete, rang nach Luft, sein Gesicht brannte. Als sie
ihm frische Wadenwickel machen wollte, schlug ihr
Uringeruch entgegen, das erste Mal, bisher hatte er
sich noch zum Eimer schleppen können. Bei dem
Versuch, das Laken zu wechseln, schien der Körper
schwer wie Eisen, eine neue Hürde. Sie schob das
Nachthemd zurück, um Handtücher zwischen seine
Beine zu legen, Harro nackt und bloß, aber dies war
nicht die Zeit für Prüderien. »Schon gut«, murmelte
sie, »schon gut.« Er öffnete die Augen, »Mama, da
bist du ja endlich«, und Freda kühlte seine Stirn mit
ihrer. Ulrica sollte kommen.


*E*in schwieriges Wiedersehen sechs Stunden danach. Am Bahnsteig liefen sie noch aufeinander zu,
mit offenen Armen. Doch dann, einen Augenblick zu
früh, kam Ulricas unvermeidliches Warum. »Warum
hast du dich so lange nicht gemeldet?«, rief sie, ausgerechnet das, und es war beim Händedruck geblieben, beim »Wie war die Fahrt« und »Danke, ganz
gut«, das Übliche, schlechter als gar nichts.

Stumm ging Ulrica neben ihr her, blond und stämmig, fast unverändert, sogar die Reisetasche aus grünem Segeltuch in ihrer Hand erinnerte an Potsdamer Zeiten. Sie gingen über den Bahnhofsplatz, durch das nördliche Stadttor und die Breite Straße, am Katharinenhospital vorbei und zur Marienkirche kurz vor dem Markt. Es gab keine Taxis mehr, kaum noch Busse, der Weg schien endlos.

»Nordische Backsteingotik«, sagte Freda. »Eine alte Hansestadt.«

»Sehr schön.« Ulrica blickte auf die Kirchentür, dann blieb sie stehen: »Warum hast du mich aus deinem Leben eliminiert? Was habe ich falsch gemacht? Erklär es mir.«

Freda sah an ihr vorbei. »Ich kann nicht«, hätte sie gern gesagt, und später wird sie von dem Irrgarten sprechen, in dem sie sich verfangen hatte, später, wenn alles hinter ihr liegt und die Worte sich lösen. Doch jetzt, als der Roland auftauchte, die Apotheke, der Torbogen mit den Fenstern darüber, sagte sie: »Ich hätte dich nicht holen dürfen. Es ist gefährlich, auch für dich.«

Ulrica nahm ihre Hand, ließ sie aber gleich wieder los, »keine Angst, mein Arztkoffer ist in Berlin geblieben. Der Besuch einer Freundin, ganz unverdächtig, falls es darum gehen sollte. Und nun will ich mich um den Patienten kümmern.«

Die Krankheit wurde als Pleuritis exudativa diagnostiziert, feuchte Rippenfellentzündung, Ulrica hatte es vorausgesehen und eingepackt, was nötig war, um das Wasser aus Harros Brustkorb zu entfernen. Mehr als drei viertel Liter, eine schmerzhafte Prozedur, bei der Freda seinen Oberkörper umklammern musste, damit die Spritze ihr Ziel nicht verfehlte. Manchmal schrie er auf, hielt aber still und fiel nach der Punktion in einen ruhigen Schlaf, ohne die unheimlichen Geräusche in der Brust.

Ulrica hatte Sulfonamide mitgebracht, die seit Kriegsbeginn fast nur noch für Lazarette produziert wurden. Nicht einfach, das Zeug hintenherum zu beschaffen, sagte sie, auch sehr teuer, aber allein so habe der Junge eine Chance und, als Freda erklärte, dass es am Geld nicht scheitern solle, »manchmal ist Geld eben doch das halbe Leben.« Trotzdem tückisch, so eine Pleuritis, und keine Rede von baldiger Genesung, weswegen zusätzlich Wickel erforderlich seien, Tees, Inhalationen und Fett in den nächsten Monaten, sehr viel Fett, mindestens hundertfünfzig Gramm pro Tag, Ziegenbutter vorzugsweise, das sei lebenswichtig, da werde sich Großmöllingen hoffentlich nicht lumpen lassen. Außerdem brauche er Ruhe, vier bis sechs Wochen, absolut und eisern. Nie das Bett verlassen, sämtliche Bedürfnisse im Liegen verrichten, selbst bei geringerer Temperatur, »hast du mich verstanden?«

Freda nickte beklommen, worauf Ulrica ihrer Tasche drei Krankenhaushemden entnahm, hinten offen, und dann noch einen in Zeitungspapier verpackten Gegenstand, der sich als Bettpfanne erwies, »für den Fall, dass du so etwas nicht besitzen solltest«.

Weiße Emaille, lädiert vom Gebrauch. Freda legte die Hände auf das kühle Metall, »ach, Ulrica, was für ein Wahnsinn.«

»Ach, du arme Jungfrau zart«, sagte Ulrica, »warum hast du dir das angetan.«

Der vertraute forschende Blick, aber da war die Zeit schon abgelaufen, und bei der nächsten Visite, diesmal am Abend, lagen zwischen ihrer Ankunft und dem letzten Zug nach Berlin keine zwei Stunden. Auspacken, abhorchen, punktieren, einpacken, schon vorbei, warum diese Hast, dachte Freda. Selbst über Harro konnten sie erst auf dem Weg zum Bahnhof sprechen, die leichte Besserung, die Risiken, falls sich erneut Wasser bilden sollte, und dass Ulrica jederzeit wiederkommen würde, im Notfall zumindest, sonst lieber nicht.

»Vielleicht könntest du dann ein medizinisches Lehrbuch mitbringen«, sagte Freda. »Oder Zeitschriften. Es würde ihm helfen.«

Sie standen auf dem schwarzen Bahnsteig, weder Mond noch Sterne, der Krieg war schwarz. »Er ist Student«, sagte sie.

Ulricas Gesicht, ein helles Oval in der Dunkelheit. »Und was sonst noch? Jude? Oder Deserteur?«

Und bevor Freda antworten konnte, sagte sie, »du hast Recht, jeder Mitwisser ist einer zu viel. Auch ich.«

»Ach, Ulrica«, sagte Freda, »ich traue dir und traue keinem, wohin ist es mit uns gekommen«, und genau wie früher wollte Ulrica das, was war, nicht gelten lassen. »Es wird sich ändern«, sagte sie. »Eines Tages werden wir wieder zusammensitzen und reden, von morgens bis abends und abends bis morgens, später, wenn dieser Wahnsinn vorbei ist, falls wir zwischendurch nicht verloren gehen«, und endlich, während sich die trüben Lichter des Zugs heranschoben, umarmten sie sich.

*H*arros Krankheit und die Schwäche danach zogen sich bis tief in den Winter hinein, trotz Sulfonamiden, Wickeln aller Art und der von Ulrica so dringend empfohlenen Ziegenbutter, die Freda, um Großmöllingen nicht schon wieder strapazieren zu müssen, gegen Schmuckstücke der kleinen Friederike eintauschte. Fast vergessene Schätze, viel zu kostbar für eine Hünneburger Studienrätin. Die Brunkauer Bäuerin hingegen, in deren Küche sie unmittelbar nach Ulricas zweitem Besuch den Handel eröffnete, bekam glänzende Augen, als sie die Kette mit dem roten herzförmigen Anhänger sah.

Brunkau, ein einsamer Flecken mitten in der sogenannten Dürren Heide östlich von Hünneburg, war ihr deshalb aufgefallen, weil vor einem der Häuser Ziegen gegrast hatten, nicht gerade das Übliche in dieser Gegend und der Grund, dort mit der Buttersuche anzufangen.

Auch, dass sich der Ort mit dem Rad verhältnismäßig schnell erreichen ließ, sprach dafür, obwohl die Nähe gleichzeitig ihre Tücken hatte. Kaum anzunehmen allerdings, ausgerechnet in solcher Ödnis irgendwelchen Fahrschülerinnen über den Weg zu laufen. Ein paar armselige Höfe, sandiger Boden, weder Arzt noch Pastor am Ort, wer wohl sollte da auf die Idee kommen, seine Tochter ins Lyzeum zu schicken. Sicherheit gab es ohnehin nicht bei einem verbotenen Geschäft wie diesem, hier nicht, nirgendwo. Harro aber brauchte Butter, viel Butter. Lebenswichtig, das hatte sich in ihr festgesetzt, und nun sah es aus, als könnte man sich einig werden.

Die Frau stand am Herd. Sie rührte in einem brodelnden Suppentopf, Bohnen offenbar mit Pökelfleisch, blickte auf das funkelnde Herz in Fredas Hand, dann zu dem Kinderwagen vor dem Fenster und lächelte entschlossen.

»Kann die Kleine mal kriegen, wird ihr bestimmt gefallen. Hat Sie eigentlich wer gesehen da draußen?«

Freda schüttelte den Kopf, nein, niemand, das Dorf schien ausgestorben.

»Sind alle bei'n Kartoffeln«, sagte die Frau, »und darf keiner was von wissen, erst recht nicht der Mann, wenn der wiederkommt, das müssen Sie mir schwören.«

Wo er denn sei, fragte Freda.

»In Russland, das wird wohl noch 'ne Weile dauern«, sagte sie und bot sechs Pfund Butter für die Rubine und Brillanten des Hauses Gurrleben, worauf Freda zehn verlangte, zehnmal ein Pfund pro Woche.

»So viel für so'n kleines Ding«, murrte die Frau,

holte aber nach dem Hinweis, dass ein solches Stück in Friedenszeiten mindestens zwei Kühe wert sei, die erste Rate aus dem Keller. Ein Pfund Butter, immens geradezu verglichen mit den amtlichen Rationen, doch längst nicht genug. Ulrica hatte das doppelte Quantum verordnet, hundertfünfzig Gramm am Tag. Blieb nur Großmöllingen.

Großmöllingen, dachte Freda. Mit der Stiefmutter reden. Sie fuhr durch den Wald in Richtung Hünneburg, doch vor ihren Augen war die Kirschbaumallee, die zum Schloss führte, das Filigran der kahl gefegten Äste, das braune, zerbröselnde Oktoberlaub, so deutlich, als wäre sie bei Katta gewesen und nun auf dem Weg nach Hause. Die Kirschbaumallee, vor siebzehn Jahren verbrannt und zu Asche geworden wie der Klatschmohn im Sommer, die Blutbuchen, das träge Wasser der Mölle. Nun zuckte es durch die Erinnerung, kurze schnelle Bilder, schon vorbei. Alles noch einmal wiedersehen, dachte sie, aber auch das kam und ging. Und in Großmöllingen gab es nur Kühe.

Die Ziegenbutter, Fredas fixe Idee, die alles andere verdrängte, selbst das Luftkind. Kaum zu begreifen im Nachhinein, denn Harro konnte nur Haferschleim bei sich behalten, häufig nicht einmal das. Neues Wasser hatte sich dank der Sulfonamide nicht wieder angesammelt. Das Fieber indessen trieb ihn weiter von Krise zu Krise, und statt bei dem Kampf gegen Flammen und Gespenster seine Hand zu halten, lief sie hinter Butter her, die er, wie die Dinge standen, vielleicht nie mehr würde essen können. Schaurig, daran zu denken, es darf nicht sein, es wird nicht sein, das lasse ich nicht zu. Und so fuhr sie an jedem Mittwoch nach Brunken, abends sicherheitshalber, zitternd vor Angst in dem schwarzen Herbstwald.

Angst, ein Teil des lichtscheuen Geschäfts, doch bis jetzt habe, wie die Bäuerin beim vierten Mal zu berichten wusste, das Dorf wohl noch nichts gerochen, sei ja auch keiner draußen um die Zeit und sie allein auf dem Hof, weil ihre beiden Franzosen im Lager schlafen müssten. Dabei würden die bestimmt nichts verraten, gute Leute, der eine sogar Lehrer, und Kriegsgefangene seien auch Menschen, besser als mancher hier, das wüsste sie jetzt.

Später Oktober inzwischen, Freda war durchnässt vom Nieselregen. Die Frau gab ihr ein Handtuch, hängte die Jacke an den Herd zum Trocknen und stellte Kaffee auf den Tisch, heißen Malzkaffee mit dicker gelblicher Sahne. »Muckefuck«, sagte sie. »Alles Muckefuck, was für'n Leben, jeden Abend im leeren Haus, und mit dem Mann, wenn der wieder da ist, wird's erst recht kein Zuckerschlecken, aber wer weiß, und nun trinken Sie, das wärmt von innen, und diesmal hab ich gut gewogen.«

Freda hatte das Butterpaket zu den anderen gelegt, vier Pfund im Ganzen, ihre Barriere gegen das, was an diesem Abend wieder denkbar schien. Harros Zustand hatte sich verschlechtert während ihrer Abwesenheit. Temperaturen bis an die Grenze, er phantasierte, verlor das Bewusstsein, was sollte man tun, wenn kein Mittel mehr half. Ulrica, dachte sie, Kambacher, die Direktorin. Doch dann, mitten in der Krise, war die Wende gekommen, über Nacht, könnte man sagen: Noch ein letztes Fiebergefecht, danach der Schlaf und am nächsten Morgen klare Augen, Harros Sprung zurück ins Leben.

Unfassbar nach dieser langen Zeit. Er hörte auf, vor sich hin zu dämmern, fing an zu sprechen, sogar zu essen, Handfesteres, nicht nur Haferschleim. Gleichzeitig fiel das Fieber, langsam erst, dann rapide, und wunderbarerweise genau zum richtigen Termin.

Mit den langen Kartoffelferien nämlich endete auch Fredas Allgegenwart, an die er sich geklammert hatte während der Krankheit, bleib hier, du sollst hier bleiben, das kindliche Du, irgendwann hatte es sich eingeschlichen. Jetzt, als der Kokon sich löste, gefiel es ihm, wieder unabhängiger zu sein, in gewisser Weise wenigstens, denn noch musste er liegen und von Freda versorgt werden. Die übliche Prozedur, so selbstverständlich wie Brustwickel und Hustentee. Doch mit der zunehmenden Kraft wuchs sein Widerstand gegen solche Zwangsintimität, die Gereiztheit und Ungeduld, wenn er Hilfe brauchte, bis sie ihn eines Mittags in der Küche fand, spindeldürr, nicht sicher auf den Beinen, aber entschlossen, fortan wieder in der Senkrechten zu leben.

Das Ende der Bettruhe, da half kein Einspruch, fünf Wochen, das reicht. Vielleicht stimmte es ja, trotz der Schwäche, die ihn gelegentlich noch überfiel, und wie es in seiner Lunge aussah, blieb ohnehin im Dunkel. Der Husten jedenfalls war fast verschwunden, die Schmerzen schon lange, gesund also, halbwegs zumindest, auf den Rest musste man hoffen.

»Ich kümmere mich selbst um mich«, schob er ihre Bedenken beiseite, »Sie sind doch nicht meine Mutter«. Sie statt Du, zur Freude des Luftkinds, das nachts, wenn die Sorgen kamen, plötzlich wieder neben ihr lag, lass ihn reden, lass ihn machen, er ist nicht dein Sohn. Aber es nützte nichts, die Sorgen blieben. Vor allem das Kleiderproblem wurde, seit er sich von Ulricas Krankenhemden verabschiedet hatte, von Tag zu Tag drängender. Der Winter rückte näher, jede neue Erkältung konnte tödlich sein. Aber noch immer gab es keine Hoffnung auf Pullover oder warme Strümpfe.

Gut, dass Harros Appetit zurückkehrte während dieser Phase. Er aß alles, was sich ihm bot, aß es gern und in Mengen, besonders die Ziegenbutter, deren Geruch Freda schaudern ließ. Harro dagegen, im Gefühl, gleichzeitig seiner Gesundheit zu nützen, griff danach mit doppeltem Vergnügen, morgens, mittags, abends, erfreulich, wie viel er vertrug, eine Sorge weniger, aber auch beängstigend in gewisser Weise. Die Vorräte mitsamt dem Nachschub schmolzen dahin, mehr als das vereinbarte Quantum konnte die Brunkauer Bäuerin kaum liefern, und immer gefährlicher in dem nicht endenden Krieg, neue

Quellen zu suchen. Großmöllingen also, blieb nur Großmöllingen.

Wieder schob es sich in den Vordergrund, diesmal real und herzhaft: weite Koppeln, die Kühe schwarzweiß und schwankend auf dem Weg zum Stall, Melkschemel vor den Eutern, die Milchkammer mit dem alten rissigen Fass, in dem Butter gerührt wurde. Normale Butter, aber die, hatte Ulrica gesagt, tue es auch, und möglich, dass sich sogar ein paar Ziegen anschaffen ließen, durchaus, warum nicht. Mit der Stiefmutter reden, sagte sie zu dem Luftkind, reden, nicht nur schreiben, doch, es muss sein, und in späteren Jahren, beim Überdenken dieser ganzen Geschichte, schien es ihr bisweilen, als habe sich der Butterwahn auch deshalb so tief bei ihr eingenistet, um den Weg nach Großmöllingen für sie frei zu machen, nur eine Schneise erst, aber wenigstens das.

Die Entscheidung allerdings, fahren oder nicht, wurde von anderer Seite getroffen, durch Friedel nämlich, den längst nicht mehr kleinen Bruder, der, gerade elf damals, aus ihrem Leben verschwunden war, in jene einst kaiserliche Zuchtanstalt, wo man sich, wie Herr von Rützow es ausgedrückt hatte, schon seit Generationen darum bemühte, aus Bübchen Männer zu machen, mit Erfolg offenbar, soweit es Friedel betraf. Er wolle die Offizierslaufbahn ergreifen, hatte die Stiefmutter ihr seinerzeit mitgeteilt, später auch von Beförderungen berichtet, Leutnant, Oberleutnant, Letzteres bereits im Krieg. Jetzt war er vor Stalingrad gefallen, Hauptmann Friedrich Wilhelm von Rützow, achtundzwanzig Jahre alt. »Unser einziger Sohn und Bruder«, stand in der Anzeige, die mittags im Briefkasten gelegen hatte, schwarz umrandetes Büttenpapier, und kein Wort von stolzer Trauer, das wenigstens nicht. Sein Vater, schrieb die Stiefmutter, zerfleische sich mit Schuldgefühlen, weil er auf dem verhängnisvollen Internat bestanden habe, ohne das Friedel gewiss nicht Offizier geworden wäre, auch kein Held, wie der Kommandeur ihn in seinem Kondolenzbrief zu nennen beliebe, und von Schuld solle man nicht sprechen. So viele junge Menschen müssten sterben, Helden oder nicht, »und ob du wohl zu dem Trauergottesdienst in unserer Kirche kommen könntest? Es wäre schön.«

Der kleine Bruder. Was mochte er gedacht haben in der Stunde des Todes? Aber vielleicht war es nur eine Sekunde gewesen, hoffentlich.

»Warum weinen Sie?«, fragte Harro, der zum ersten Mal wieder gekocht hatte, dicke Erbsen mit Räucherspeck, vergeblich, wie sich zeigte, »warum?«

»Weil es ist, wie es ist«, sagte Freda und ging in ihr Zimmer. Sie legte sich aufs Bett, mit allen Kleidern, selbst die Schuhe blieben an den Füßen. So lag sie da, ein langes Nachdenken über das, was geschehen war mit ihr und ihrem Bruder und den anderen, über Tun und Nichtstun, über Handeln und Erleiden, und warum sie weggegangen war ohne Wiederkehr und Friedel sterben musste, und dazwischen hörte sie die Stimme der Stiefmutter, es ist, wie es ist, hörte sie und wollte es nicht gelten lassen, nein, so nicht, und fing wieder von vorn an, die halbe Nacht.

Am nächsten Morgen ging sie zu der Direktorin und bat um einen freien Tag für den Abschied von Friedel.

Die Trauerfeier sollte am Sonnabend gehalten werden, in der gleichen Weise vermutlich, wie es immer gewesen war, wenn man einen vom Gut beerdigt hatte: Zwischen Mittagessen und Kuhstall, und alle andere Arbeit ruhte, bis der Abend kam. Doch dann, nach dem Melken, versammelten sich die Leute in der Tenne zum Leichenschmaus, der, so forderte es die Sitte für jeglichen Toten, Herr oder Knecht, von dem ältesten Arbeiter mit einem speziellen Großmöllinger Gebet eröffnet wurde:

> Sterben müssen ich und du,
> nach langer Plage Sargesruh.
> Ins Grab fiel wieder einer rein,
> morgen kann es jeder sein.
> Herr, segne seinen Himmelsgang,
> dir allein sei Lob und Dank,
> doch heut gönn uns noch Speis und Trank.

Alles in feierlichem Platt, so manchem, hieß es, stünden dabei Tränen in den Augen. Aber das Gefüge, hatte Freda auf dem Weg zur Schule gedacht, würde diesmal durcheinander geraten. Kein Grab, kein Sarg, erst recht keine lange Plage bei dem kurzen Leben, und vielleicht fürchtete man auch, die Verse könnten unangemessen klingen angesichts eines Heldentodes, und wollte sich an dem Schweinebraten aus der Gutsküche lieber ohne diesen Segen erfreuen, schade, eigentlich stand es Friedel ja zu. Krieg ist wie die Pest, dachte sie, der falsche Tod für Rituale, du wirst in ein Loch geworfen, aus, vorbei, und vielleicht hatte er nicht mal das bekommen. Vielleicht musste er am Straßenrand verrotten.

»Es tut mir sehr Leid.« Die Direktorin saß auf ihrem Platz am Schreibtisch, die Todesanzeige in der Hand. »Nun hat es auch Sie getroffen. So viele tragen schon Schwarz in unserer Schule, wo soll das hin. Kommen Sie erst am Dienstag zurück, es reicht, wenigstens beim Trauern sollten wir uns nicht hetzen lassen, auch wenn Trödeln am Arbeitsplatz neuerdings als Sabotage gilt«, und dann, mit einem Blick auf die Anzeige: »Ich wusste gar nicht, dass Sie Brüder haben.«

»Nur diesen einen«, sagte Freda. »Die anderen Namen gehören der Verwandtschaft. Onkeln und Vettern, die Rützows sind zahlreich. Aber wir haben ja nie über so etwas gesprochen.«

Die Direktorin nickte. »In der Tat. Eigentlich über gar nichts mehr, seitdem –«, sie stockte und suchte nach Worten, »– seitdem ich Ihnen die Kunstge-

schichte aufgeladen habe. Sie sind mir immer ausge-
wichen. Oder irre ich mich?«

Nein, kein Irrtum. Es stimmte, seit dem Morgen
nach der Hochberg-Katastrophe war kein Gespräch
mehr zustande gekommen, keins ohne Zeugen. Er-
örterungen bei Konferenzen, dann und wann ein
paar Nebensächlichkeiten im Vorübergehen, acht
Monate schon, fast neun, die Zeit, die ein Kind
braucht, um geboren zu werden. »Der Kunstunterricht ist mir nicht lästig«, versuchte Freda noch einmal auszuweichen. »Er macht mir Freude. Den Mädchen auch, glaube ich. Würde Sie mein Plan für die
nächsten Monate interessieren?«

»Ja, durchaus«, sagte die Direktorin. »Aber es gab
ja noch etwas anderes damals. Ich war sehr offen zu
Ihnen. Und ich dachte, wir beide könnten – oder
trauen Sie mir nicht mehr? Habe ich mich so verändert? Das hier«, ihr Zeigefinger tippte gegen das Par-
teiabzeichen am Revers, »das gehört zur Mimikry.
Das sollten Sie doch wissen. Ich wünschte mir
wirklich …«

Sie schwieg wieder, schien zu warten, und alles,
dachte Freda, geht mir verloren, Kambacher, Ulrica,
nun noch dies.

»Ich möchte es doch auch«, rief sie so verzweifelt,
dass die Direktorin zusammenfuhr, »ich möchte genauso, dass es wieder anders wird«, und selbstverständlich sei ihr klar, warum es in der Schule keine
Andachten mehr gebe und nur noch Heil Hitler statt
Amen, nein, das ist nicht der Punkt, »und ich wäre

froh, wenn wir darüber reden könnten, jetzt gleich, sofort, aber ich kann nicht, ich darf nicht, es geht doch nicht nur um meine Person.«

»Um Himmels willen, seien Sie still.« Die Direktorin sprang auf, schneller, als ihr krankes Bein es eigentlich zuließ. Sie humpelte um den Tisch herum und zog Fredas Kopf an ihre Schulter, »seien Sie still, ich bin es auch, und Gott schütze Sie. Ich weiß nicht, wobei, aber er soll Sie schützen.«

Gott. Was hatte Gott damit zu tun.

»Vielleicht verstehen wir es später«, sagte die Direktorin, ja, später, dachte Freda, immer bloß später, und heute lief das Leben davon.

Draußen auf dem Flur kam ihr Felix Kambacher entgegen. Er blieb stehen, »Sie sind so schwarz, ist jemand gestorben?«

Freda nickte. »Ja, mein Bruder. Bei Stalingrad.«

»Verzeihen Sie«, sagte er erschrocken, »das habe ich nicht geahnt. Es tut mir Leid.«

Freda versuchte, ihre Tränen wegzureden, »er war so jung, und hört es denn nie auf«.

»Doch«, sagte er. »Doch, bestimmt. Und obwohl es Ihnen nicht mehr helfen kann, Stalingrad ist der Anfang vom Ende«, Gerede für ihre Ohren, aus der Luft gegriffen, woher sollte er das wissen.

»Weil ich den Wehrmachtsbericht höre«, sagte Kambacher. »Jeden Abend, vom ersten Tag an, und immer nur Erfolge, siegreicher Vormarsch an allen Fronten, nichts kann uns aufhalten. Und jetzt, was höre ich jetzt? Feindliche Angriffe auf Stalingrad.

Gegenangriffe, die zwar abgewiesen werden, selbstverständlich, was sonst, aber nicht gründlich genug offenbar, denn immer wieder kommen sie zurück, die geschlagenen Russen, wie Phönix aus der Asche. Eine ganze Weile geht es schon so, da braut sich einiges zusammen, glauben Sie mir«, der Kambachersche Redefluss, »und weinen Sie nur, weinen dürfen wir noch. Ihre nächste Stunde kann ich übernehmen, ich habe Zeit, gehen Sie in den Park, die Luft tut gut«, und dann, schon halb im Lehrerzimmer, sagte er noch: »Ich wusste ja nichts von Ihrem Bruder«, fast das gleiche wie kurz zuvor die Direktorin.

*B*eim Mittagessen hörte Freda es noch einmal. »Ein Bruder?«, fragte Harro. »Hatten Sie einen Bruder?«

Sie saßen am Küchentisch, die Erbsen vom vorigen Tag, und ihr Magen verweigerte sich immer noch.

»Er hieß Friedel«, sagte sie. »Er war elf, als ich ihn zuletzt gesehen habe.«

»Wann?«

»Vor siebzehn Jahren.«

»Und danach nie mehr?«

Freda schüttelte den Kopf, und zum ersten Mal wurde ihm bewusst, dass es noch ein anderes Leben für sie gab als dieses hier oben am Markt – eine Lehrerin, die morgens ging und mittags wiederkam, ihn versteckte, umsorgte, am Leben hielt, aus irgendwelchen Gründen und ob er es wollte oder nicht.

»Sie haben mir nie etwas von sich erzählt«, sagte er.

»Du hattest mit dir selbst zu tun«, sagte Freda. »Und dann noch die Krankheit.«

»Trotzdem. Sie wissen alles von mir und ich nichts von Ihnen. Gar nichts.«

»Das hat Kambacher mir auch schon mal vorge-halten«, sagte sie zu ihrem Ärger, denn nun erkun-digte er sich, wer das sei, Kambacher, nie gehört.

»Ein Kollege.« Sie zögerte, fügte unwillig »eine Art Freund« hinzu, »ein gewesener«, denn warum sollte er nicht wissen, was los war dort draußen, und als er weiterbohrte, was heißt das, gewesen: »Ich kann mir keine Freunde leisten zur Zeit. Bist du wirklich so ahnungslos?«

»Auch das also um meinetwillen«, sagte er, wor-auf ihr Ton noch schärfer wurde, »nein, es geht auch um mich, falls dich so etwas überhaupt interessiert.«

Er zog die Schultern zusammen wie ein geprügel-tes Kind. Ein Kind, das immer nur in den Glückstopf gegriffen hat, dachte Freda, und plötzlich ist alles an-ders.

»Lass nur«, sagte sie beruhigend, »du wirst es schon noch begreifen, dass wir zu zweit sind. Zwei, verstehst du, nicht zu trennen, egal ob Du oder Sie«, und er nickte, »ja, Sie haben Recht. Aber warum tun Sie das alles, warum, das würde ich gern wissen und wie soll ich mich bedanken für so viel. Solchen gro-ßen Dank gibt es gar nicht.«

»Warte, bis es vorüber ist, vielleicht habe ich dann auch für dies oder jenes zu danken«, sagte Freda ins Blaue hinein. Sie wollte ihm die Angst nehmen, das war es, mehr nicht, und keine Spur von Hellsichtigkeit. Er wurde einundzwanzig demnächst, er musste erwachsen werden, er brauchte Hilfe in seiner Isolation. Ein festes Programm wie in der Schule, dachte sie, noch etwas anderes als nur Putzen und Kochen, doch das Luftkind fuhr dazwischen: Nicht deine Sache, er ist nicht dein Sohn, und wer hat deinem Bruder geholfen, und ich bin doch da.

»Was ist los?«, fragte Harro.

Freda stand auf. »Ich muss dich allein lassen.«

»Schon wieder?«

Ja, schon wieder. Sie nahm ihren Mantel, wanderte an der Hünne entlang, und das Luftkind lief neben ihr her, eine Weile nur, dann verschwand es endlich.

Drei Tage später stand sie an ihrem Kleiderschrank und suchte nach etwas Passendem für die Trauerfeier, Friedel zu Ehren und auch, um vor den Augen des Dorfes bestehen zu können. Reputation, Mademoiselle Courriers unausrottbarer Dauerton, dank dessen sie über alle Turbulenzen hinweg äußerlich intakt geblieben war. Immer elegant, unser Fräulein von Rützow, bemerkte die Schirmer ab und zu mit Häme, aber das machte nichts, und niemand in Großmöllingen sollte denken, sie sei heruntergekommen in der Fremde.

Ihre Wahl fiel auf ein schwarzes Kostüm aus dem letzten Vorkriegsjahr, Berliner Maßarbeit, die Jacke mit glänzenden Seidenpaspeln am Revers, und die Haare unter dem Samtbarett waren noch so lockig und dunkel wie früher.

»Hübsch sehen Sie aus«, sagte Harro so erstaunt, als ob er sie noch nie gesehen hätte. Das waren auch Fredas Worte, »du hast mich doch schon öfter gesehen«, worauf er rot anlief. Aber sie holte sich Kaffee vom Herd, ein schnelles Frühstück, bald fuhr der Zug, und beinahe wäre es wieder zum Streit gekommen um die Küchentür, die sie bitte nicht verschließen solle, drei Tage, nein, das halte er nicht aus, und ob sie ihm denn niemals trauen könne.

»Dir schon«, sagte sie, »aber nicht dem Zufall, versteh das doch, und ja, er verstand es, musste es verstehen, voller Verzweiflung, die jetzt, nachdem die Krankheit ihn nicht mehr in Atem hielt, wieder Oberhand bekam, und wie lange sollte es noch dauern, das Verstehen.

»Hör auf«, unterbrach sie ihn. »Ich habe keine Zeit zum Diskutieren. Mein Bruder wäre sicher froh, wenn er hier sitzen könnte, aber jetzt müssen wir ihn begraben«, was zumindest halbwegs stimmte. Auch Friedel sollte einen Platz auf dem Großmöllinger Friedhof bekommen, unter dem weinenden Engel, wie alle Rützows. Ein leeres Grab mit seinem Namen, so, als läge er dort.

$F$ast zwei Stunden Fahrzeit von Hünneburg bis zum Bahnhof in der Kreisstadt, wo Henning wartete, der sie schon damals bei ihrem Abschied hierher gebracht hatte. Er zog die Mütze, »willkommen, gnädiges Fräulein«, ein alter Mann inzwischen. Auch der Bahnhof kam ihr geschrumpft und abgewetzt vor, und statt des Maybach stand ein Einspänner draußen auf dem Vorplatz. Nur die Felder am Weg sahen unter ihren Nebelschwaden so leblos aus wie immer im November. »Sind sie jetzt tot?«, hatte sie ihren Vater einmal gefragt, und er hatte gelacht, »scheintot, da drunter wächst es schon wieder.«

Sie schlug den Mantelkragen vor das Gesicht, »was hast du denn?«, flüsterte das Luftkind, »es ist doch alles vorbei«, und dann fuhren sie durch die Kirschbaumallee zum Schloss.

Die Stiefmutter wartete an der Freitreppe. Weinend breitete sie die Arme aus. »Ach, Henny«, sagte Freda, und erst oben, in ihrem Zimmer von einst, dachte sie daran, dass sie diesen Namen noch nie zuvor ausgesprochen hatte. Das alte Zimmer, draußen die Blutbuchen, ein gelber Sessel am Fenster, »ich hätte dich gern als Tochter gehabt«, hörte sie die Stimme der Stiefmutter, »oder als Schwester, schade.« Ja, schade. Aber der Sessel war nicht mehr da. Er stand jetzt in Hünneburg, und was gewesen war, ließ sich nicht löschen.

Um die Mittagszeit war das Haus voller Gäste, nur ein zwangloser Imbiss vor der Trauerfeier. Herr von Rützow wünschte ihn zusammen mit Freda einzunehmen, oben in seinem Studio mit dem braunen Sofa, und es ließ sich wohl nicht umgehen.

Das Studio im ersten Stock, die breite Treppe,

die verbotene Tür, durch die sie damals ins Aller-
heiligste eingedrungen war. Sie klopfte und erschrak, weil das »Komm bitte herein« so brüchig
klang. In der Erinnerung hatte ihr Vater die Jahre
ungebeugt überstanden, der imposante Rützow.
Doch nun, als sie ihn wiedersah, schien nur die sei-
dene Hausjacke nicht beschädigt zu sein vom Alter,
auch das eine Täuschung, seit eh und je wurden
zerschlissene Exemplare durch das stets gleiche
Modell ersetzt, dunkelgrün mit kleinen rotweißen
Rhomben. Nein, sie brauchte keine Angst mehr zu
haben.

Der Tisch war am Fenster gedeckt. Berliner Porzellan, Silber und Servietten mit dem Rützow-Wap-
pen, alles wie früher. »Schön, dass du gekommen
bist«, sagte er, »so können wir wenigstens in Ruhe
miteinander reden«, löffelte danach wortlos seine
Suppe, nahm etwas Rührei, ein Stück Brot und starrte den Teller an.

»Du solltest essen«, sagte Freda. »Es wird nicht
leicht heute.«

Er hob den Kopf, »geht es dir gut?«

Sie nickte, ja, der Beruf mache ihr Freude.

»Und das Haus deiner Mutter gehört dir nicht
mehr?«

Sie nickte wieder. »Ich habe ein anderes dafür gekauft, dort wohne ich jetzt«, und er begann, das Brot
zu zerkrümeln, erst das auf seinem Teller, dann ein
zweites Stück, immer kleiner, immer feiner. Es war
still, die Stille vor dem Sturm, dachte Freda, gleich

würde das Echo des großen Streits, der hier begonnen hatte, aus den Wänden brechen. Doch es kam nur eine Art Schluchzen, und dann, als ihr Vater wieder atmen konnte: »Jetzt wirst du Großmöllingen erben. Ist dir das klar?«

Keine Frage, sie verstand, was er meinte: Immer haben Rützows hier gesessen, nun bist du die Letzte, hier ist dein Platz, komm nach Hause. So selbstverständlich für ihn, und ebenso selbstverständlich ihre Reaktion darauf, nein, niemals, nie wieder Großmöllingen, hol meinen Sohn zurück, dann hast du deinen Erben.

Das jedenfalls wollte sie ihm sagen, ein für allemal, doch mehr als »nein, niemals« wurde nicht daraus. Da saß er mit seiner Trostlosigkeit, unmöglich, in die Trauer hineinzuschlagen. »Ich werde in Hünneburg gebraucht«, erklärte sie stattdessen, »dort ist jetzt mein Platz, erst nach dem Krieg darf ich ihn verlassen«, was zumindest als halbe Wahrheit gelten konnte.

»Nach dem Krieg also? Versprich mir, dass du kommst.«

»Ich kann dich nicht belügen«, sagte Freda.

»Du kannst nicht verzeihen«, sagte er, und später, kurz nach seinem Tod, wenn Großmöllingen für die Rützows verloren ist und eine Erbin überflüssig, wird es ihr Leid tun um die verweigerte Lüge.

Es klopfte, die Stiefmutter erinnerte an die Siesta vor dem Gottesdienst und führte ihn zu dem braunen Sofa. »Er hat keine Kraft mehr«, sagte sie draußen auf dem Flur, wollte wissen, ob man sich geeinigt habe, und murmelte: »Schade, ich hätte es ihm gegönnt, aber es ist, wie es ist.«

*B*ei der Trauerfeier am Nachmittag kam es zu einem Eklat, völlig unvorhergesehen, und manche hielten es für ein Wunder, dass die Sache trotz so vieler Zeugen ohne Folgen blieb.

Die Großmöllinger Kirche, die Herr von Rützows Großvater nach einer Reihe beträchtlicher Erbschaften erbaut hatte, im neugotischen Stil und mindestens dreimal so groß wie das ehemalige Gotteshäuschen aus dem sechzehnten Jahrhundert, war diesmal überfüllt: Verwandtschaft und Freunde der Familie, viel märkischer Adel, Abordnungen aller möglichen Vereinigungen, die Schützen mit ihren Fahnen, Offiziere der nahen Garnison und die Großmöllinger selbstverständlich samt allem, was in den Dörfern der Umgebung laufen konnte, fast nur Frauen und alte Männer, nicht mehr tauglich für den Krieg. Kerzen brannten, die Orgel dröhnte, drei noch verbliebene Trompeter der Feuerwehrkapelle bliesen wie bei jedem Heldentod das Lied vom guten Kameraden, und nachdem der Pastor ohne jedes Säbelrasseln seines Täuflings und Konfirmanden gedacht hatte, passierte es: Als Friedels einstiger Internatsleiter, der jetzt als Major der Reserve einen militärischen Schreibtischdienst verrichtete, in seinem Nachruf verlauten ließ, dass der ehemalige vielversprechende Schüler Leib und Leben für Führer, Volk und Vaterland hingegeben habe, sprang Frau von Rützow auf, weinend, doch jeder verstand ihre Botschaft: Er hat es nicht gegeben, man hat es ihm genommen.

Stille rundherum, die Gemeinde erstarrte, auch der Major. Dann aber fasste er sich und rief: »Ja, die Mutter hat Recht, es war der Russe, er wird seine Strafe bekommen«, das Beste, was man tun konnte in dieser Situation. Ein Gemurmel entstand und verebbte wieder, als wäre nichts geschehen. Sie hatte keine Feinde. Man wollte ihr wohl, man schwieg, und auch später, bei dem Essen im Schloss, das von alters her Totenmahl genannt wurde und diesmal ohne die Hausfrau stattfand, blieb der Vorfall unerwähnt. Die Gesellschaft hielt sich an das Wetter und Familiäres, genügend Stoff, um alle Peinlichkeiten zu überbrücken.

Der Leichenschmaus auf der Tenne hatte bereits eine Stunde vorher begonnen, damit Herr von Rützow, ebenfalls nach Brauch und Sitte, das Zeichen zum ersten Schluck geben konnte. Ob Freda ihn begleiten würde, hatte er gefragt, als die Stiefmutter gleich nach der Kirche verschwunden war, unerreichbar für Zuspruch oder Vorwürfe. »Bitte«, sagte er, »gerade heute, tu mir den Gefallen.«

Sie wollte es nicht. Sie hatte Angst vor den Blicken und Gedanken der Menschen. Ich hänge mitten im Netz, dachte sie, was immer passiert, passiert auch Harro und mir, meine Schuld, warum bin ich hergekommen. Doch ihr Vater stand da wie verloren, und so, um die Rolle, die sie verweigert hatte, wenigstens dieses eine Mal für ihn zu spielen, trat sie an seiner Seite vor die Gutsleute.

Es waren bei weitem nicht so viele wie früher versammelt, und wieder nur Frauen und alte Männer, denn mit den Polen und Franzosen, von denen die Wirtschaft jetzt in Gang gehalten wurde, durfte man nur die Arbeit teilen, nicht den Tisch. Bekannte Gesichter überall, darunter auch Katta, verwitwet inzwischen, mit grauen Haaren und dem Lächeln von einst. Beide hoben die Hand, »nachher«, versuchte Freda ihr zu signalisieren, doch da hörte sie die ersten Worte des Großmöllinger Gebets, um das Friedel nun doch nicht betrogen werden sollte.

»Sterben müssen ich und du«, deklamierte einer der alten Tagelöhner mit großem Bedacht, Zeile um Zeile und ergriff sein Glas »für unseren jungen Herrn«.

Alle Geräusche verstummten, nur die Frauen weinten leise vor sich hin. Dann, als auch dies vorüber war, harrte man auf das Ende des Rituals, »dieser Schluck zu seinem Gedenken«, damit der fröhlichere Teil beginnen konnte. Doch Herr von Rützow brachte den Satz, den letzten für seinen Sohn, nicht über die Lippen.

»Lass nur«, sagte Freda und führte ihn ins Schloss zurück.


$A$m späten Abend, die Gesellschaft unten an der Tafel war bereits auseinander gegangen, kam plötzlich die Stiefmutter zu ihr ins Zimmer. Freda stand im Dunkeln und blickte auf den Park, wo die Blutbuchen im Nebel verschwammen, da öffnete sich die Tür, »du hast mein Klopfen nicht gehört, darf ich?«

Sie schaltete die Tischlampe ein. Der blaue Seidenschirm warf Licht und Schatten, auch die Sessel waren blau, der Teppich, die Vorhänge, der Morgenrock, den sie trug. Ihre Lieblingsfarbe, demnächst werden wir alle blau, hatte Herr von Rützow schon in früheren Zeiten gespottet.

»Ich kann heute nicht allein sein«, sagte sie. »Überall der Tod. Weißt du, was ich denke? Im vorigen Krieg, als meine Brüder gefallen sind, gab es bei uns noch Petroleumlampen. Jetzt ist es bequemer geworden, Licht, so viel du willst, aber die Söhne müssen immer noch sterben. War man sehr schockiert über mein Verhalten?«

Freda schloss das Fenster. »Du hättest es nicht tun dürfen.«

»Wirklich nicht? War es so falsch?«

Falsch? In welcher Welt man denn lebe, hätte Kambacher auf Fragen wie diese geantwortet, und natürlich sei es falsch, sagte Freda, »falsch und gefährlich für uns alle, das muss dir doch klar sein«.

Die Stiefmutter holte eine Karaffe mit Portwein aus dem Eckschrank und füllte die Gläser.

»Warum hast du Angst? Wegen der Menschen, die du mit Kartoffeln versorgst?«, fragte sie und legte, als Freda voller Panik rief, wem sie das sonst noch erzählt habe, die Hand auf ihren Arm, »wieso denn, ich habe nichts zu erzählen. Das in der Kirche musste sein, egal, was kommt. Aber keine Sorge, ich bin eine alte einfältige Frau und weiß gar nichts, darauf kannst du bauen. Und nun –«, sie stand auf und reichte Freda eins von den Gläsern »– nun wollen wir etwas zusammen trinken. Dies ist der traurigste Tag in meinem Leben. Aber heute Morgen hast du mich beim Namen genannt, Henny, und ich hoffe, dass es dabei bleibt. Es ist ja noch nicht zu spät.«

Da saß sie, still und unbeirrbar, die Einzige vielleicht, der man trauen konnte. Nein, nicht zu spät, sagte auch Freda, und endlich redeten sie miteinander, bis in die Nacht hinein, eine lange Nacht mit Licht- und Schattenspiel und rotem Port, zu viel vermutlich. Die Karaffe war fast leer, »aber egal«, kicherte die Stiefmutter, »ich kann ja neuen holen, so wie Mademoiselle Courrier. Weißt du eigentlich, dass sie sich heimlich an unserem Port und Sherry betrunken hat? Hin und wieder, wenn ich nicht schlafen konnte, habe ich sie auf der Treppe getroffen, die Flasche unterm Arm. Wir sind einfach aneinander vorbeigegangen, komisch, nicht wahr? Du lachst so selten, Mama, hat Friedel manchmal gesagt. Siehst du, Söhnchen, jetzt lache ich, das wird dich freuen.«

Sie hob ihr Glas, nach Leichenschmaus und Totenmahl das dritte Fest zu seinem Gedenken. Es dauerte bis tief in die Nacht, und irgendwann sprach Freda auch von der Butter, die sie brauche, jede Woche Ziegenbutter, und dass es dringend sei, lebenswichtig. Für wen indessen, sagte sie nicht an diesem Abend, noch nicht, trotz Portwein und Vertrauen. Das musste warten, und viel Wasser wird von der Mölle in die Elbe fließen, bis es so weit ist.

Die Mölle zwischen Rüben- und Roggenfeldern, das einzige Bild, das Freda aus den Träumen der kurzen Nacht mit in den nächsten Tag nahm, wohl deshalb, weil ihre Gedanken beim Einschlafen und Aufwachen um Katta gekreist waren, ich will Katta besuchen. Siebzehn Jahre, eine lange Zäsur. Vor dem Krieg hatte sie ihr von den Steifzügen durch Museen und Galerien hin und wieder eine Ansichtskarte geschickt. Liebe Katta, herzliche Grüße aus Florenz, München, Wien, danach aber nichts mehr, und nun das Wiedersehen.

Es war ein kalter Morgen, immer noch Nebel. Das Rad stand am gleichen Platz wie früher. Er habe es geputzt, meldete Henning, der sich, seitdem man auch Herrn von Rützows Maybach abgeholt hatte, nur noch um die Pferde kümmern musste, »geputzt und aufgepumpt, fertig zum Losfahren«.

»Danke, Henning«, sagte sie, »nett von Ihnen.«

Er zog die Mütze, man wisse doch, was das gnädige Fräulein brauche, und Freda lachte laut zu seiner Verwunderung.

Die Kirschbaumallee, das Dorf, dann durch die Felder und an der Mölle entlang, der alte Weg nach Scherkau. Sie stieg vom Rad und sah zum anderen Ufer hinüber, wo die Trauerweiden ihre leeren Äste ins Wasser tauchten. Das Traumbild kam zurück, der Roggen, die grauen Wellen auf dem Fluss. Irgendetwas war vorbeigetrieben, etwas Helles, Glitschiges, nicht greifbar, auch jetzt noch nicht, eine taube Stelle in der Erinnerung. Hör auf zu grübeln, dann kommt es von selbst, dachte sie und fuhr weiter, bis sich das Haus mit den Rosenstöcken am Gemäuer aus dem Nebel schob.

Katta öffnete die Tür, »da biste ja, Kleene«, und alles war wie immer, auch ihre weichen warmen Arme, die Mullgardinen am Stubenfenster, der Gerstenkaffee, das summende Wasser auf dem Ofen. Alles wie immer und doch ganz anders.

Es lag nicht nur an dem Hitlerbild über dem Sofa. Quer durch Deutschland hingen Hitlerbilder an den Wänden. Das sei schon die halbe Lebensversicherung, hatte Kambacher gehöhnt, oder, um mit dem Apotheker zu sprechen: »Das muss man tun als Geschäftsmann.« Aber warum musste Katta es tun?

Ihr prüfender Blick. »Dünn biste geworden, Kleene, und immer noch wie 'n Mädchen. Bloß die Augen nicht, die sind wie bei 'ner Mutter mit sechs Kindern. Haste Sorgen? Haste darum nie mehr geschrieben?«

»Das ist wohl der Krieg«, versuchte Freda den Fragen auszuweichen, und Katta nickte: »Ja, Krieg bringt bloß Unglück. Die beiden Jungs von meinem Mann liegen auch schon in Russland, wie euer Friedel, ein Segen, dass er's nicht mehr erlebt hat. Aber den Bolschewisten, den zahlen wir's heim, hoffentlich richtig«, und dann, während sie Brote mit Rübensirup bestrich: »Der Führer macht das schon. Die

Juden und Bolschewisten, die müssen weg, da darf nichts von bleiben, dann wird's besser auf der Welt, kannste glauben.«

Sie sprach, als gehe es ums Wetter, der behäbige, vertraute Ton, das machte es noch schlimmer. Freda hätte schweigen sollen wie bei den Tiraden der Schirmer. Aber es war nicht die Schirmer, es war Katta, die ihre Kindheit mit Liebe und Sprüchen gefüttert hatte.

»Sind alles Menschen, hab ich von dir gelernt«, sagte sie also in das immer noch rotbackige Gesicht hinein, ganz umsonst, »Menschen, nee, die nicht, keine wie wir, der Führer wird das ja wohl wissen, und nimm 'ne Stulle, sonst fällste noch ganz vom Fleisch. Soll ich mal kommen und für dich kochen? Täte dir bestimmt gut, meinste nich auch?«

Ihre Augen glänzten, »ist ja nich weit nach Hünneburg«, und was Freda übrig blieb, war wieder nur die Lüge, nein, leider nein, sie habe eine ausgebombte Freundin samt Kindern aufgenommen, drei Personen, die Wohnung sei voll gestopft, »aber wenn ich mal in Not bin, hole ich dich, und ich kann es doch nicht ändern«.

Katta stand auf und legte den Arm um ihre Schultern, »lass man, Kleene, brauchst nich weinen, wird schon wieder«, der alte Kindertrost, der seinen Zauber verloren hatte.

Später, am Ufer der Mölle, fiel sie für den Bruchteil einer Sekunde in den Traum der vorigen Nacht zurück. Die grauen Wellen, ein kleiner nackter Körper, der vorübertrieb. Sie streckte die Hände nach ihm aus, vergeblich, immer wieder, eine Ewigkeit.

Das Luftkind zerrte an ihrem Rock, Träume sind Schäume, vergiss es, ich bin doch da. Sie riss sich los und lief zu ihrem Rad, weg von hier, weg von dem Wasser und allem, was dazu gehörte. Der Nebel war schwerer geworden. Er roch nach den vermodernden Resten des Sommers, Novembergeruch. Ich will nach Hause, dachte sie, und zu Hause war Hünneburg, die Wohnung am Markt, wo Harro wartete.

Der Zug fuhr am frühen Abend. Es wäre rücksichtslos gegenüber den Kollegen, auch noch den Montag zu versäumen, sagte sie beim Mittagessen, worauf Herr von Rützow versprach, Henning Bescheid zu geben.

Die Stiefmutter schwieg, bis er in sein Studio gegangen war. »Schade, ich habe mich auf den Abend gefreut«, sagte sie dann, und um auf die Ziegenbutter zu kommen, nein, Ziegen dürfe man nicht auf den Hof bringen, da würden die Leute sich wundern. Andere Butter dagegen, das ließe sich machen, aber pro Woche ein Paket könnte ebenfalls zu Misstrauen führen, überhaupt jede regelmäßige Sendung. Die Kontrollen würden auch hier immer schärfer, und ob es Freda nicht möglich sei, gelegentlich nach Großmöllingen zu kommen, um ein größeres Quantum abzuholen. Von Sonnabend bis Sonntag, das müsste sich doch machen lassen, »oder notfalls setze ich mich in den Zug«. Sie lächelte, »gern sogar«, und Freda, um nicht auch sie mit Finten und Ausflüchten abzuspei-

sen, sagte diesmal wenigstens die halbe, die gestutz-
te Wahrheit, »nein, es geht nicht. Ich kann dir nicht
erklären, warum, aber es geht nicht, und wenn wir
schon davon reden, ich brauche unbedingt …«

Ein kurzes Zögern, denn das, worum sie bitten
wollte, hätte noch mehr verraten. Doch dann sprach
sie es aus: »… Sachen für einen jungen Mann, alles,
was es gibt, denn er hat gar nichts.«

Die Stiefmutter schloss die Augen. »Friedels
Größe?«

Ja, Friedels Größe, in etwa jedenfalls. Freda schäm-
te sich, aber was hieß das in der Not, und so fragte sie
auch noch nach den Büchern, jenen aus der Bibliothek, die vom Interesse eines ehemaligen Rützow an
Philosophie, Geschichte und der Psyche des Menschen zeugten, vielleicht auch etwas für Harro.

»Nimm, was du möchtest«, sagte die Stiefmutter.
»Es gehört dir ohnehin, ob du willst oder nicht.« Sie
stand auf, »wir wollen die Koffer packen. Nur das
Wichtigste vorerst, damit du nicht zu schwer tragen
musst, und ich hoffe, dies alles wird dem jungen
Mann Glück bringen, Glück und Segen.«


Glück und Segen, gut gemeinte Wünsche, die Harro
wahrscheinlich als Hohn bezeichnet hätte hinter den
verschlossenen Türen von Fredas angeblich leerer
Wohnung. Glück, ausgerechnet er, ausgerechnet
jetzt. Die erste Nacht lag hinter ihm, die zweite stand
bevor. Nichts durfte seine Anwesenheit verraten,

kein Fenster verdunkelt werden, kein Lampenlicht, auch keine Kerze brennen. Spätherbst, schon am Nachmittag hatte es zu dämmern begonnen, und in den langen schwarzen Stunden krochen wieder die Gespenster aus den Wänden. Beinbrüche, entgleiste Züge, Verhaftungen wegen eines unbedachten Wortes, lauter Gründe, Fredas Rückkehr zu verhindern. Was sollte er tun in so einem Fall, wohin sich retten, wenn irgendjemand, der Apotheker womöglich, die Gelegenheit nutzen wollte, einen Blick in die abgeschottete Welt des Fräulein von Rützow zu werfen. Aus dem Fenster springen wäre der einzige Ausweg, oder die Schlösser aufbrechen und fliehen, in die Freiheit, in den Tod, egal. Alles besser als dies hier, dachte er und schickte seine Gedanken den verschwundenen Eltern hinterher, wo seid ihr, helft mir doch. Schweiß lief ihm übers Gesicht und den Rücken, er hörte Schritte, ein Geräusch an der Tür, es war Freda.

Sie tastete sich zum Fenster, um die Rollos herunterzuziehen. »Ich wollte dich nicht noch eine Nacht allein lassen«, sagte sie, und dann, als das Licht aufflammte: »Warum schwitzt du so? Bist du krank?«

Das Lamento lag ihm auf der Zunge, nein, krank nicht, nur halb verrückt geworden, schrecklich, nie wieder. Doch in diesem Moment sah er die beiden Koffer draußen auf der Diele.

»Für dich«, sagte Freda. »Kleidung und Bücher. Hol es rein, wenn du magst. Ich kann nicht mehr.«

Harro griff nach einem der Koffer. »Haben Sie das etwa selbst getragen?«, fragte er so vorwurfsvoll, dass ihr die Nerven durchgingen. Ja, natürlich sie selbst, wer sonst wohl am Sonntagabend in Hünneburg, aber ein Vergnügen sei es bestimmt nicht gewesen, das Zeug vom Bahnhof hierher zu schleppen, und erst jetzt fiel ihm auf, wie erschöpft sie war.

»Es ist alles zu viel«, sagte er erschrocken. »Legen Sie sich aufs Sofa, hier ist die Decke. Nein, ich bin nicht krank, mir geht es gut, und schön, dass Sie wieder da sind. Soll ich Ihnen einen Teller Suppe wärmen? Und Tee kochen?«

Freda schloss die Augen, »gern, ja danke«, dann schlief sie schon. Harro hörte ihren Atem. Das Gesicht war so jung dort auf dem Kissen, jung und hilflos. Er sah sie an, die Zeit stand still, eine Niemandszeit zwischen nicht mehr und noch nicht, wie nach den Fieberkrisen.

Später leerten sie die Koffer. Hosen, Jacken und Pullover, Wäsche, warme Strümpfe aus Großmöllinger Wolle, ein Glück in gewisser Weise. Nur eins der gewöhnlichen Art. Das Leben jedoch wurde leichter damit, und dank der Bücher des Rützowschen Ahnherrn rann es ihm nicht mehr durch die Finger während seiner Gefangenschaft. Dreißig Monate noch, bis die Türen sich öffnen. Aber nur achtzehn davon zählen, der Rest ist eine Geschichte für sich.


Anderthalb Jahre also sind zu überbrücken, Schreckensjahre, der Krieg schlug seine Schneisen quer durch Europa. Hünneburg indessen schien kaum betroffen, äußerlich jedenfalls. Zwar füllten immer mehr schwarz umrandete Namen die Zeitung, tagtäglich, kein Ende abzusehen. Aber man hütete sich, Trauer und Zorn auf die Straße zu tragen, wo die mittelalterlichen Bauwerke unbeirrbar, so der Kreisleiter in einer seiner Durchhaltereden, allen Gefahren trotzten, »und wie diese stolzen Türme und Tore bietet unsere ganze Stadt den Feinden die Stirn«.

Leicht gesagt, Bomben fielen anderswo, hier nicht, noch nicht, und weil es jederzeit geschehen konnte, wurden die Bürger nachts, wenn feindliche Verbände auf dem Weg nach Berlin oder Magdeburg über ihre Dächer hinwegflogen, von heulenden Sirenen in die Luftschutzkeller getrieben. Ein ständiger Schlafentzug, »unser Beitrag zum Endsieg«, spottete Felix Kambacher.

Um das richtige Verhalten bei Fliegeralarm kümmerte sich die jeweilige Hausgemeinschaft. Säumige wurden aus den Betten geklingelt, Kranke notfalls auf der Bahre die Treppen hinuntergetragen, und wieder zeigte sich, was der Mangel an Nachbarn in Fredas Fall bedeutete. Auch sie hatte einen Schutzraum vorbereiten müssen, mit Stützpfeilern für die Kellerdecke, Notbeleuchtung, Verbandskasten, doch es war allein ihre Sache, ob sie ihn nutzte oder nicht. Kaum anzunehmen freilich, dass das alte Gemäuer den englischen Bomben standhalten könnte. Und weil die Gefahr, dort unten entdeckt zu werden, Harro mehr ängstigte als ein möglicher Luftangriff, blieben beide oben im ersten Stock, ohne Licht sicherheitshalber. Es war ein Risiko. Aber alles war ein Risiko, und wenigstens kam sie auf diese Weise ausgeschlafener als die anderen Kollegen zum Unterricht.

»Ein Wunder der Natur«, nannte es Kambacher, der inzwischen fast so oft wie früher an ihrer Seite von der Schule zum Markt ging, zu oft, fand sie, ließ sich aber trotzdem von ihm die Welt erklären. Das Radio reichte nicht mehr, und wer sonst sollte es tun.

»In der Tat ein Wunder«, sagte er. »Wie kommt das, schwänzen Sie den Luftschutzkeller?«

»Verpetzen Sie mich doch«, rief Freda so bestürzt, dass sein Redefluss einen Moment ins Stocken geriet. »Tun Sie etwa so was?«, fragte er schließlich, »nein? Na schön, dann kann ich ja wieder in Ruhe lästern«, und widmete sich wie gewohnt den letzten Wehrmachtsberichten, in denen Niederlagen zu strategischen Maßnahmen erklärt wurden, Verluste zu Gewinnen, »und wenn man die Tatsachen, Verdrehungen, Lügen, Parolen zusammenrührt«, hatte er nach dem Fall von Stalingrad gesagt, »zusammenrührt und durchs Sieb gießt, bleibt eine einzige Wahrheit hängen, nämlich die, dass wir den Krieg schon verloren haben und allein das Töten weitergeht, und wenn endlich Schluss damit ist, gnade uns Gott.« Nur eine seiner Redensarten, und sie hatte die Schultern gezuckt, ach ja, Gnade.

Nicht ganz fair eigentlich, denn soviel auch gestorben wurde, für Freda und Harro war es das Leben, das weiterging. Für sie das Leben, für andere der Tod, die Gnade hatte ein doppeltes Gesicht, und auch später, beim Versuch, sich diese Zeit zurechtzudenken, werden sie, jeder an seinem Ende der Welt, lieber vom Glück sprechen, wir hatten Glück. Oder nicht noch mehr Unglück zumindest, wenn man bedenkt, wie knapp so manche Katastrophe an ihnen vorbeischrammte.

Die Sache mit Zipp beispielsweise, Luftschutzwart Zipp, der zentralen Figur ihrer Überlebensstrategien, seitdem sich Hünneburg im Einzugsgebiet der englischen Flieger befand, wo jede Spur von Licht zum Debakel führen konnte. Zipps große Zeit und kein Problem normalerweise, wenn er plötzlich da oder dort klingelte, um eine durchlässige Stelle an der Verdunkelung zu beanstanden. Er war ein scharfäugiger Mann, Bote beim Magistrat von Beruf und stolz auf die Machtbefugnisse seines Ehrenamts, ließ sich in den so genannten besseren Häusern jedoch gern mit einem Gläschen Klaren besänftigen, wobei das liebenswürdige »Nehmen Sie doch Platz, Herr Zipp« nebst weiteren Zeichen von Wertschätzung den Ausschlag gaben. Sehr hilfreich bei Bagatellen. Aber jemand wie Harro oder Freda konnte wohl kaum auf seine Gnade hoffen.

Freda war ihm bisher nur einmal begegnet, damals, als die Schutzmaßnahmen in ihrem Haus inspiziert wurden, erst der Keller, dann die Wohnung. Alles tipptopp, wie Zipp erklärte, der Moment vielleicht für das bewusste Gläschen. Doch das war ihr noch nicht zu Ohren gekommen, leider, denn oben im Speicher hatte er mit dem Hinweis auf englische Brandbomben die totale Entrümpelung befohlen, einschließlich der von Herrn Blumenthal dort abgestellten Möbel, nicht ohne sich bei dieser Gelegenheit lauthals über das jüdische Gesindel auszulassen.

Nur eine Schikane seinerzeit, jetzt hingegen lebensgefährlich. Um keinen Preis durfte man einem solchen Menschen Gründe liefern, unangemeldet die Wohnung zu betreten. Er kannte die Räumlichkeiten, auch Harros Kammer, und kaum zu zählen, wie oft Freda abends die Treppe hinunterhastete, um noch vor ihm eine Ritze in ihren Rollos und Vorhängen ausfindig zu machen. Übertrieben, fand Harro, worauf sie ihm Leichtfertigkeit vorwarf und, sobald er zu Bett gegangen war, gleich wieder nach irgendwelchen Mängeln fahndete. Mit Erfolg offensichtlich, soweit es Herrn Zipp betraf, bis im vierten Kriegswinter eine erneute Kontrolle angekündigt wurde.

Es war Montag, der Besuch für Mittwochmittag geplant, nur zwei Tage, um Harros Spuren zu löschen. Vor allem die Tür zwischen Küche und Kammer, der Schwachpunkt im System, musste unsichtbar werden, mit Hilfe von Regalen aus Fredas Schlafzimmer, die sie sägend und hämmernd auf ein Maß brachten, das die halbe Wand verdeckte. Vielleicht ließ Zipp sich täuschen.

»Und wenn er sich trotzdem erinnert?«, wollte Harro fragen, doch es gab kein anderes Versteck, wozu noch darüber reden. In der Nacht konnten beide nicht schlafen. Fliegeralarm, sie saßen im Dunkeln und schwiegen. Der Tag begann, Harro verschwand in der Kammer. Freda schob das Regal vor die Tür. Sie schlug Nägel ein, füllte die Fächer mit Töpfen und Geschirr, brachte die Schule hinter sich, kam zurück, wartete.

Als die Klingel schrillte, klang es wie ein Signal zur Vollstreckung. Doch draußen stand das Glück. Denn Herr Zipp war von der Leiter gefallen. Er hatte sich das Becken gebrochen, und sein Nachfolger wusste nichts von der Tür, nichts von der Kammer. Ein freundlicher Mensch ohne Argusaugen. Er durchquerte die Küche, prüfte die Verdunkelung und ging ins Wohnzimmer.

Schon wieder war ein Stolperstein beseitigt, Zufall, Glück, Gnade, wie immer man es nennen will. Brettschneider jedenfalls, Fredas Feind der ersten Stunde, machte längst Karriere in Berlin, auch die Schirmer war vor kurzem wegbefördert worden, und der Apotheker in seiner gutmütigen Wissbegier ließ sich weiterhin jeden Bären aufbinden. Weder er noch irgendjemand im Kollegium oder rund um den Markt kam auf den Gedanken, dass sich dieses etwas spinöse Fräulein von Rützow in ihrem Haus mit dem jungen Hochberg verbarrikadiert haben könnte.

*F*ast beschaulich, wie es dort oben weiterging. Nicht, dass Harros Elend sich verflüchtigte. Aber nach und nach wurde es in möglichst entlegene Winkel gedrängt, am Tag zumindest, wie sonst hätte er Wochen, Monate, Jahre überstehen sollen. Freda hörte, wenn sie morgens das Haus verließ, auch andere Stimmen als immer nur die eigene. Er jedoch, der nur aus zweiter Hand erfuhr, dass hinter dem Berg noch Menschen wohnten, brauchte Fluchtpunkte, um nicht an sich selbst zu ersticken, und was ihn rettete, waren die Bücher, die richtigen. Keine Romane über die Dinge des Lebens, die man ihm vorenthielt, Liebe zum Beispiel. Auch nicht Ulricas medizinische Fachliteratur. Er hatte sie durchgeblättert und beiseite gelegt, Papier, trockene Reste aus einer früheren Existenz. Die Bücher indessen, mit denen er fortan seine Vormittage hinter der Küchentür verbrachte, führten in Bezirke abseits der Charité.

Der Funke war aus einem der Großmöllinger Folianten zu ihm übergesprungen, in dem es um die Beschaffenheit der menschlichen Seele ging, so, wie die Philosophen des Altertums bis hin zu den Aufklärern sich dieses Organ oder Nichtorgan vorgestellt hatten: »Geschichte der Psychologie« des Professors Friedrich August Canus, erschienen im Jahre 1808 und noch weit entfernt von der modernen Wissenschaft. Aber es weckte seine Neugier auf das, was sich daraus entwickelt hatte. So kamen, diesmal über Ulrica, Sigmund Freuds »Traumdeutung« und die »Vorlesungen zur Einführung in die Psychoanalyse« zu ihm auf den Küchentisch, meine Wegweiser wird er sie einmal nennen. Aber auch das gehört nicht mehr in diese Geschichte.

Da saß er also, lesend, grübelnd, die Zeit verges-
send, sogar die Pellkartoffeln auf dem Herd, bis das
Wasser verkocht war, die Schalen zu glühen begann-
nen und brandiger Dunst durch die verschlossenen
Türen ins Treppenhaus waberte.

Freda geriet außer sich, als sie zum Essen kam,
kaum vorstellbar, was geschehen wäre, wenn der
Apotheker es gerochen hätte. Er sei verantwortungs-
los, fuhr sie Harro an, pflichtvergessen, immer noch
nicht erwachsen, und ob er ihnen die Gestapo auf den
Hals hetzen wolle. Ein hysterischer Ausbruch, kein
Wunder, dass er ähnlich reagierte, »ich kann ja verschwinden, dann sind Sie mich endlich los«, albern,
ganz und gar albern, »rede nicht solchen Unsinn«.

»Warum nicht, Ihnen kann es doch egal sein«, sagte er, und da war es wieder, das fast vergessene Luftkind, lass ihn reden, lass ihn laufen, lass es wie früher sein.

Sie schob es beiseite, hörte Harros »So komme ich
wenigstens raus aus diesem Gefängnis« und schlug
ihm um die Ohren, was sie schon oft gedacht, aber
nie ausgesprochen hatte: »Meinst du, an der Front
wäre es besser? Denk an deine Freunde, die tot sind
oder zum Krüppel geschossen. Hier hast du eine
Chance, vergiss das nicht.«

Es war infam, die infame Wahrheit. Freda sah das
verstörte Gesicht und wollte nach seinen Händen
greifen. Aber er zuckte zurück.

»Verzeih mir«, sagte sie. »Es tut mir Leid. Ich habe
solche Angst um dich.«

»Warum?«, schrie er sie an. »Wer bin ich denn? Gar nichts, der letzte Dreck.«

»Nein«, rief sie.

»Doch«, sagte er, »doch, so ist es«, worauf ihr nur noch die Frage einfiel, ob er unbedingt in Hitlers Horn blasen wolle, ein Tumult, der kam und ging wie jeder andere auch und ganz nebenbei bewirkte, dass Harro die Kartoffeln kein zweites Mal verbrennen ließ.

Im Übrigen kam seine Lust an den Büchern ebenso sehr ihr zugute, denn bald danach brauchte sie die freien Stunden am Nachmittag genau wie er für sich selbst. Malen, endlich wieder. Der Krampf löste sich, und die Farben, als hätten sie schon zu lange warten müssen, liefen ihr aus der Hand, neue Töne, neue Formen, die richtigen, die falschen, sie wusste es nicht und konnte es nicht ändern. Möglich, dass jetzt auch sie die Zeit vergessen hätte.

Ob er die Bilder sehen dürfe, hatte Harro gefragt. Aber immer noch blieben sie unter Verschluss, ein Tabu wie am ersten Tag, nur ihre Sache. Und so drängte sich, wenn sie abends zusammensaßen, seine in den Vordergrund: Was er gelesen hatte, was er davon hielt, ob es ihm gefiel oder nicht und wieso und warum.

Er wird erwachsen, dachte Freda. Der einundzwanzigste Geburtstag lag längst hinter ihm, keine Frage mehr, dass er Zusammenhänge durchschauen konnte, urteilen, reden, und in dem Für und Wider ihrer Debatten schien sich der Altersunterschied zu verwischen. Überhaupt war sein Ton anders geworden, selbstsicherer, etwas ironisch, ebenbürtig gewissermaßen. Tante Freda, nannte er sie gelegentlich, »nicht schimpfen, Tante Freda, ich will auch brav sein«, anfangs noch zu ihrem Amüsement. Immer weniger allerdings, bis sie in Rützowschem Zorn »Schluss mit der Tanterei« rief, »ich habe keine Lust, für dich die komische Alte zu spielen«, worauf es Harro war, der aus dem Takt kam.

»Unglaublich«, sagte er etwas atemlos, »wie können Sie nur, nein, gar nicht alt, bestimmt nicht, im Gegenteil«, und während ihm die Röte übers Gesicht flog: »Ist es Ihnen denn noch recht mit dem Du?«

Ja, es war recht, es war richtig, und eigentlich hätte schon an diesem Abend passieren können, was in der Luft lag. Sie wussten es nur noch nicht, nicht mit dem Kopf, dass ein Paar aus ihnen werden sollte, ein Liebespaar, ausgerechnet das. Allein daran zu denken schien peinlich und abgeschmackt, und als Freda es trotzdem tat, war es so versteckt und verschlüsselt, dass nicht einmal sie selbst es erkannte.

*E*in Paar also, ein Liebespaar, dieses verführerische Wort, das eines Abends durch ihre Einschlafgedanken geisterte, zu der Zeit, als das Luftkind sich fast schon verflüchtigt hatte. Jetzt lag es noch einmal neben ihr, ganz kurz nur, kaum zu spüren, da und nicht mehr da, während das Liebespaar lebendig wurde. Ein Mann und eine Frau, die Gesichter bekamen, Farbe, Stimmen, und schön, sie zu sehen, schön und schmerzhaft, wie sie durch die Wiese streiften, sprachen, lachten, sich berührten und nicht davonlaufen mussten vor der Liebe.

Liebe, mit der man lebt und atmet, Tag und Nacht, kein Schreckgespenst und nicht nur ein Traum – Liebe, was war das? Ich weiß es nicht, dachte Freda, ich habe sie mir stehlen lassen, jetzt ist es zu spät. Du bist nicht alt, hatte Harro gesagt, doch was wusste Harro, gar nichts, noch weniger als sie, und wenn der Krieg kein Ende nähme, würde auch er die Liebe verpassen. Er war jung, er brauchte Mädchen, junge hübsche Mädchen, unerträglich, es sich vorzustellen.

Ich bin eine Klette, dachte sie, eine, die ihren Sohn keiner anderen gönnt, und da ging es, das Liebespaar, und sie blieb allein.

Morgens beim Frühstück sah sie an Harro vorbei, schweigend, bis er vorschlug, aus ihrer wöchentlichen Fleischration einen polnisch-russischen Borschtsch zu kochen, »Weißkohl, Kartoffeln und rote Bete, auch ein Stückchen Speck ist noch da, du musst bei Kräften bleiben«.

»Nicht nur ich«, sagte Freda, »du genauso«, und er lachte, »ich sowieso, ich bewege mich nicht und werde gemästet, wie Hänsel im Käfig.«

Nur ein Geplänkel. Die Folgen der Krankheit waren verschwunden, seine Schultern breiter geworden, aber keine Spur von Fett, schon deshalb, weil er seit langem versuchte, sich mit einer ausgeklügelten

Gymnastik in Form zu halten. Der Hänselwitz indessen schien ihm zu gefallen: »Das Brüderchen hinter Gittern und Gretel sorgt dafür, dass man ihn nicht brät, passt doch zu uns.«

»Hör auf!«, rief Freda, »ein grässlicher Vergleich. Dann schon eher ...«

Sie stockte, und um ein Haar hätte er die fehlenden Worte ergänzt, Adam und Eva und der Engel mit dem Flammenschwert, entschieden passender als Hänsel und Gretel. Aber da tauchte das Feigenblatt auf, in letzter Sekunde, so dass er ebenfalls den Satz in der Luft hängen ließ. Die Plänkeleien hatten ihre Grenzen, und außerdem war es Zeit für die Schule.

Er folgte ihr mit den Augen, als sie sich auf die Tür zu bewegte, schmal und graziös wie ein Mädchen. Hinten Lyzeum, vorne Museum, pflegte man in Hünneburg zu sagen. Aber davon abgesehen, dass es nicht stimmte in Fredas Fall, nicht in so kruder Weise – Harro wäre taub dafür gewesen an diesem Morgen, als ihm zum ersten Mal bewusst wurde, wie sie ging, sehr gerade, die Beine nahezu geschlossen, und wie sie den einen Fuß dicht vor den anderen setzte und sich bei jedem Schritt, ganz leicht nur, in den Hüften drehte. Ein Erbe der kleinen Friederike hauptsächlich, teils aber auch das Produkt ihrer Erziehung im Stift, wo der ehemalige Ballettmeister des Potsdamer Theaters die Elisenmädchen für ein möglichst anmutiges Debüt auf dem gesellschaftlichen Parkett gedrillt hatte. Manche vergeblich, Ulrica etwa, die ihren eigenen Worten nach ein Trampel geblieben war, genau wie die stämmigen Rützow-Cousinen, während Freda das Wichtigste, den Hüftschwung nämlich, nicht erst mühsam zu erlernen brauchte. »Du gehst so adrett, Kleene«, hatte schon Katta gesagt, »is was Besonderes.« Und nun bemerkte es Harro.

Sinnlich, dachte er, unglaublich, dieser sinnliche Gang, ein Ausdruck, der ihm irgendwann in Berlin zugeflogen war. Aber erst jetzt begriff er, was sich dahinter verbarg.

Es war eine Initialzündung, obwohl, wie man weiß, nicht ganz aus dem Blauen heraus. Immerhin hatte er schon bald nach der Krankheit Freda anders gesehen als vorher, ihre Augen etwa, die Locken über der Stirn, die kleinen Brüste, die sich hin und wieder unter der Bluse abzeichneten. Plötzlich hatte er es wahrgenommen, heute dies, morgen das. Immer ungeduldiger wartete er auf den Abend, stritt mit ihr, redete, flachste, flirtete, so viel Nähe und trotzdem Distanz. Freda, die einzige Frau für ihn in der Welt. Aber noch wagte er nicht, sie in seine Phantasien zu holen. Noch spielte er mit Kunstfiguren, zusammengefügt aus Fetzen von Erinnerungen, Wünschen, Begierde, ein einsames, verzweifeltes Puzzle. Doch nun, da er entdeckt hat, wie sie die Füße setzt und die Hüften bewegt, wird alles anders werden.

Sie griff nach der Klinke und drehte sich noch einmal um, »also Borschtsch zum Mittagessen«, der Moment, in dem er aufsprang und hinter ihr herlaufen wollte, zu spät, die Küchentür war schon abgeschlossen, der Moment verpasst. Aber nicht für immer. Nur eine Frage der Zeit.

$E$in neues Kapitel beginnt, das letzte von Fredas und Harros Geschichte, die sich allmählich ihrem Ende nähert. März 1944, sein zweiundzwanzigster Geburtstag, ein Jahr noch, dann ist der Krieg vorbei. Auf dem Frühstückstisch steht eine Kerze, »dein Lebenslicht«, sagt Freda. »Wenn ich wieder da bin, wird gefeiert, lass den Kuchen nicht verbrennen«, und während er den Teig zu rühren beginnt, wartet in der Schule schon die Gestapo.

Sie war später als sonst aus dem Haus gegangen, fast zu spät für die erste Stunde, doch schon am Wall kamen ihr die Mädchen entgegen, einzelne, dann ganze Pulks. Schulfrei, sagten sie, wegen einer Konferenz, was befremdlich klang und auch von dem Pedell Redisch nicht geklärt werden konnte. Er sprach von einigen Herren, die plötzlich erschienen seien, und nur die Schülerinnen der Oberstufe hätten bleiben dürfen und Fräulein von Rützow möge sich ins Lehrerzimmer begeben.

Die Mitglieder des Kollegiums hatten sich dort bereits versammelt, in Mäntel und Schals gewickelt, seit dem ersten März wurde nicht mehr geheizt. Nur das seltsame Fräulein Zausch, seit Jahresbeginn zuständig für Biologie und Erdkunde, fehlte wieder. Sie litt an einer wahnhaften Angst vor Bakterien und sorgte, da ihr schon eine leichte Hautrötung als Vorbote des Todes erschien, ständig für Chaos im ohnehin engen Stundenplan, ein pathologischer Fall, aber angesichts des Lehrermangels offenbar noch nicht jenseits der zulässigen Grenzen.

Es war still, eine unnatürliche Stille, kein Flüstern, kein Buch, in dem geblättert wurde, kein kratzendes Geräusch von Federn auf dem rauen Kriegspapier. Die Direktorin saß wie üblich an der Stirnseite des langen Tisches. Zwei der Besucher, ein jüngerer, ein älterer, standen hinter ihr, der dritte etwas abseits am Fenster, Männer in grauen Anzügen, die, wie sie sagte, Vertreter einer Berliner Behörde seien, das Weitere würden die Herren selbst erklären.

Eine Behörde ohne Namen offenbar, denn der Ältere, der jetzt das Wort ergriff, nannte nur den eigenen, Hächler, »und wir möchten Sie bitten, uns einige Fragen zu beantworten. Inzwischen sind wohl alle eingetroffen.«

»Fräulein Zausch fehlt noch«, sagte die Direktorin.

»Sie kommt nicht«, sagte er. »Deswegen sind wir da. Einige Fragen also, gleich nebenan im Direktorat. Sie werden einzeln hereingerufen und danach wieder hier Platz nehmen. Sie dürfen lesen oder schreiben, aber nicht miteinander sprechen und den Raum bei Bedarf nur einzeln verlassen. Unser Kollege dort«, er wies auf die Gestalt am Fenster, »ist dafür verantwortlich, dass niemand diese Vorschriften missachtet. Die Schülerinnen werden gleichzeitig an anderer Stelle befragt, Ihre Direktorin ist über alles informiert. Bitte, Frau Dr. Greeve.«

Die Direktorin schob ihren Stuhl zurück, noch schwerfälliger als sonst und wandte das Gesicht dabei Freda zu, wenige Sekunden, in denen sie die Augen schloss und wieder öffnete, mit kaum merklichem Lächeln, ein stummes Signal, keine Sorge, wir wissen, was zu tun ist, und auch Freda schloss die Augen und öffnete sie wieder, ja, ich weiß es, keine Sorge. Sie waren meistens aneinander vorbeigegangen seit dem letzten Gespräch. Aber das hatte nichts zu bedeuten.

Die Befragung dauerte sechs Stunden, von acht bis zwei. Als es zwölf schlug, brachte Redisch Tee, und wer wollte, holte seine Frühstücksbrote aus der Tasche.

Freda wurde als Letzte zum Verhör gerufen, durchgefroren, zermürbt vom Warten. Unnötig, das Wort Gestapo zu erwähnen. Es hing im Raum, kein Zweifel, wem sie gegenüberstehen würde, und wie sollte man wissen, welche Fallen diese Leute bereithielten. Kambacher nickte ihr ermutigend zu, es nützte nichts, nur sie selbst konnte sich helfen. Sich und Harro, und wenn es, dachte sie, darauf ankommt, werde ich lügen, dass die Schwarte kracht, eine von Kattas Redensarten, die ihr plötzlich durch den Kopf ging.

Die beiden Männer saßen am Schreibtisch, der eine stumm vom Anfang bis zum Ende, während der andere, Hächler, auf den Besucherstuhl wies, »bitte setzen Sie sich, Fräulein Rützow, oder von Rützow, wenn ich nicht irre.«

Sie nickte, »Friederike von Rützow.«

»Aus der Mark?«

Sie nickte wieder, »Großmöllingen.«

»Das kenne ich«, sagte er. »Ein schönes Schloss, ein großes Gut, warum wird jemand wie Sie Lehrerin?«

Die Antwort fiel ihr leicht, »weil ich etwas Sinnvolles tun wollte, nicht nur sticken wie meine Mutter.«

»Und sind Sie eine gute Lehrerin geworden?«

»Da müsste man die Mädchen fragen«, sagte Freda.

Er lächelte, ein überraschend freundliches Lächeln, »denen gefällt, was Sie ihnen erzählen. Über das Nibelungenlied zum Beispiel. Ich habe es völlig vergessen. Warum ist das so ein Paradestück?«

Ach ja, das Nibelungenlied, ihr Schutzschild gegen Misstrauen und Verdächtigungen. Nicht ganz klar, wie seine Frage gemeint war, positiv, negativ, ein Hinterhalt womöglich. Aber da saß er und wartete, und so wie seit Jahren vor den wechselnden Klassen spulte sie auch jetzt ihr Programm ab: Das deutscheste aller Epen, der Kampf des Hellen gegen das Dunkle, deutsche Treue, deutscher Edelmut und was es sonst noch gab, nicht in dieser Plattheit selbstverständlich, sondern wohldosiert, wohlgesetzt und im richtigen Geist, worauf er wissen wollte, ob sie in der Partei sei, und wenn nein, weshalb nicht.

»Man hat mich niemals aufgefordert«, sagte sie. »Ich kann mich doch nicht anbieten.«

Er nickte: »Mag sein. Und was halten Sie von der Zausch? Ist sie Ihnen sympathisch?«

»Wieso? Was ist los mit ihr?«, fragte Freda.

Sein Ton wurde barscher. »Wir machen hier keine Konversation. Ob die Zausch Ihnen sympathisch ist, will ich wissen.«

»Sie ist erst seit einigen Monaten bei uns«, sagte Freda. »Ich kenne sie kaum. Und mit ihrem Tick entzieht sie sich sowieso jeder Beurteilung.«

»Was für ein Tick?«

»Bakterien«, sagte sie. »Ihre Welt besteht aus Bakterien. Nur nichts berühren, keine Türklinken, Hände, Tische, einen Bogen um alles machen, es ist abwegig und beunruhigt die Schülerinnen.« Sie überlegte, ob es ratsam wäre, noch von den Mädchen zu reden, die nachts aus dem Schlaf fuhren wegen dieser Gespenster. Doch da kam schon die nächste Frage: »Hat sie manchmal auch über etwas anderes gesprochen? Politik zum Beispiel.«

Freda spürte, wie ihr Herz lauter wurde. »Ich kann mich nicht erinnern. »Eigentlich unterhalten wir uns nie darüber im Lehrerzimmer.«

»Worüber dann? Erinnern Sie sich bitte.«

»Über die Arbeit, was sonst. Die jüngeren Kollegen sind Soldat geworden und der Unterricht muss trotzdem weitergehen, da hat man in den Pausen kaum Zeit, sich mit etwas anderem zu befassen.«

»Und der Krieg? Wird der auch nicht erwähnt?«

»Doch«, sagte sie. »Der Krieg schon. Vor allem, wenn etwas Außergewöhnliches passiert.«

»Was ist außergewöhnlich?«

»Große Erfolge«, sagte sie. »Die von unseren U-Booten zum Beispiel. Oder auch so Tragisches wie damals in Stalingrad.«

»Und was redet man da so?«

»Was alle reden. Dass es hoffentlich bald vorbei ist. Und gut ausgeht. Das möchte doch jeder.«

»Sie auch?«

Freda starrte ihn an. »Warum fragen Sie? Ja, ich auch, sonst wäre mein kleiner Bruder ja umsonst gefallen.«

Plötzlich schossen ihr Tränen in die Augen, Friedels wegen und mehr noch aus Angst vor diesem Hächler mit seinem freundlichen Lächeln. Nahm er ihre Worte für bare Münze? Log sie richtig, log sie falsch? Sie wusste es nicht.

»Ihr kleiner Bruder?«, sagte er. »Das tut mir Leid. Ja, so ein Krieg verlangt Opfer. Hoffen wir, dass es der letzte ist, und was ich noch wissen wollte – warum haben Sie ausgerechnet das Haus von dem Juden Blumenthal gekauft? Kannten Sie ihn schon länger?«

Irgend etwas aus dieser Richtung musste kommen, sei es auch nur, um ihre Glaubwürdigkeit zu überprüfen. Sie hatte sich darauf vorbereitet, und zunächst genügte die Wahrheit, »nein, ich kannte ihn nicht, woher denn. Ich bin damals erst spät am Abend in der Pension Mäsicke eingetroffen und habe gleich morgens beim Frühstück die Anzeige gelesen. Das Haus hat mir gefallen, ich mag solche Häuser. Außerdem war es billig, weil er aufs Schiff musste.«

»Hat er Ihnen Leid getan?«

Sie zögerte, nickte dann aber, »das schon. So ein alter Mann, und er sah keineswegs wie ein Jude aus, genauso wenig wie dieser Großberg, sein Anwalt. Der war allerdings sehr unangenehm.«

»Hochberg«, sagte Hächler. »Er hieß Hochberg.«

»Ja, natürlich, Hochberg. Er wollte den Preis noch weiter herunterhandeln und halbe-halbe mit mir machen. Das habe ich abgelehnt.«

»Wussten Sie, dass er Jude war?«

»Woher denn? Niemand hat es gewusst. Hünneburg ist aus allen Wolken gefallen. Er hat sich dann ja umgebracht.«

»Und Ihnen nicht Leid getan?«

»Nein«, sagte sie entschlossen, denn Harros Vater konnte niemand mehr etwas anhaben, »nein, absolut nicht. Er war ein Betrüger, noch dazu an seinem Mandanten. Das ist schändlich.«

»Ja, wenn der Jude den Juden betrügt …« Hächler schien amüsiert, »danke, Fräulein von Rützow, das wär's.« Er sah auf seine Uhr. »Punkt zwei fertig, eine vernünftige Zeit. Mögen Sie eigentlich Ihre Direktorin?«

Eine überraschende Frage, und diesmal dauerte es etwas länger, bis sie »sehr gern« sagte, »ja, sehr. Sie ist klug, gütig und gerecht. Ein Vorbild.«

»Und eine gute Christin, stimmt's?«

Freda nickte, »wahrscheinlich, aber eine deutsche sozusagen. Das bin ich übrigens auch.«

»Deutsch wie die Nibelungen?«, fragte er, fast schon ein Geplänkel, und sie lachte, »genau. Die sind ja auch erst mal im Dom gewesen, bevor Kriemhild und Brunhild sich draußen vor dem Portal gestritten haben«, worauf er ihr, ebenfalls lachend, ins Lehrerzimmer folgte, Ende der Befragung.

Freda setzte sich auf ihren Platz. Sie sah, wie die Kollegen hastig auseinander liefen. Sie wollte ebenfalls gehen, aber es war, als hätten die Beine keine Muskeln mehr.

Kambacher, scheinbar in ein Buch vertieft, wartete, bis der Letzte den Raum verlassen hatte. Dann kam er um den Tisch herum und erkundigte sich, ob es schlimm gewesen sei bei dem Verhör.

Plötzlich fing sie an zu zittern, ein Schüttelfrost, der den ganzen Körper erfasste, und gut, dass Kambacher da war und auf sie einredete, gut und tröstlich, zunächst jedenfalls. Es sei doch vorbei, sagte er, und habe mit ihr nichts zu tun, mit niemandem außer der unglückseligen Zausch. Reine Routine, dieser Besuch heute Morgen, ein Blick in ihr Umfeld, den Geist der Schule und so weiter. Wer sich einigermaßen klug verhalten habe, brauche nichts zu befürchten, »und Sie haben sich doch klug verhalten?«

»Klug wie die Schlangen«, sagte Freda. »Aber kann ja sein, dass die anderen noch klüger sind.«

»Wieso?«, fragte er. »Was in aller Welt haben Sie denn zu verbergen? Und erschrecken Sie nicht gleich wieder. Ich weiß doch, dass Sie Angst haben. Ich weiß es schon lange, nur nicht, wovor, und dieser Mensch, dieser Hächler, weiß es auch nicht, der wäre sonst ganz anders mit Ihnen umgesprungen. Es ist vorbei, glauben Sie mir. Wir gehen jetzt, und unterwegs erzähle ich Ihnen, was der Zausch zugestoßen ist, das zumindest weiß ich.«

Nicht nur Kambacher, sondern halb Hünneburg wusste offenbar Bescheid, denn schon am Abend zuvor, sagte er, habe man in seinem Stammlokal von nichts anderem geredet. Die Tochter des Hauptmanns Bode nämlich, der sich zur Zeit auf Heimaturlaub befinde, sei, so hieß es, mittags völlig verstört vom Unterricht gekommen, weil das inzwischen verhaftete Fräulein Zausch die Schülerinnen der Obersekunda vor Soldaten jeglichen Ranges gewarnt habe, mit der Begründung, dass überall, sogar an vorderster Front, Bordelle bereitstünden, die die Truppe epidemieartig mit Syphilis verseuchten. »Dich auch, Papa?«, habe das Mädchen ihren fassungslosen Vater gefragt, »und nun«, sagte Kambacher, »sitzt die arme Närrin im Gefängnis, womöglich vis à vis dem Schafott. Eine schreckliche Zeit, nicht mal verrückt darf man sein«, der Moment, in dem Freda davonlief, über den Markt, durch das Tor, nach Hause.

In der Küche roch es nach frisch gebackenem Kuchen und der Graupensuppe, die Harro gekocht hatte, mit Schmalz und den Kräutern des vergangenen

Sommers. Der Tisch war gedeckt, sein Geburtstagstisch, wenn ich wieder da bin, hatte Freda versprochen, wird gefeiert. Doch nun, mit dem Vormittag
auf der Seele, ließ sie alles stehen, Harro, die Suppe,
den Kuchen, die Kerze und flüchtete zu ihrer Male-
rei, ins Blaue hinein. Es gab keinen Plan in ihrem
Kopf, nicht den Funken einer Idee, nur die Gewissheit, danach suchen zu müssen, gleich, sofort, weil
das Leben sich sonst nicht länger aushalten ließ.

Auf der Staffelei stand das Bild der vergangenen
Tage, ein grünes, fließendes Wasser, treibende Blätter in den Wellen und Augen dazwischen, immer die
Augen. Sie nahm es herunter, präparierte eine neue
Leinwand, griff nach dem Pinsel. Noch wusste sie
nicht, wozu, kontrollierte aber jeden Strich, und aus
dem Ineinander von Trance und kritischer Klarheit
schälten sich die Konturen dessen, was gemalt werden wollte an diesem Nachmittag, Stunde um Stunde, bis die Dämmerung kam. Dann ging sie ins
Wohnzimmer.

Dort brannte schon die Leselampe. Der Ofen war
geheizt, der Tisch wieder festlich gedeckt, das holte
sie endgültig zurück. »Ich habe immer noch Geburtstag«, sagte Harro. Er stand an der Tür, so verändert, als habe man ihm eine neue Haut übergestreift.
Doch es war nur Friedels Anzug, den er statt des
sonst üblichen Pullovers trug, dunkelblau, ein weißes Hemd dazu, die Krawatte rotblau gestreift. Gut
sieht er aus, dachte sie mit einem Gefühl von Stolz,
denn es war ja auch ihr Verdienst, dass er, der mage-

re Junge von damals, es geschafft hatte bis zum heutigen Tage, und egal, ob das Luftkind kicherte oder nicht. Das Luftkind, das Schattenkind. Es kicherte, verstummte, löste sich auf, Harro aber lebte und sollte weiterleben. Du und ich, dachte sie, wir beide, und wenn es brennt, werden wir zusammen durchs Feuer gehen.

»Was hast du?«, fragte er, »Du siehst so anders aus. Was ist passiert heute Morgen?«

»Komm mit«, sagte sie, und dann, in der Malstube, sah er das Bild, die fahlen, erdigen Wände, den leeren Stuhl und darüber ein Stück Himmel, aus dem gleißende Lichtbündel herunterschossen. Ihr erstes Bild der so genannten braunen Serie. Und Harro schenkte ihr den Titel.

»Woran denkst du?« fragte sie, als er vor der Staffelei stand und schwieg.

»Du hast Angst gehabt heute Morgen«, sagte er.

Sie nickte erstaunt, ja, so könnte man das Bild nennen, die Angst von heute Morgen, daran wird er sich erinnern, wenn es ihm Jahrzehnte später in einer Londoner Galerie wiederbegegnet, an ihr Gesicht, den Klang ihrer Stimme, ihre Haut, ihr Haar, sich erinnern und trauern, weil es nur noch die Erinnerung gab und das Bild, und das Bild gehörte jetzt allen.


*E*ndlich Harros Geburtstagsfeier, fast zu spät. Freda hatte erst noch von der Zausch erzählen müssen und dem Verhör, jeden Satz bis auf den über seinen

Vater. Es war neun geworden, doch nun brannte die Kerze, und der Wein aus den fast leeren Regalen Herrn von Rützows funkelte.

Noch immer fuhr sie regelmäßig nach Großmöllingen, notwendigerweise inzwischen, wer mochte im fünften Kriegsjahr Lebensmittelpakete noch der Post anvertrauen.

»Schön, dass du da bist«, sagte die Stiefmutter jedes Mal zur Begrüßung, wenn der Einspänner am Schloss hielt und füllte abends vor der Abreise die Taschen mit dem, was sich trotz des wachsamen neuen Verwalters abzweigen ließ, stellte aber, selbst als Freda um den Wein bat, keine Fragen. Auch Herr von Rützow schwieg. Seit längerem schon lag er auf dem braunen Sofa im Studio, sprachlos, blicklos, und egal, wo und von wem sein letzter Bordeaux getrunken wurde.

Harros Geburtstagswein, dunkles Rot in Gläsern mit goldenem Rand und den ineinander verschlungenen Initialen GR, Gurrleben und Rützow, ein Hochzeitsgeschenk für die kleine Friederike, das aus unerfindlichen Gründen auf den Speicher geraten war. Erst neuerdings hatte die Stiefmutter es dort entdeckt, wohl verpackt wie vor neununddreißig Jahren. Nun gehörte es Freda.

Sie hob ihr Glas, »noch einmal alles Gute, und dass du frei bist an deinem nächsten Geburtstag.«

»Und dann?«, fragte Harro.

»Dann wirst du leben«, sagte sie. »Meine Mutter war achtzehn, als sie starb. Ich kenne nur ihr Bild über dem Kamin und ihre Sachen, Porzellan, Schmuck, die Gläser hier, und keine Chance für sie, eigene Spuren zu legen. Aber du wirst es tun.«

Zum ersten Mal erzählte sie von ihrer Kindheit. Noch nie ein Wort darüber zu ihm, und vielleicht wäre ohne die Gläser auf seinem Geburtstagstisch alles anders gekommen. Vielleicht hätte sich Mademoiselle Courrier in die Erinnerung gedrängt oder Kattas kuschelige Wärme. Katta, die Kinderfrau, ganz unverfänglich. Doch nun war es die kleine Friederike mit den Rosen am Gürtel, meine Mutter, das Schlüsselwort.

»Hast du sie vermisst?«, fragte er.

»Vermisst?« Freda horchte dem Wort hinterher. »Wenn man die Mutter gekannt hat, ist der Verlust sicherlich schlimmer«, sagte sie dann, das Falsche für ihn, ganz falsch. Sie wusste es und versuchte, die Worte wegzureden, und plötzlich begriff Harro, warum.

Er stellte das Glas auf den Tisch, so heftig, dass der Wein überschwappte, ein großer, roter Fleck. »Was weißt du von meinen Eltern? Wo sind sie? Was hat man ihnen angetan?«

Die immer während Frage. Seit seiner Flucht in die Bücher hatte er sie nur noch sich selbst gestellt, diese und andere, die ihn quälten, Haltung, ein Mann jammert nicht. Doch jetzt brachen die Kontrollen zusammen. Da saß er in Friedels Anzug, fragte, forderte, ließ sich nicht abweisen, und die Zeit, dachte Freda, sei reif für die Wahrheit. Er war erwachsen geworden, nicht mehr zu jung und verstört, zu krank oder schonungsbedürftig. Er hatte ein Recht darauf.

»Man konnte ihnen nichts mehr tun«, sagte sie. »Deine Eltern haben es verhindert.«

»Nein!«, rief er.

»Sie wollten nicht leiden«, sagte Freda. »Sie sind ihren eigenen Weg gegangen«, und er schob den Stuhl zurück, langsam, ganz langsam.

»Wann?«

»In der Nacht, als du zu mir gekommen bist«, sagte sie. »Vielleicht konnten sie noch spüren, dass du in Sicherheit warst.«

Sein weißes, ungläubiges Gesicht. »Vor zwei Jahren?«

Ja, zwei Jahre.

»Und mich«, sagte Harro, »hast du nicht mal trauern lassen.« Er stand auf und ging zur Tür. Sie hörte seine Schritte in der Diele. Dann war es still.

Freda saß am Tisch, allein, die Zeit verlor sich. Alles dahin von einem Moment zum nächsten und alles falsch, weil es nichts Richtiges mehr gab, und was, wenn Harro glaubte, es keine Minute länger ertragen zu können, so, wie seine Eltern es nicht ertragen hatten.

Ein Schreckensbild, das durch ihre Gedanken zuckte und sie zu ihm in die Kammer trieb. Er lag reglos auf dem Bett, die Augen geschlossen, tot, dachte sie eine panische Sekunde lang. Aber es war nur ihre Angst, so leicht starb es sich nicht, und als sie seinen Namen rief, drehte er den Kopf zur Seite, »geh weg, du sollst gehen«.

»Nein«, sagte sie und nahm seine Hand, »ich bleibe bei dir«, das löste die Tränen. Sie streichelte sein nasses Gesicht, ist gut, ist ja gut. Er hob die Arme, so fing es an, so ging es weiter, und so selbstverständlich, wie die Trauer sich im Glück verfing, das eben noch unerreichbar schien und plötzlich ihm gehörte. Fredas Haut, Fredas Haar.

Komm, sagte er, komm, und für einen Augenblick hielt sie das Kind in den Armen, den kleinen blutigen Körper, wärmte ihn, schützte ihn, bis die Lust daraus wurde, diese schreckliche Lust, ihre Angst und Qual seit dem Absturz im Roggen. Aber es waren Harros Hände und Harros Mund, komm doch, komm, und sie wollte, was er wollte, und der Bann zerbrach. Ich liebe dich, sagte er, ich dich auch, sagte sie, und alles war neu und fremd, und doch vertraut, als wäre es schon immer so gewesen.

Am nächsten Morgen wurden sie wach, dicht nebeneinander, allein auf der Welt. Draußen wartete der Engel mit dem Flammenschwert. Aber die Mauern waren durchlässiger geworden.


$S$ie sehen so illuminiert aus seit einiger Zeit«, wunderte sich Kambacher, dessen forschendem Blick nichts, was Freda betraf, auf die Dauer entging, und

nutzlos, die Sonne am blauen Aprilhimmel vorzu-
schieben, nein, wieso denn, auch bei Nebel sei es ihm
schon aufgefallen, und an der Sonderzuteilung von
einem Ei und dreißig Gramm Bohnenkaffee könne
es ja wohl auch nicht liegen.

»Keine Sorge«, sagte sie ärgerlich, »ich will mich
bemühen, meine gute Laune möglichst bald loszuwerden.« Aber ganz so leicht ließ sich das verräteri-
sche Glitzern nicht löschen, jetzt, da es gerade angefangen hatte mit dem Glück.

Ein seltsames, verqueres Glück, und nicht umsonst hatte ihr der Mut gefehlt, dem Liebespaar in
ihren Träumen ein Gesicht zu geben. Aber noch hielten sich die Zweifel bedeckt, wenn sie mittags nach
Hause ging, zu Harro, der ungeduldig auf ihre
Rückkehr wartete, weil morgens, sobald er allein am
Küchentisch saß, die Trauer wiederkam und das Gefühl, verloren zu sein, ohne Dach über dem Kopf
und Boden unter den Füßen. Nur sie konnte die
Angst vertreiben, so wie er ihre Angst vor der Liebe
vertrieben hatte.

Angstvertreibung auf Gegenseitigkeit, eines Tages wird sie es erkennen. Später, jetzt noch nicht,
und wenn Liebe blind machte, war es schön, blind
zu sein, schön und richtig, warum den Flug in die
Wolken stören, der alle Grenzen und Beschränkun-
gen aufhob, auch den Altersunterschied. Sechzehn
Jahre, was hieß das schon. Ich bin deine Alte, sagte
sie manchmal, doch er wischte es weg, »nein, das
bist du nicht, du bist wie ich«, und es stimmte ja,

stimmte für die Liebe und den Augenblick. Aber die Frage, was daraus werden sollte, lag auf der Lauer, acht Wochen lang, dann ließ sie sich nicht mehr ignorieren.

Es war Juni, ein besonders heißer diesmal, hochsommerlich und trocken. Wochenanfang, Deutsch in der Oberprima. Wer es möglich machen konnte, hatte den freien Tag an der Elbe verbracht, zehn Kilometer, keine Entfernung mit dem Rad, und Sonne gab es noch wie früher.

Auch für Harro in diesem Jahr. Zwei Sommer lang hatte er nur dann und wann, wenn Freda nachmittags die Fenster öffnete, etwas von ihr gespürt, ein paar Strahlen im Gesicht, zu wenig. Doch jetzt, nachdem alles anders geworden war, lagen sie nebeneinander im Wohnzimmer, ließen Sonnenwärme auf die nackte Haut und spielten Ferien an der Nordsee. Sand zwischen den Fingern, die Luft schmeckt nach Salz, hörst du das Meer, ja, ich kann es hören, und rundherum die Mauern ihrer Burg.

Ein schönes Spiel, nur Farbe bekam man kaum davon, nicht so wie die Mädchen, die nach dem Sonntag am Elbufer nun auf die Deutschstunde warteten. Freda kam ins Klassenzimmer und sah die braun gebrannten, glatten Gesichter, glatt und jung, Harros Generation, der Moment, in dem sie erkannte, dass sechzehn Jahre sich nicht wegwischen lassen von der Liebe.

Der Krieg ging dem Ende entgegen. Vormarsch der Alliierten an der Westfront, im Osten Rückzugskämpfe auf der ganzen Linie, dazu die Luftangriffe überall im Land, ewig, sagte Kambacher, könne das nicht mehr dauern, es sei denn, Hitler wolle auch seinen eigenen Deutschen nur verbrannte Erde hinterlassen. Vom Londoner Rundfunk war Ähnliches zu vernehmen, »und wenn du frei bist«, sagte Freda beim Mittagessen, »frei und wieder unter Menschen, wirst du merken, wie gut dir so ein glattes Gesicht gefällt.«

»Glatte Gesichter?« Harro beugte sich vor und strich über die Falte zwischen ihren Augenbrauen. »Wozu? Ich will deins«, und diese jungen Mädchen, sagte er, säßen für ihn auf einem anderen Stern. Mit ihr teile er etwas, das niemand sonst ermessen könne, und was den Altersunterschied anbelange, so zähle die Zeit hier oben für ihn mindestens fünffach, also sei man in etwa auf der gleichen Ebene.

Er glaubt es wirklich, dachte Freda, »und vielleicht«, sagte sie, »hast du ja Recht. Aber heute ist nicht morgen. Wenn du aus dem Haus gehen kannst, über den Markt und durch Hünneburg, deine alten Wege, werden wir es wissen.«

Harro zog die Hand zurück, eine erschrockene Bewegung. »Hör auf, es ist doch schön so«, und ja, es war schön, bei ihm zu sein, Tag und Nacht, und nicht nur den Körper, sondern auch ihre Geschichte preiszugeben, den Maler, das Kind und was davor gewesen war und danach und sich wie eine Dornenhecke zwischen sie und das Leben geschoben hatte und nun die Stacheln verlor. Ja, schön, mit ihm zu schlafen und zu reden, und warum zerstören, was so glücklich machte.

In der Nacht wurde Harro aus dem Schlaf gerissen, von einem Traum, der ihn durch Hünneburg trieb, über den Markt und den Domplatz, vorbei an Toren, Hansehäusern und geklinkerten Villen, und alles leer, tote Fassaden ohne Fenster und Türen. Er lief und lief und kam zum Upstall, eine der heruntergekommenen Gassen hinter dem Schützenhof, wo von alters her die Armen und Ausgesonderten wohnten und honorige Bürger sich nach Möglichkeit nicht sehen ließen, es sei denn, dass sie den Beistand der schiefen Schmitter benötigten, die hartnäckige Leiden wie Gürtelrose oder Flechten auf magische Weise zu heilen vermochte. Eine nicht ganz geheure, fast hexenhafte Gabe, von der auch aufgeklärte Kreise verschämt Gebrauch machten. Sogar Uta Hochberg war in Harros erstem Schuljahr, als ein übler Hautausschlag sich nicht bessern wollte, mit ihm bei Beginn der Dunkelheit zum Upstall gepilgert, mehrmals, bis die nässenden Stellen am Kopf unter dem Raunen und Wispern vertrockneten. Die Prozedur hatte ihm Angst eingejagt, vor allem die grotesk verzogene Gestalt der alten Frau. Selbst die Augen waren verrutscht, ein großes und ein kleines, und nun, im Traum, öffnete sich ausgerechnet in diesem Haus eine Tür, die einzige von Hünneburg, und dann, als die schiefe Schmitter ihm entgegenschlurfte, fing er an zu schreien.

Freda, noch halb im Schlaf, glaubte, die Gestapo sei über ihn gekommen, und tröstlich, dass es nur ein Albtraum war, einer, der gleich wieder aus der Erinnerung fiel und nur das Entsetzen übrig ließ.

»Denk nicht mehr daran«, sagte sie, »morgen ist es vorbei«, aber weder Zuspruch noch ein heißer Tee mit Honig, den sie aus der Küche holte, konnten ihn beruhigen. Er lag im Dunkeln, den Kopf an ihrer Schulter, lief dem Traum hinterher und fragte, als sie »nun schlaf doch« murmelte: »Was bin ich eigentlich? Deutscher oder Jude? Oder gar nichts?«

Die Frage aller Fragen, so oft gedacht und niemals ausgesprochen. Freda tastete nach dem Schalter der Nachttischlampe, »Deutscher natürlich«, eine viel zu hastige Antwort, wie sich zeigte, so leicht kam man nicht davon.

»Wirklich?« Harro verzog das Gesicht. »Mit jüdischem Blut?«, worauf sie in Zorn geriet, »jüdisches Blut, jüdische Rasse, du redest wie Hitler und Konsorten. Willst du dir von diesen Leuten sagen lassen, wer du bist?«

»Und wer bin ich denn nun?«, rief er, und ja, sie wusste es, der junge Hochberg, blond und verblendet, dann der Absturz, vielleicht war beides zusammen eine Chance für ihn.

»Diese Lumpen verschwinden bald«, sagte sie. »Alles wird sich ändern. Deine Eltern sind gute

Deutsche gewesen, besser als manche. Lass dir von denen, die sie auf dem Gewissen haben, nicht auch noch die Heimat wegnehmen.«

Er zuckte mit den Schultern, »vielleicht wäre mir eine andere lieber«.

»Welche?«, fragte Freda, und als er schwieg, »was weißt du eigentlich von den Juden? Gar nichts, so wenig wie ich. Aber wenn du heil hier herauskommst, hast du die Wahl. Sieh sie dir an, vielleicht gefällt es dir, wie sie leben, denken, beten, Feste feiern. Diese Dinge zählen, nicht das Blut«, der Beginn einer langen Debatte, die erst im nächsten Frühjahr endete.


Zehn Monate noch, die letzten, und fraglich, wie es weitergegangen wäre mit ihnen dort oben am Markt, wenn der Krieg länger gedauert hätte. Sie hatten sich nach der Liebe gesehnt, nach Lust und Wärme und Zärtlichkeit. Jetzt träumten sie davon, zusammen über Wiesen zu laufen oder an der Hünne entlang, oben der Himmel, Gras und Erde unter den Füßen, und einmal nebeneinander im Kino sitzen, einmal wenigstens, Wünsche, die sich noch besänftigen ließen mit dem Verweis auf später, so, als warte draußen vor der Tür die Erfüllung. Harro jedenfalls schien daran zu glauben, und wenn er mit der Zukunft spielte – wir beide in Berlin, ich Student, du Lehrerin – spielte Freda mit, eine Illusion wie der Sommer am Nordseestrand, und die Zeit verging, zu langsam, zu schnell, Geschenk und Verlust zugleich.

Tage, die ineinander flossen: der Weg zur Schule, der Weg zurück, Frühstück, Mittag, Abendessen, das Lehrerzimmer, die Staffelei, und Harro am Herd und über den Büchern und immer wieder seine Kammer, wo sie die Liebe kennen lernten in allen Facetten, jede wie eben erst erfunden und jeder Tag vielleicht der letzte. Die Liebe, das Prisma, in dem sich ihr Leben bündelte, Zweifel und Hoffnung, Angst und Zuversicht, Trauer und Glück. Eigentlich kann uns nichts mehr passieren, sagte Freda, so, als hätten sie in Drachenblut gebadet.

Falls die äußere Unversehrtheit damit gemeint war, sollte sie Recht behalten. Selbst die Turbulenzen nach dem Juli-Attentat auf Hitler, als man ausgerechnet in Hünneburg verschwörerische Umtriebe vermutete, liefen an ihnen vorbei. Wohnungen, hieß es, seien durchsucht worden, der Landrat und seine Frau verhört, hohe Offiziere der Garnison verhaftet, geflohen, umgebracht, wilde Gerüchte, und wieder die Panik, wieder das Regal vor der Kammertür. Aber niemand kam, um sie zu holen, und auch bei dem Luftangriff, dem ersten und einzigen auf die Stadt, blieb Fredas Haus verschont.

Es war fast Mitternacht, als die Sirenen heulten und gleichzeitig der Luftschutzwart Sturm klingelte, immer noch derselbe wie bei der Inspektion seinerzeit.

»In den Keller«, schrie er, »schnell in den Keller«

und eilte davon, so dass Freda bereits nach der dritten Treppenstufe wieder kehrt machen konnte. »Sicher nur falscher Alarm«, sagte sie zu Harro, da
krachten schon die Bomben, ganz in der Nähe offenbar. Doch es war das Bahnhofsgelände, das sie trafen,
die Schalterhalle, einen Lazarettzug, das Wohnvier-
tel hinter den Lagerhäusern, und schließlich, alles
schien schon vorüber, kündeten pfeifende Luftmi-
nen vom Untergang des Doms.

Freda hörte das Geschrei draußen auf dem
Markt. Inmitten der Menge lief sie zum Domplatz,
wo die Türme in sich zusammengestürzt waren und
Flammen aus dem Gemäuer schlugen, der Hünneburger Dom, norddeutsche Backsteingotik, fünfhundert Jahre alt. »Warum gerade der?«, hörte sie
eine Frau schluchzen und biss sich auf die Lippen,
um die Gegenfrage zurückzuhalten, »warum nicht
auch er?«

Die Häuser, die den Platz umrundeten, standen
noch. Aber der Luftdruck hatte sämtliche Fenster-
scheiben zerrissen, auch die von der Direktorin, vielleicht brauchte sie Hilfe.

Freda öffnete die Haustür, zögernd, war es richtig,
war es falsch, da kam sie ihr schon entgegen, mühsam humpelnd, einen Koffer in der Hand und auf
der Suche nach einer Bleibe für diese Nacht.

»Bei mir sieht es aus wie nach einem Taifun«, sagte sie, »und ich weiß, dass Sie mich nicht beherber-
gen können. Aber würden Sie mich zur Hallstraße
begleiten? Das Tragen fällt mir schwer«, und dann,

mit einer Spur ihres Lächelns: »Gut, dass Sie hier sind. Es muss wohl immer ein Unglück geschehen, damit wir zusammen kommen.«

Freda griff nach dem Koffer. Schweigend gingen sie um den Platz herum, vorbei an den brennenden Trümmern, bis zu der Ecke, wo die Hallstraße im rechten Winkel abbog.

Noch ein letzter Blick zurück. »Schutt und Asche«, sagte die Direktorin mit Tränen in den Augen. »Fünfhundert Jahre, und das bleibt übrig. Wissen Sie, dass Fräulein Zausch nicht mehr lebt? Ihre Eltern haben es mir gerade erst mitgeteilt. Man hat sie in irgendeine Psychiatrie gebracht, Adresse unbekannt, dort ist sie gestorben, Herzversagen, so heißt das jetzt wohl. Man sollte um die Menschen weinen, nicht um Steine«, ein Satz, den Freda wiederholte, als sie neben Harro lag, und sie klammerten sich aneinander und wollten leben.

Was Hünneburg betraf, so war, vom Dom abgesehen, der materielle Schaden gering, auch die Zahl der Opfer, höchstens hundert, hieß es, nicht zu vergleichen mit den Abertausenden in Köln, Hamburg, München, Berlin und überall dort, wo der Tod sich zum Meister gemacht hatte mit seinen Folterknechten. Auch die unglückselige Zausch, sagte Kambacher, nachdem die Nachricht von ihrem Ende ins Lehrerzimmer gedrungen war, habe wohl kaum allzu friedlich dahingehen dürfen. Sterben im eigenen Bett, das sei ja schon fast ein Glück heutzutage.

Die Stiefmutter drückte sich ähnlich aus, als Freda

im Februar wieder nach Großmöllingen kam, wo kurz zuvor ein ostpreußischer Vetter samt Familie und zwei hoch bepackten Fuhrwerken eine Pause auf dem Treck gen Westen eingelegt hatte und schon zwei Tage später weiter gezogen war.

»In die Gegend von Osnabrück«, berichtete sie, »weil man dort keine Angst vor den Russen zu haben braucht. Meinst du etwa auch, dass die noch zu uns kommen?«

»Unsinn«, sagte Freda beruhigend, »wir werden von den Amerikanern erobert«, eine von Kambachers Prophezeiungen, die, wenn man beim Wehrmachtsbericht genauer hinhörte, nicht aus der Luft gegriffen schien.

Sie waren auf dem Weg zu Herrn von Rützows Krankenlager, »und hoffentlich«, sagte die Stiefmutter, »hoffentlich kann er noch hier hinüberschlafen, im eigenen Bett«, ein Sofa in diesem Fall, das braune Sofa in seinem ehemaligen Studio. Bei jedem Versuch, ihn von dort zu entfernen, stieß er leise jammernde Laute aus, und so ließ man ihn, wo er bleiben wollte und vermutlich auch sterben, wer konnte wissen, welche Wege seine Gedanken nahmen, wenn die weit geöffneten Augen zur Decke hinaufstarrten.

Neuerdings war es Katta, die tagsüber, während Frau von Rützow sich bemühte, gemeinsam mit dem Verwalter Haus und Hof zusammenzuhalten, bei ihm saß. Das erste Wiedersehen mit ihr seit Friedels Trauerfeier. »Die Juden müssen weg«, hörte Freda sie sagen und zuckte zurück, doch Katta breitete die Arme aus, »na, Kleene, wie geht's denn so, schön, dass du wieder da bist«. Katta, weich und warm wie früher, warum ausgerechnet ihr die Sünden aller anlasten.

»Rede mal mit dem Herrn Baron«, sagte sie, als die Stiefmutter gegangen war. »Is ja dein Vater. Vielleicht willste ihm doch noch verzeihen. Vielleicht versteht er dich und stirbt 'n bisschen leichter.«

Vielleicht, dachte Freda. Doch dann, allein mit ihm, kam ihr jedes Wort hohl und müßig vor. Zwanzig Jahre konnte auch der Tod nicht ausradieren.

»Ich will ohne Zorn an dich denken«, sagte sie, fast schon zu viel, und seine Augen blieben leer.


Anfang März schloss man sie ihm für immer. »Vater heute Nacht entschlafen, Beerdigung Dienstag 14 Uhr«, stand in dem Telegramm, das der Apotheker am Sonnabend entgegengenommen hatte.

»Etwas Schlimmes?«, fragte er.

»Mein Vater ist gestorben«, sagte Freda, der Augenblick, in dem ihr bewusst wurde, wie schwer dieses Wort wog. Gestorben, verschwunden, das Leben verloren, für immer, unwiderruflich. Plötzlich war sie froh über das, was sie ihm mitgegeben hatte auf die Reise und traurig, weil es nicht mehr gewesen war.

Der Apotheker nickte mitfühlend, »ja, einmal ist es so weit«. Er holte eine Flasche aus dem Hinterzimmer, »trinken Sie das, es tröstet die Seele, und Ihr Herr Vater hat nun alle Schmerzen hinter sich gebracht«, eine von seinen Banalitäten, aber er hatte ja Recht.

Am Dienstag ging sie bereits im Morgengrauen zum Bahnhof, auf gut Glück, man konnte nur hoffen. Eine Bitte um Urlaub war diesmal unnötig gewesen, der Unterricht fand längst nicht mehr statt. Sämtliche Schulen wurden als Notquartiere für Flüchtlinge benötigt, Schulen, Säle, Kirchenräume, und ohnehin begann die Ordnung allenthalben auseinander zu fallen.

Auch die Fahrpläne hatten, seitdem der Frontverlauf sich immer weiter ins Land hineinschob, jede Gültigkeit verloren. Der Frühzug traf zwei Stunden später ein als vorgesehen, wurde durch Tiefflieger und Truppentransporte aufgehalten und erreichte erst mittags die Kreisstadt. Doch dort wartete der alte Henning mit dem Einspänner, so dass sie gerade noch rechtzeitig neben der Stiefmutter dem Sarg folgen konnte.

Es war eine schlichte Beerdigung, ohne den üblichen Pomp, auch der Trauerzug kürzer als sonst bei solchen Gelegenheiten. Private Autos existierten kaum noch. Und da fast alle auswärtigen Verwandten, Regimentskameraden und Standesgenossen die Bahnfahrt gescheut hatten, begleiteten außer den Dörflern nur die nächsten Angehörigen den Toten vom Schloss zur Kirche, in der Stille des beginnenden Frühlings, denn dem letzten noch verbliebenen Trompeter der Feuerwehrkapelle gebrach es an Mut, ganz allein »Wenn ich dereinst muss scheiden« in die Großmöllinger Luft zu blasen. Aber wenigstens die Schützen ließen ihre Fahnen flattern, und in der Kirche dröhnte die Orgel wie eh und je.

Dem wegen seiner Langatmigkeit gefürchteten Pastor hatte Herr von Rützow einst das Versprechen abgenommen, sich kurz zu fassen bei seiner Beerdigung, vergeblich. Wie gewohnt fand er zu keinem Ende mit seiner Predigt über die Liebe Gottes, die er grenzenlos nannte und allgegenwärtig, selbst wenn man in Zeiten schwerer Prüfungen daran zweifeln könne. Auch der Verewigte habe vielerlei Heimsuchungen erdulden müssen, sei aber zu fest verwurzelt gewesen im Glauben, um kleinmütig zu werden, ein lutherischer Christ, getreu bis in den Tod, und während er redete und redete, blickte Freda auf den Sarg mit ihrem Vater und dachte, dass sie eine Heimsuchung für ihn gewesen war in seiner aus den Fugen geratenen Welt, sie für ihn, er für sie, und vergib uns unsere Schuld, wie wir vergeben unseren Schuldigern.

*I*ch weiß nicht, ob wir fertig werden mit der Frühjahrsbestellung und der Ernte«, klagte die Stiefmutter nach dem Totenmahl im Schloss, zu dem sich ebenfalls nur ein kleiner Kreis versammelt hatte, durchaus von Vorteil insofern, als es bei Strafe verboten war, ein Schwein oder Kalb außer der Reihe zu schlachten. Aber angesichts der reduzierten Gästezahl ließ sich trotz der begrenzten Mittel ein Menü servieren, an dem Herr von Rützow seine Freude gehabt hätte, und die letzten Flaschen aus seinem Keller waren ohnehin die besten.

Die Gutsleute dagegen bekamen beim Leichenschmaus auf der Tenne statt des gewohnten Bratens nur Sauerkohl mit Pökelfleisch, zum Ausgleich jedoch reichlich Zuckerkuchen, und auch ordentliches Bier war auf Tauschwegen herangeschafft worden. Das Zeichen zum fröhlichen Essen und Trinken hatte diesmal Freda gegeben, widerwillig, aber noch, meinte die Stiefmutter, gelte sie als Erbin, und der Verzicht müsse ja nicht unbedingt hinausposaunt werden, bevor das Grab ihres Vaters sich gesenkt habe. »Tu es ihm zu Ehren«, bat sie, also hatte Freda ihr Glas erhoben, »dieser Schluck zu seinem Gedenken«, und im Übrigen: Erbverzicht hin oder her, laut oder leise, die Zukunft wird lehren, dass es nicht mehr von Belang war, so wenig wie die Sorgen der Stiefmutter um Aussaat oder Ernte. Schon jetzt hätte sie ins Hessische ziehen können, auf das Gut, von dem sie stammte. Aber noch schien der Gedanke absurd, alles liegen und stehen zu lassen, und so drohte es ihr immer weiter über den Kopf zu wachsen, die große Wirtschaft, die schadhaften Maschinen, die zahllosen Vorschriften und Verbote und der Verwalter ein besserer Parteigenosse als Landwirt,

»und am liebsten würde ich für ein paar Tage mit dir nach Hünneburg fahren«.

Sie saßen an dem kalten Kamin, beide müde von diesem Tag, und schon früh um fünf sollte Henning mit dem Einspänner auf Freda warten.

»Es geht nicht«, sagte sie. »Ich kann dich nicht mitnehmen, bevor die Amerikaner da sind, das weißt du doch.«

Die Stiefmutter nickte, »ja, gewiss, aber was, wenn die Russen doch noch kommen?«

»Dann beladen wir einen Pferdewagen und trecken zu deinem Bruder«, sagte Freda, halb lachend, weil es so abwegig klang. Die amerikanischen und englischen Truppen stießen täglich weiter nach Mitteldeutschland vor. Die Sowjets, behauptete Kambacher, würden die Elbe nicht überschreiten, darauf könne man bauen, beinahe zumindest.

Meistens hatte er Recht, und nein, wir brauchen keine Pferde anzuspannen, dachte Freda, als sie noch einmal am Fenster stand, ihr altes Zimmer, und draußen die Blutbuchen, die, vom ersten Grün bedeckt, im Licht des Dreiviertelmondes wie stumpfes Silber schimmerten. Nein, kein Pferdewagen, keine Flucht ins Hessische. Die Blutbuchen, grün im Frühling, rot im Sommer, gelb im Herbst, gehörten ihr, heute und immer. Ich komme wieder, dachte sie, doch, ich komme wieder, seltsam, dieses neue Gefühl von Heimat, warm, verwirrend, unvergesslich. Irgendwann, Jahre später, Großmöllingen ist längst verloren, wird sie es malen, flimmernde Formen aus Blättern und Licht, das Auge dazwischen, und rätselhaft für den Betrachter, warum ein solches Bild den Titel »Nach Hause« trägt.

$K$ambacher hatte sich nicht geirrt. Es waren Amerikaner, die am 12. April Großmöllingen eroberten, oder besser gesagt, auf den Gutshof rollten, ihre Gewehre im Anschlag, aber ohne Schüsse und Kriegsgeschrei. Sie streiften durch das Schloss, durch die Ställe und Scheunen, stocherten ein wenig im Heu herum und schenkten den staunenden Kindern Schokolade, bevor sie weiterfuhren, keine üblen Menschen, fand die Stiefmutter und fasste Zuversicht.

Einen Tag später trafen sie in Hünneburg ein, fünf Wochen nach der Beerdigung Herrn von Rützows. Eine Qual für Harro, bis es so weit war. Er hatte jede Stunde gezählt, mit noch größerer Angst als zuvor und voller Ungeduld, endlich das Grab seiner Eltern besuchen zu können, das verkrautete Stück Erde am Rand des Friedhofs, gleich neben der Kompostgrube. Immer wieder dieses Bild, seit er wusste, was mit ihnen und dem Haus geschehen war, der rot geklinkerten Villa, die nun anderen gehörte. Ihre Mörder, nannte er sie und schwor, das Pack bei nächster Gelegenheit auf die Straße zu jagen. An der Tür klingeln, in die Diele stürmen, raus hier, raus, ihr Banditen, verständliche Rachephantasien, erst recht, nachdem der Londoner Sender von den Untaten in

Auschwitz und anderswo berichtet hatte. Und dennoch, meinte Freda, sei es an der Zeit, darüber nachzudenken, wie er vor drei oder vier Jahren wohl reagiert hätte in einem solchen Fall, als Täter gewissermaßen statt als Opfer.

Harro fuhr auf, wollte etwas sagen, schwieg aber, und, um noch einmal nach vorn zu blicken: Eben diese Frage ist es, die er dereinst stellen wird, forschend, schreibend, lehrend. Die Verstrickung von Tätern und Opfern, Schuld und Sühne, sein immer während Thema in der gerade beginnenden Zukunft.

Die Panzer kamen früh am Morgen, ein dumpfes Grollen, das Freda aus dem Bett zum Fenster trieb. Sie sah, wie die Kolosse mit dem weißen Stern am Turm sich auf den Markt schoben, und weckte Harro, es war vorbei. Dreimal dreihundertfünfundsechzig Tage und Nächte, nun war es vorbei, ein Tumult des Glücks, ein Taumel, ein Rausch, der schließlich von den Morgenritualen aufgefangen wurde. Waschen, anziehen, Brot schneiden, das Tägliche im Außerordentlichen, und dann, beim tausendeinhundertsten gemeinsamen Frühstück, wieder Harros Zweifel, ob es ratsam sei, sich sofort, gleich heute, den Hünneburgern zu zeigen.

Der Krieg ging weiter, woanders zwar und nicht mehr lange, aber wer konnte wissen, welche Gefahren dort draußen noch lauerten, versprengte SS-Truppen womöglich oder Werwölfe, das letzte Aufgebot, jeder Deutsche ein Werwolf. Überhaupt, wie würden sie ihn, den plötzlich wieder aus dem Dunkel gekrochenen Juden, nach all den Jahren empfangen, jene etwa, die sich an dem Hochberg-Skandal geweidet hatten, und was, fragte er, soll ich tun, wenn mir irgendeine Fremde in den Kleidern meiner Mutter entgegenkommt.

*A*rgumente der Angst, und seine Angst, versuchte Freda ihm einzuimpfen, müsse abgeschüttelt werden wie eine alte Haut. Die Menschen wollten Frieden, weiter nichts. Zwölf Jahre hätten sie Hitler gehorcht, jetzt beuge man sich neuen Herren, so sei es nun mal hierzulande. Kambachers Worte. Aber da die Amerikaner an so viel Friedfertigkeit nicht zu glauben schienen, wurde vorerst eine Ausgangssperre über die Stadt verhängt, von vier Uhr nachmittags bis neun Uhr früh, und selbst in der Zwischenzeit wagte sich kaum jemand aus den Häusern.

Die Straßen jedenfalls waren leer, als sie am nächsten Morgen trotz der Bedenken zum Friedhof gingen, mit einem Korb voll roter Tulpen, die in dem verwilderten Garten alle Jahre wieder ans Licht schossen, leuchtend wie die Blütenpracht auf den Gräberreihen. Schön, dieser Friedhof, die Hünneburger ehrten ihre Toten. Bei Karl und Uta Hochberg indessen, am Rand der Kompostgrube, blühte nur Löwenzahn.

Harro kniete nieder, um die Tulpen über dem wüsten Rechteck zu verteilen, ein rotgelbes Muster zwischen Disteln und Brennesseln.

»Hünneburg hat meine Eltern auf den Müll geworfen«, sagte er. »Weg damit, auf den Müll.«

»Sie haben wenigstens nicht leiden müssen«, sagte
Freda, und Harro nickte. »Ja, ich weiß. Immer noch
besser, unterm Löwenzahn zu liegen, als in einem
Haufen verkohlter Knochen. Aber ich will dafür nicht
auch noch dankbar sein«, und möglich, dass ihm
schon jetzt eine Stimme riet, die Stadt zu verlassen.

$A$merikanische Soldaten in Hünneburg, sowjeti-
sche kurz vor Berlin, und mit den letzten Zuckungen
des Dritten Reiches beginnt auch der Abgesang von
Fredas und Harros Geschichte, die sich spalten wird,
von nun an in seine und ihre, ein neues Programm.

Dass Harros Weg vom Grab direkt zur Hochberg-
Villa führte, war anfangs nicht geplant. Eigentlich
hatten sie sich vorgenommen, die Direktorin zu besuchen, und auch Kambacher sollte erfahren, was
sich hinter Fredas jahrelangem Schweigen verbarg.
Doch am Friedhof kam ihnen eine Frau entgegen. Sie
erstarrte bei Harros Anblick, zögerte, machte kehrt
und lief in die Stadt zurück, »jetzt brauche ich mich
nicht mehr zu verstecken«, sagte er.

Freda griff nach seiner Hand, »komm, wir gehen
zum Steingraben«, und so stand er vor dem Haus
seiner Eltern und betrat die Diele, ein Schritt in die
Vergangenheit. Alles wie früher, selbst die Schale für
das Klimpergeld, das Uta Hochberg unter den Bett-
lern verteilt hatte, befand sich noch an ihrem Platz.

Warum verschenkst du unsere ganzen Pfennige, hörte er den kleinen Jungen von damals fragen und glaubte, seine Mutter stünde neben ihm.

Die Schale aus rotgoldenem Kupfer. Er griff danach, glatt und kühl lag sie in der Hand.

»Was tun Sie da?«, rief die Frau, die ihm die Tür geöffnet hatte, worauf er, ganz wie in den Rachephantasien, seinen Namen nannte, »ich bin Harro Hochberg, ich will unser Haus wiederhaben«. Doch die letzten Silben verformten sich beim Sprechen, »sehen«, sagte er statt »haben«, denn sie fing an zu weinen, »mein Mann ist verhaftet worden, muss man uns auch noch unser Heim wegnehmen. Man hat es uns zugesprochen, es ist unser Eigentum, wo soll ich denn hin mit den Kindern«, und Harro drehte sich um und ging.

»Weshalb?«, fragte Freda.

Er zuckte mit den Schultern, erst gegen Abend, als er nach den drei Jahren wieder am offenen Fenster stand und über den Markt blickte, fiel ihm die richtige Antwort ein. Es war kein Tag mehr und noch nicht Nacht, die Stunde zwischen Dämmerung und Dunkelheit, doch die Laternen brannten schon und hüllten den Roland in gelbes Licht. Der Roland, die gotischen Giebel des Rathauses und dahinter die Marienkirche mit ihren Türmen, seine Stadt, die ihn verhätschelt hatte und ausgestoßen. Wie könnte er es vergessen, wie jemals verzeihen, dass seine Eltern, weil sie auf Gnade nicht zu hoffen wagten, den Tod wählen mussten, und wie in aller Welt sich danach sehnen, noch einmal einzutauchen in das Gefüge aus Menschen und Gemäuer. Aber da war es, dieses Heimweh, und plötzlich auch die Erkenntnis, was ihn gehindert hatte, auf sein Recht zu pochen: der Wunsch nach Frieden mit der Stadt.

Phantastereien, nannte es die Direktorin, die Harros Rückkehr wie eine Auferstehung feierte, verdüstert freilich von Trauer, und schon seiner Eltern wegen und aller anderen Opfer dürfe der Frevel nicht ungesühnt bleiben. »Verschenk das Haus, wenn du willst«, sagte sie, »aber lass es nicht denen, die schuld sind an ihrem Tod.«

»Ich bin auch schuldig«, sagte Harro, wovon sie nichts wissen wollte. Für das Geschrei als dummer Junge habe er wahrhaftig büßen müssen, außerdem ein ganzes Leben Zeit, darüber nachzudenken und das Seine zu tun, und was die Stadt betreffe: Gerade, weil er einst in ihre Mitte gehört habe, könnten die Menschen hier, aus welchen Gründen auch immer, ihm nie mehr offen in die Augen blicken, der Schatten sei zu groß.

»Ja, zu groß«, sagte sie, »auch ich würde vielleicht so reagieren, wenn du mir fremd wärst«, und dann die entscheidenden Worte: »Lass Hünneburg hinter dir. Geh zu Gudrun in die Schweiz.«

Die Schweiz, natürlich, die Schweiz. Seine Schwester, die Frau des Anwalts Ziegler in Winterthur, eine alteingesessene Familie, eine angesehene Kanzlei, was lag näher. »Ich wünschte, wir wären gleich dort geblieben«, hatte seine Mutter nach jedem Besuch gesagt, damals, als er noch nicht wusste, warum. Doch im Krieg wurden die Grenzen geschlossen, Briefe nicht durchgelassen, Anrufe blockiert, und Gudrun verschwamm im Ungefähren mitsamt ihrer neuen Heimat, die sich nun wieder aus dem Nebel herausschob, ein gelobtes Land jenseits von Angst.

»Dort würden wir uns sicher wohl fühlen«, sagte er zu Freda, als sei es eine ausgemachte Sache, dieses Wir. »Gletscher im Wallis und Palmen im Tessin, und Winterthur so eine hübsche alte Stadt. Deutschsprachig, wahrscheinlich könntest du dort sogar unterrichten. Malen sowieso, und wenn ich mit dem Studium fertig bin, sehen wir weiter.« Pläne für die Ewigkeit.

»Du träumst, Harro«, sagte sie, mehr nicht, vorerst jedenfalls. Der Gedanke, dass die Trennung schon bald Wirklichkeit werden könnte, war schmerzhaft, vielleicht auch überflüssig im Moment. Noch lag die Schweiz weit hinter dem Horizont. Die Grenze war gesperrt, jede Verbindung gekappt und Gudrun unerreichbar. Also weiterträumen, dachte sie. Doch dann, nach einem Besuch in der amerikanischen Kommandantur, jener allmächtigen Behörde, die den Daumen beliebig heben oder senken konnte, stellte sich heraus, dass jede Mauer ihre Schlupflöcher hatte.

$E$s war an einem der letzten Apriltage, gerade als Harro sich entschloss, seine Hünneburger Illusionen endgültig zu begraben. Die steinernen Gesichter in den Straßen, die Blicke, die ihn streiften, die Sprachlosigkeit der Freunde von früher – alles Beweise, dass sich keine Brücke mehr finden ließ zwischen ihm und der Stadt. Andere Zeichen, falls es sie gab, nahm er nicht wahr, und auch seine Hemmungen, das Haus zurückzuholen, verschwanden wieder.

Der Hinweis, sich deswegen an die Kommandantur zu wenden, stammte von Kambacher, ein ebenfalls zukunftsträchtiger Rat, denn der Offizier, der, hinter seinem Schreibtisch verschanzt, gelangweilt Fredas mühseligem Englisch lauschte, wurde, sobald er ihr Anliegen begriffen hatte, freundlicher. Er stellte Fragen, wollte nach der Lektüre von Dr. Hochbergs Abschiedsbrief noch mehr wissen, die ganze Geschichte, und fing an, Deutsch zu sprechen, fließend, mit unverkennbarem Akzent. Ein Schwabe, Leo Moslinger aus Donaueschingen, Sohn wohlhabender Kaufleute, die sich wie der alte Herr Blumenthal beizeiten nach Amerika abgesetzt hatten. Das jedoch kam erst später zur Sprache, in Fredas Wohnzimmer, wo aus der Begegnung am Schreibtisch Freundschaft zu werden begann, trotz des Fraternisierungsverbots für die Besatzungstruppen, »aber mit Ihnen beiden«, sagte er, »ist es ja eine andere Sache, das würde sogar Präsident Truman verstehen, auch wenn er erst eine Woche im Amt ist.«

Leo Moslinger erschien schon am nächsten Abend, ein Schreck zunächst, noch immer erschraken sie, wenn es unverhofft klingelte. Doch da stand er, der schwäbische Amerikaner, eine Flasche Wein unterm Arm, und fragte, ob sie Gläser hätten, ein netter Mensch und künftiger Fels im Chaos dieser Phase zwischen Krieg und Frieden. Er regelte über die Köpfe der ohnehin aus dem Tritt geratenen Stadtverwaltung die Rückgabe des Hauses, schickte eine beruhigende Nachricht an die Stiefmutter, bescheinigte der nunmehr als Parteimitglied diskreditierten Direktorin ihre Gegnerschaft zum Regime, fand heraus, dass Ulrica bei der Eroberung Berlins keinen Schaden genommen hatte, und erwähnte, bevor er nach Amerika zurückkehrte, auch den Plan der Siegermächte, das Gebiet um Hünneburg und Großmöllingen den Russen zu überlassen, im Tausch gegen einen Teil von Berlin. Nur Gerüchte, wie er versicherte, ziemlich unwahrscheinlich. Sein Gesicht indessen verriet etwas anderes, so deutlich, dass Freda noch rechtzeitig den Pferdewagen beladen und mit der Stiefmutter ins Hessische aufbrechen konnte. Aber das gehört schon nicht mehr in diese Geschichte, an deren Ende vor allem das eine zählt: der Weg in die Schweiz.

Donaueschingen, das Stichwort dafür, fiel schon bei jenem ersten Besuch, als die Gläser mit dem Monogramm der kleinen Friederike auf dem Wohnzimmertisch standen, die Gläser und Leo Moslingers Wein.

»Badischer«, sagte er, »aus Donaueschingen mitgebracht, ein Wiedersehen nach zwölf Jahren.«

»Donaueschingen?«, fragte Freda. »Wo liegt das?«

»Auch im Badischen. Kein Weinbaugebiet, aber trotzdem eine gute Ecke. Nur dreißig Kilometer von der Schweiz entfernt.« Er zögerte, sah Harro an und sagte: »Wohnt da nicht Ihre Schwester?«

Harro, der nach seinem Glas greifen wollte, ließ die Hand fallen, »ja, in Winterthur, aber was nützt es, die Schweizer Geldsäcke lassen einen ja nicht rein«, was Leo Moslinger offensichtlich amüsierte, »nein, nicht mal einen Amerikaner, es sei denn, er bringt einen Koffer voller Dollars mit. Aber als Junge bin ich dort mit dem Rad herumgefahren, und wenn ich in die Schweiz wollte, würde ich über die grüne Grenze gehen, durch den Klettgau zum Beispiel nach Eglisau oder über Blumberg Richtung Schaffhausen. Das machen viele heute, auch solche, die wir gern hinter Gittern hätten. Eine dünn besiedelte Gegend, schwer zu kontrollieren, und wer sich von der Schweizer Polizei erwischen lässt, wird interniert und kommt frei, wenn jemand für ihn bürgt. Mit Geld geht alles, ganz human, die Eidgenossen, viel netter als damals, als die armen Juden um Einlass bettelten. Hat Ihre Schwester Geld?«

»Ich weiß ja nicht mal, ob sie noch lebt«, sagte Harro, worauf Leo Moslinger das Thema fallen ließ, fürs Erste wenigstens. Kein Wort mehr von der Schweiz.

Anfang Mai jedoch, kurz vor seiner Rückkehr in die Staaten, legte er einen Zettel auf den Tisch, Gudruns Adresse und Telefonnummer. »Sie wartet auf dich«, sagte er, »und gut, dass ich verschwinde, sonst würde ich noch in Teufels Küche landen. Aber eure Geschichte geht mir ans Gemüt. Das alles hätte ebenso gut mir passieren können, bei Gott, ich hatte Glück.« Er hob sein Glas, »am rechten Ort zur rechten Zeit. Auf die Schweiz.«

*H*ast du es dir gut überlegt?«, fragte Freda nachts in der Kammer. »Was willst du tun?«, und wenn er könnte, sagte Harro, würde er bleiben, »aber ich kann es nicht, ich fange an, Gespenster zu sehen. Irgendjemand biegt um die Ecke, und schon geht es wieder los mit der Angst. Der da, denke ich, der auch.«

»Es waren doch nicht alle«, sagte Freda, und ja, das stimmte. Aber wie sollte man wissen, wer wohin gehörte? Jeder hätte es sein können, sagte Harro, und er selbst einer von ihnen, wenn der Zufall nicht dazwischen gekommen wäre, »nein, ich halte es nicht aus.«

»Dann geh«, sagte sie. »Vergiss Hünneburg.«

»Und du?«, fragte er. »Du gehst doch mit?«, und endlich sagte ihm Freda, dass man sie jetzt in Großmöllingen brauche und er lernen müsse, allein fertig zu werden, und eine Liebe wie ihre ohnehin nicht für die Dauer gemacht sei.

»Warum nicht? Was soll das? Du willst es doch auch«, und so einfach, ja zu sagen, ja, ich auch, ja, wir gehören zusammen. Doch von Anfang an hatte ihre Vernunft es besser gewusst, und neuerdings gab es noch andere Barrieren.

Schon im März hatte sie vergebens auf ihre

Menstruation gewartet, nichts Ungewöhnliches, auch früher war es in Zeiten besonderer Anspannung so gewesen, während Harros Krankheit etwa oder nach dem Verhör durch die Gestapo. Es musste nichts bedeuten, selbst jetzt nicht. Doch im April war die Blutung zum zweiten Mal ausgeblieben. Keine Spur davon, dafür aber Symptome wie bei der Schwangerschaft vor einundzwanzig Jahren.

»Musste brechen?«, hörte sie Katta fragen. »Wann denn? Mittags?«

Nein, nicht mittags, nur morgens, genauso wie vergangene Woche. Jeden Morgen die gleiche Übelkeit und dieses seltsam flaue Gefühl, ein Kind, ganz sicher, ein neues Kind, ihr Kind, nur ihres. Nichts für Harro. Er war jung, er hatte den Kontakt zum normalen Leben verloren. Zeit für ihn, es wiederzufinden, ohne Last, ohne Druck, endlich das Leben.

Verquer oder nicht, richtig oder falsch: So sollte es sein, so blieb es, und dass er sie küsste und streichelte und in die Lust hineintrieb, weiter und weiter in die Lust, ihre und seine, konnte nichts daran ändern. Eine Liebe im Käfig zerbricht in der Freiheit, das immer wiederkehrende Argument, bis er es glaubte und ging.


*E*s sei gewiss das Beste so, sagte Freda, als sie Kambacher um einen Rucksack für ihn bat, nur leihweise, irgendwann würden die Zeiten sich ja wieder normalisieren, was Kambacher bezweifelte. Aber den

Rucksack könne Harro trotzdem haben, »und im Übrigen sehen Sie mitgenommen aus, Sie sollten mehr an die Luft gehen.«

»Demnächst«, sagte Freda. »Wenn ich nach Großmöllingen fahre.«

»Womit denn?«, wollte er wissen.

»Mit dem Rad, was sonst«, sagte sie und kam zu dem Eigentlichen, der möglichen Besetzung durch die Russen nämlich, und dass sie versprochen habe, die Stiefmutter dann auf dem Treck zu begleiten, und ob er ihre Bilder in Verwahrung nehmen könne währenddessen, die Bilder und das Porzellan der kleinen Friederike, sicherheitshalber, falls das Haus in andere Hände gerate.

»Wie lange wollen Sie denn bleiben?«, fragte er erschrocken, bekam aber keine verlässliche Antwort, man müsse abwarten, und vielleicht sei es ja wirklich nur ein Gerücht, »hoffentlich, ich habe gerade angefangen, meinen Frieden mit Großmöllingen zu machen«.

»Und ich habe mich auf unsere Schulwege gefreut«, sagte Kambacher. »Ich habe gedacht, jetzt könnten wir endlich wie zwei Menschen miteinander reden, worauf sie »Aber das werden wir doch!«, rief, »wir bleiben in Verbindung, vielleicht bin ich sowieso bald wieder da, und wer weiß, ob Sie hier bleiben.«

Er zuckte mit den Schultern, »warum nicht, ich bin ja kein preußischer Junker. Aber Sie werden mir fehlen.«

»Sie mir auch«, sagte Freda. »Und ich möchte

Ihnen endlich danken, Sie haben mir die Augen geöffnet.«

»Sie mir die Seele«, sagte Kambacher, »wenn ein bisschen Sentimentalität beim Abschied gestattet ist«, und während des ganzen Gesprächs dachte sie darüber nach, ob sie ihm von dem Kind erzählen sollte, das einen Vater namens Unbekannt im Standesamtsregister haben würde. Aber sie wagte es nicht, und so war das Einzige, was sie mit nach Hause nahm, ein Rucksack für den Weg in die Schweiz.

Mitten im Mai, eine Woche nach der Kapitulation, machte Harro den ersten Schritt. Noch immer fuhren keine Züge. Aber auch zu Fuß komme man ans Ziel, sagte er beinahe enthusiastisch, etwas zu sehr, wie Freda fand. Doch dann, ganz zuletzt, hielt er sich wieder an ihr fest: »Komm mir nach, wenn die Grenze geöffnet wird, lass mich nicht allein, ich melde mich, ich warte.«

So viele Worte, und schon jetzt nur noch Erinnerung. Sie stand am Fenster, sah, wie er den Markt überquerte, stehen blieb, winkte, verschwand, warum musste alles zu Ende gehen. In ihre Trauer hinein glaubte sie das Luftkind zu hören. Aber das Luftkind gab es nicht mehr. Es war eine andere Stimme, und auch für mich, dachte sie, wird etwas Neues beginnen. Ich werde wieder eine Heimat finden, ich werde mein Kind bekommen, ich werde malen, doch, es fängt an.

# Siegfried Lenz

# *Zaungast*

Zaungäste stehen außerhalb des Geschehens; meist verharren sie in gesicherter Distanz, bewahren sich eine Reserve gegenüber den Ereignissen und nehmen das Außer- und Ungewöhnliche oft präziser wahr als diejenigen, die sich inmitten des Getümmels bewegen. Siegfried Lenz' hier versammelte Reise-Erzählungen nehmen genau diese Perspektive ein. Sieben Erkundungen des Fremden, die zeigen, dass der Standort des Zaungastes oft vorteilhaft ist.

*112 Seiten, gebunden*

HOFFMANN UND CAMPE

www.hoffmann-und-campe.de